U0963350

作者在旅途:2016 年 9 月于宁夏黄河岸边

# 人生多少瞬间

李乃坤　著

山东大学出版社
·济南·

**图书在版编目(CIP)数据**

人生多少瞬间/李乃坤著．—济南：山东大学出版社，2021.1

ISBN 978-7-5607-6792-5

Ⅰ．①人…　Ⅱ．①李…　Ⅲ．①随笔-作品集-中国-当代　Ⅳ．①I267.1

中国版本图书馆 CIP 数据核字(2020)第 253342 号

责任编辑　王桂琴
封面设计　张　荔

出版发行　山东大学出版社
社　　址　山东省济南市山大南路 20 号
邮政编码　250100
发行热线　(0531)88363008
经　　销　新华书店
印　　刷　济南新科印务有限公司
规　　格　880 毫米×1230 毫米　1/32
　　　　　11 印张　280 千字
版　　次　2021 年 1 月第 1 版
印　　次　2021 年 1 月第 1 次印刷
定　　价　49.00 元

**版权所有　侵权必究**

# 自序

光阴荏苒，转瞬已至耄耋之年。人生短暂，纵活过百岁，也只是历史长河中的一瞬间。瞬息而来，瞬息而去，人生多少一瞬间！正如白居易《无可奈何歌》曰："嗟吾生之几何，寄瞬息乎其中。"人生无论伟大或渺小，无论波澜壮阔或微若尘埃，自己总不舍生命中那些难以忘怀的一瞬，这些一瞬的记忆自然成为生命的一部分。一辈子与文字打交道，与之甚有交情，尽管平凡无奇，但如果能把某些瞬间素描下来，有空时回头看看，会心地哂然一笑，自是弥足珍贵；如果将其拿给那些熟识的亲朋好友或者将识未识的读者诸君，当作茶余饭后的笑资话料，亦不失为乐事。此为本书之初衷也。

回首走过的时光，偶有慨叹，更多的是舒心而静然。把顺境和成绩看作东风给力，把坎坷与遗憾当作克难前行，把曾经的苦痛当作而后的快乐，把退休的闲寂当作青春岁月的新版本，这样会更加感激哺育生命的父老乡亲，更加思念与我同行的每一个伙伴，更加留恋自己生活过的每一个时代。人生自在瞬乎间，犹如一个小雨点，既应该注目它所折射的光亮，又能够安然接受它随风蒸发而了无痕迹，那样，平凡人生也会升华到一个不平凡的新境界。

我的人生瞬间不一而足，苦难与风雨相随，阳光与自信一色。小时候听过枪炮声，逃过荒，见过拜神，有过恶作剧，念书时有顺境也有挫折。但是，无论走到何处，渴求知识，认真读书，始终居于首位。在大学当老师，教书育人、学术研究并重；告别讲台、走出教室，发现外面的世界很精彩。“山河穷百二，世界接三千”（王维《游悟真寺》），得江山助我激扬文字，不废纸墨，使我留下这些长忆、短文，游记、随笔。这本书好似一间百味餐厅，有鲁菜，也有川菜；有中餐，也有西餐；有香甜气，也有酸辣味。请君一尝。

本书篇章较杂，按内容相近性，粗略分为五个栏目。“乡土记忆”，记述儿时所见所闻、所历所为，带有鲁西特色、时代印痕；回顾父母教我劳动、吃苦、读书、做人的经历；两篇特写，权作史录以警后人。“学园生涯”，涵盖求学与为师两段历程，只有永远的学生仔，没有永远的祖师爷。“故国山河”，记录祖国江山胜迹、人文历史。“海外世界”，回忆改革开放之后，到国外做访问学者或探亲、旅游片段，放眼观世界之大，开阔心胸。“随笔偶得”，很自由，情思无边，时空无限，信手而写，有轻叹也有沉思，有随口而言也有稍具深度的议论。

综观全书，游记所占分量最大。爱旅游，爱得身心投入，这是因为爱生活、爱历史、爱自然、爱文化。中国有儒、释、道三教，外国有基督教、天主教、伊斯兰教，笔者常常深为宗教文化所震撼；身为共产党人，虽不信奉宗教，但认同教人向善的共同性教义，受儒家“修身齐家治国平天下”的影响更大一些。走万里路，吃千家饭，赏百国文化，览无数山水，愉悦身心，陶冶性情，虽有时疲倦累乏，然安知得益之多，何乐而不为之！

需要说明，本书所载完全采用真名实姓、实地实事，不专门扬善，也不刻意隐恶，无须在人物脸上乱罩上不伦不类的马赛克。这种光明无余的做法，在当下事关生平传略的文字记述中，比较少见。酌量再三，还是觉得，为我所知、为我所记的人们，无论美丑、无论远近，无论生者、无论遗灵，从书中瞥见自己确曾有过的那一瞬间时，皆会释然。

“踏遍青山人未老”，风景无限，生命有限，任何一个瞬间都显得那么珍贵。“养心莫若寡欲，至乐无如读书。”书籍是我的挚友，一路相伴，亦将继续前行，助我晚年健康快乐。

李乃坤

2020年8月于泉城

# 目录

乡土记忆

1 村里住了日本兵 …………………………… 3
2 逃荒路上 ………………………………… 6
3 李安民还愿 ……………………………… 8
4 “鬼拽衣袖”的故事 ……………………… 10
5 捋榆钱 …………………………………… 12
6 捉弄“二板筋” …………………………… 14
7 第一次目击枪战 ………………………… 16
8 跟父亲学干农活 ………………………… 18
9 怀念母亲 ………………………………… 21
10 祭父母文 ……………………………… 27
11 大姨为逃命出走 ……………………… 29
12 表哥因贪利失足 ……………………… 32

学园生涯

1 高小走读生 …… 39
2 步行百里上初中 …… 41
3 没走的路 …… 43
4 少年狂 …… 45
5 学英语 …… 48
6 习惯成自然 …… 51
7 “文革”大串联 …… 54
8 讲台四十年 …… 57

故国山河

1 游雁荡山 …… 63
2 沈园记行 …… 66
3 印象西湖 …… 69
4 观海 …… 71
5 又来大明湖 …… 73
6 长岛避暑 …… 76
7 西安游记 …… 78
8 西柏坡，狼牙山，白洋淀 …… 81
9 易水河，野三坡 …… 83
10 滇黔边界景观 …… 85
11 赏竹之旅 …… 87
12 到江河湖海去游泳 …… 90
13 壶口瀑布 …… 93
14 天山天池 …… 95
15 乌鲁木齐，坎儿井 …… 97
16 吐鲁番葡萄干 …… 99
17 陇西三关 …… 101

故国山河

18 莫高窟,月牙泉 …… 103
19 青海湖 …… 105
20 宁夏沙坡头 …… 107
21 云南丽江 …… 109
22 苍山洱海 …… 111
23 昆明石林 …… 113
24 烟花三月下扬州 …… 114
25 金山寺 …… 118
26 大明寺栖灵塔 …… 121
27 登北固山 …… 122
28 滇池和日月潭 …… 124
29 无锡太湖美 …… 126
30 苏州见闻 …… 128
31 寻李白足迹 …… 130
32 项羽庙 …… 134
33 合肥“安徽名人馆” …… 137
34 鲁南之行 …… 139
35 三处黄河掠影 …… 141
36 三处江城看长江 …… 143
37 云南普者黑 …… 147
38 元阳梯田 …… 149
39 云南“十八怪” …… 151
40 昭君村 …… 152
41 游神农架 …… 155
42 南阳 …… 157

故国山河

43 襄阳 …… 159
44 汉中 …… 161
45 嵩山游 …… 164
46 三国文化之旅 …… 167
47 岳阳天下楼 …… 170
48 屈原故里 …… 173
49 聊斋城纪游 …… 175
50 水泊梁山 …… 178
51 光岳楼 …… 180
52 游览三峡大坝 …… 183
53 佛家名山行 …… 185
54 问道青城山 …… 189
55 访都江堰 …… 192
56 由"崂山道士"引起 …… 194
57 娘子关 …… 197
58 佛光照影 …… 199
59 仙境张家界 …… 202
60 万里长城 …… 204
61 鼓浪屿、金门岛 …… 206
62 武夷山风光 …… 208
63 湘西凤凰城 …… 211
64 天涯海角 …… 214
65 深圳微缩景观 …… 217
66 桂林山水间 …… 219
67 宣城谢朓楼 …… 221
68 登临苍岩山 …… 223

故国山河

69 晋祠 …… 226
70 赵州桥 …… 228
71 走在学步桥上 …… 230
72 站在回车巷口 …… 232
73 卢生殿见闻 …… 234
74 说陋室 …… 236
75 孟姜女庙 …… 238
76 杜甫草堂散记 …… 240
77 鹰角亭纪实 …… 243
78 晋西南古迹 …… 245
79 孔子故里见闻 …… 248
80 出游日记五则 …… 251
81 天下第一关 …… 255
82 四上泰山 …… 257

海外世界

1 观海之旅 …… 263
2 游英国 …… 265
3 初游俄罗斯 …… 268
4 游湖散记 …… 270
5 北欧三国 …… 272
6 印象丹麦、德国 …… 275
7 摘草莓 …… 278
8 异域美食 …… 280
9 赏枫加拿大 …… 282
10 魁北克 …… 284

**海外世界**

11 北美千岛湖 …………………………… 286
12 小城金斯顿 …………………………… 287
13 去密西西比河 ………………………… 289
14 尼亚加拉大瀑布 ……………………… 292
15 罗斯福纪念公园 ……………………… 295
16 亚洲大陆最南端 ……………………… 297
17 高原上的茶园 ………………………… 299
18 马六甲印象 …………………………… 302
19 企鹅大游行 …………………………… 304

**随笔偶得**

1 趣味哲理诗 …………………………… 309
2 同窗心语 ……………………………… 311
3 校园雕像巡礼 ………………………… 313
4 摘杨梅 ………………………………… 316
5 田园畅想曲 …………………………… 318
6 我与基督教 …………………………… 321
7 山水诗情 ……………………………… 325
8 莎萧之战 ……………………………… 328
9 楼前花木林 …………………………… 332
10 “春”入诗词 ………………………… 334
11 济南赏梅 ……………………………… 337

# 乡土记忆

悠悠天宇旷，

切切故乡情。

——张九龄

# 1——村里住了日本兵

1936年，我出生在鲁西平原的一个村庄，村子不算大也不算小，约一二百户人家，李氏独姓，村里人往外写信注明的发信地址是：堂邑县(曾名武训县，现分归聊城市冠县)城关正南十二里处。

在我五六岁的时候，村上来了日本鬼子。一天下午，几个小伙伴在村边玩泥巴，忽然从村西传来一阵嘈杂声，比春节放炮仗还响。丙仁大爷爷紧张地喊我们："你们小孩子快回家去！"他跟别的大人说："枪！那是枪响！可能是老吴的兵来啦！""老吴"是指山东的国民党军队长官吴化文。谁知，那是更加残暴的日本兵。他们从温集、郭庄那边过来，每经过一个村庄，先朝天打一阵枪，村里不少年轻男子怕被抓壮丁，都跑走了，半年多后才回来。

日本兵来了就赖下不走了，住在村南小土围子里。那是个方城，围墙高高的，东南、西北两个城角都有炮楼，四周都是庄稼地，大门朝北，对着村庄，距离百多米。

那伙鬼子兵共有十几个人，穿着黄色军装，戴着护搭盖耳的帽子。平时两三个人结伙出门，至少一个人挎着大弯刀或长枪，枪头上有亮晃晃的刺刀。母亲常叮嘱我，不要靠近鬼子兵。可小孩们非但不知凶险，还很好奇，常常故意在村南头玩耍，远远地看着日本兵的城门。一旦听到鬼子们发出狼嚎般的叫声，我们的目光就透过铁栏杆大门往里望：两个鬼子练刺杀，头戴铁笼护罩，手端长枪刺刀，相对攻击，一个劲地喊着“呀——操！呀——操！”老远就能听到，很吓人。他们是两个人一班，轮流操练，旁边地上还放着个铁东西，好像两胳膊撑地，大人们说那叫机关枪，能够连发子弹。

鬼子搞绥靖政策，外号叫“大老胖”的伪乡长领着手下向村民买鸡，出价很低，但谁也不敢不卖给他们。离村北二三里地有个叫李家围子的村子，那儿住着皇协兵，比大老胖还坏，专为鬼子办事，常到村里挨家挨户搜刮民财，自己在鬼子面前得点好处。直到小学五年级时，我才明白这个称谓的含义，老百姓叫日本兵“皇军”，说是天皇的军队，地方杂牌军帮皇军办事，老百姓轻蔑地叫他们“皇协兵”，也就是骂他们当汉奸。

鬼子兵有时故作友善，主动和村民搭讪，有时也逗逗小孩子玩，甚至把鱼罐头送给小孩子吃。他们都穿黄军装，长得一个模样，很难区分这个兵与那个兵。有个鬼子右眼角有道伤疤，人称“疤瘌眼”，他的凶狠相算是让我记住了。

村里有个李公顺，长得方盘大脸，面膛黝黑，两眼又大又亮，岁数和“疤瘌眼”差不多。“疤瘌眼”爱跟他套近乎，夏天一日，他俩在村东水坑游泳，开始是嬉戏玩耍，打水仗，二人互相向对方泼水。李公顺水性好，扎个猛子挖了把泥，连泥带水扔到“疤瘌眼”脸上。泥沙落到眼里，当然不好受，“疤瘌眼”边骂边走上岸来，李公顺一看大事不好，急忙上岸跑了。“疤瘌眼”拿枪直追，追到村外的大苇坑，公顺一头钻了进去。满坑芦苇，飘飘摆摆，“疤瘌眼”不知深浅，不敢下水，便朝芦苇坑连开两枪。但他还不罢休，直到别的鬼子兵赶到，死拉活拽把他拉回围子。“疤瘌眼”那两枪虽没打着人，却吓得公顺躲在里面一动也不敢动。日本鬼子走后，村里人才喊他出来。公顺的叔父知道这事不算完，忙找“大老胖”出面调停，让公顺赔礼道歉，事情才算了结。

日本鬼子进村之始，老百姓不敢反抗，直至“疤瘌眼”的枪声震醒了百姓。包括公顺在内的六七个青壮年，三四年后踊跃参军，在解放战争的洪流中立下战功。

# 2——逃荒路上

民国三十二年，也就是 1943 年，是鲁西地区被载入历史的“大歉年”。山东西部大旱，十几个月没下过雨，天地干裂，树叶、谷糠，凡能吃的东西都吃光了；原指望收下小麦度荒，却见大片大片的绿色小麦枯萎变黄。政府官僚不管，老百姓总不能等着饿死，只好自救逃荒。

父母和外婆家商量，要么闯关东，要么下河南。最终决定去黄河以南拾麦子，阴历五月下旬，离家逃荒。交通工具是一辆“小洪车”，就是淮海战役民兵支前的那种手推车，木轮，中间有个矩形木架罩着车轮，两侧是平架。父亲把家里最“贵重”的东西都带上了，大门的两扇门板算是值钱物品，也拆下来带着准备去换粮食。两扇门板分放在车子两侧，空隙里放着包袱、篮子等杂物，不满周岁的弟弟坐在车子上。父亲推着车，我跟在母亲身后，一家人向河南出发了。大约走了二十几里，刚过沙镇不远，弟弟可能扭动了一下身子，从车上掉了下来，吓得哇哇直哭。幸好是土路，没有摔伤，母亲赶快把他搂在怀里哄哄，抱着他继续赶路，舍不得再把他放回车上。

第二天，走到阳谷县郭店屯镇时，路上一众逃难人纷纷传说“聊城下雨了”。父亲觉得不能不信，也不能全信，做两手打算。他自己继续南下、谋求生路，母亲和我、弟弟返回家去。母亲怀揣弟弟，用一条木棍和我抬着行李包袱，她前我后，娘儿仨艰难前行。中午时分，日高天热，累得气喘吁吁，母亲便抄近道从麦田穿过。麦子长得几乎和我一样高，麦芒刺到身上如针扎一般疼，虽然心里埋怨母亲不该走这麦地，却依然吃力地跟着。长大后才明白，母亲当时每移动一步需要有多大的毅力和付出，一双缠得痛苦难展、立地不稳的三寸锥形小脚，抬着包袱、抱着弟弟，麦垄坎坷不平，走得何其艰辛，可怜天下父母心！

总算走出麦地，到了地头，停下来歇一口气。我说：“快饿死了！”母亲赶忙掐几个麦穗，戳出一把麦粒，一边给我吃，一边嚼几口喂弟弟。逃荒路上没干粮吃，但不能没水喝，母亲带着一个锡水壶，水壶有一个花布外套。到了村口，母亲用花壶套换了两个玉米饼子，娘儿仨才吃到一顿久违的午饭。

家啊，我们总算活着回到了家。还是没有吃的，可心里踏实多了。逃荒的乡邻也陆续回来了几家。几天前的雨水，好像给人们带来生活的希望。

二十多天后，父亲回来了，最大的喜讯是用那两扇门板换回了半口袋小麦。天无绝人之路，我们得救了！

# 3——李安民还愿

农村穷人年轻时难得娶上媳妇，甚至一辈子打光棍，传宗接代的速度没有富人大户快，有“穷大辈”的说法。村里有这么一对弟兄，老大叫李安民，老二叫李安和，乡亲们无论长幼，差不多都是孙子辈的，叫老大“大爷爷”，叫老二“大老头大爷爷”。

大爷爷个头不高，性情开朗、做事机灵，留下一段村人尽知、流传几代的求神故事。民国初期，有一年他生了病，胃疼得厉害，但无钱治病。乡村信奉神明，有人给他出主意：“到村头土地庙求土地爷去吧！”土地爷是尊胶泥塑像，坐于庙堂正中后墙案台上。大爷爷供上香火，跪地叩头，虽然穷得叮当响，在神灵面前却敢说大话，许起愿来响当当的：“土地爷开恩，求您保佑，等我病好了，供奉您一场大戏！”许完愿，心情转好，没多久病就好了。

一天，他高兴地告诉四邻乡亲：“土地爷神力通天，在我身上显灵了，把病治好了！”并昭告大家：“黑天后要去还愿，请看大戏去！”

乡邻们任谁也知道，大爷爷哪有钱请戏班唱戏，但又摸不着头脑，不知道他葫芦里究竟装的什么药。晚上，大家跟在他身后来到土地庙前，只见他手拿一个洗脸用的破旧铜盆子，恭恭敬敬跪在土地爷像前，念念有词：

您是上方一尊神，
我是下界李安民。
当初许您一台戏，
没说唱戏多少人。
今日草民来还愿，
我唱大戏表表心。

唱完即起，敲着铜盆打着点，还学着京剧里戏角那种步式跑圈走场，摇摇摆摆，自编自演又唱了几段，乡邻们都为之鼓掌喝彩。

从那之后，大爷爷的胃病真的再未复发，村里人也相安无事，都说“大爷爷给村里带来了福气”。看来，心理的作用、精神的力量还真能帮助治病啊！

# 4 ——“鬼拽衣袖”的故事

我村西南，小张庄东头，有片坟地柏树林，那是东胡同乃喜家的祖茔地。几十棵柏树，浓郁阴暗，群坟间数簇洋槐长得密不透风。远看，林子黑洞洞的，走进去，群坟静悄悄，有些阴森诡秘。更离奇的是，老辈的人看见，春天里，那儿夜里常出现鬼火。小张庄人夸张地抱怨说，林子离俺村这么近，冬天风雪夜，那里面鬼哭狼嚎的，吓死人。

大约1945年，我9岁的时候，几个童友到西南地里割草，乃喜在附近锄地，碰巧我们一起到林中休息乘凉。他说：“这柏树林有年数了，你们听说过它的故事没有？”我问他：“是不是鬼火的事？”乃喜回答：“不是，是闹鬼的事。鬼火没什么，西头私塾先生说，那是磷火，天气干燥时死骨的磷出来燃着的。闹鬼的事可就不简单了……”于是，他打开了话匣子。

在民国初期，咱村有个青年叫李丙什么，外号叫大成。他胆子比一般人大，不少人都佩服他。跟他不错的四个小伙子，想试试他的胆量，拿一只铁钉和他打赌：黑夜三更时辰，你若把这根铁钉钉到新坟旁边那棵柏树上，我们就永远拜你为英雄。大成说，他不想当英雄，但愿意试试自己的胆量。

一个伸手不见五指的黑夜，大成只身来到林中，咳嗽两声，壮壮胆，可心里还是有些紧张，找到那棵树，急忙往树上钉钉，钉上后拔腿就跑，但他掌钉的胳膊被拉住了，吓得昏了过去。

大段时间过去，不见大成回来，那四个人想，一定出事了，立刻拿起棍棒直奔树林跑去。进林直喊大成的名字，找到大成，看他瘫在树下，胳膊的袖口还钉在树上，于是抱住他连呼带摇晃，大成这才苏醒过来。

他睁开眼，如梦初醒，还有些害怕，看到几个打赌的伙伴，有点不好意思。伙伴们告诉他："你看，你慌乱中把宽袖口钉住了，你小子以为是被鬼拽住，吓昏了。好啊，这袖子都被你拉烂了。"有个小伙拍拍大成肩膀："大成，算你赢啦，不管怎样，你终归把铁钉钉到了树上。"五个人都笑了，黑暗中，笑声打破了茔地树林的寂静。

当时我们听这故事，开始有些害怕，到最后却觉得挺好玩。

乃喜说，自从那次"被鬼抓衣"之后，大成一生再也没信过鬼。我也受到了影响，知道了所谓闹鬼的事，往往是人为的，是人的心理作用所致，是自己想出来的。后来，我 17 岁那年，也曾事急赶路，独自夜行 40 里去聊城，一点也没害怕。

# 5——捋榆钱

我家堂屋西侧，靠西墙根不远，有两棵大榆树，笔直挺拔，高出房顶丈余，树枝铺散开来，煞是风景。暮春时节，树枝上缀满榆钱，像一串串小黄花一样。榆钱淡甜，有菜香味；榆叶厚实，能当野菜充饥；榆树皮可以磨成面粉，与粗粮混合，能增风味。榆树是我家的宝树，榆钱对穷人是上天的施舍。捋榆钱，孩子们当玩一样，从没想过会有什么风险。

大约9岁那年，一天下午，我从木梯爬上房顶，站在房顶边沿，伸出手臂去拽树枝。偏遇一阵风来，刮得树枝摇来摆去，要想把榆钱捋下来必须在树枝摆到面前时，趁机用力抓住它，才能成功。以往捋榆钱都是爬到树上，从这个粗树枝到那个粗树枝，挺费时间；这一次，是站在房顶上，我想会更容易些。树枝迎风而动，当我斜身向前去抓树枝时，突然双脚悬空掉下房去！脊背着地，落在茅厕的粪土堆上，幸好粪土堆比较松软，未伤筋骨。年小不知轻重，拍拍屁股就爬了起来。

榆钱没有捋到多少，自己也不愿把这事告诉母亲。但母亲一眼就看明白了，严肃教育我："没摔伤算你命大。要是掉在茅屎坑里，或者伤胳膊断腿的，以后可怎么过？再也不要做这种不动脑子的傻事了！”

吃一堑，长一智。年幼无知，年长才懂得做事要多想一想。捋榆钱，小事一桩，但含有一层道理，站在房檐犹如立于悬崖，比爬树抱住树枝风险大多了。

# 6 ——捉弄“二板筋”

村里有个李丙贤，论辈分，我该叫他二爷爷。乡邻给他起了个外号，叫“二板筋”，意思是说他不随伙，跟谁家也不来往，性格又倔。从旧社会到解放初期，农村孩子能吃到甜瓜、红枣就算不错了，很难吃到苹果、梨子等市面上的水果。而二板筋家是个富户，家外有处大园子，立着高高的围墙，园子南头栽有沙果树、梨树、香椿树，是全村唯一的果林；果子收下来以后，全都藏在家里，过冬还能吃；谁也没见过他拿到集上去卖，也没见过他让乡邻们尝一尝。村里人说他是吝啬鬼、一根筋，要想法整治整治他，叫他知道乡邻的厉害。

有个叔叔叫李公法，双眼皮，一肚子鬼点子，他制定了一个计划：偷梨！他说，二板筋家的梨树是酸梨树，树高、枝粗，靠近园子南墙，离住房也远，不易被发觉；酸梨蛋子个小、皮厚、硬实，一嘴下去也不一定能咬出个口子，落到地上摔不烂，很容易捡拾；酸梨虽不大好吃，确是二板筋的宝贝，用这一招，能让他觉着痛。他像智多星吴用那样吩咐我们如何如何。

那年秋天，在一个没有月亮的夜晚，我和乃俊、公春三个才八九岁的小孩，既兴奋又刺激，英勇出发了。我们来到果园外边南头，园墙外是片庄稼地。我个头高，甘作人梯，先蹲下，让乃俊踩着我肩膀，我再扶墙站立起来，他翻墙进去。乃俊快当麻利，爬上梨树，摸着梨就摘，摘了就往墙外扔；我和公春摸黑听声捡梨子，砸在身上也不觉得疼。末了，让公春再踩着我肩膀爬上墙头，将乃俊从墙里拽上来。自始至终没被二板筋发现，战果辉煌，被李公法翘出大拇指大加表扬。

回到家却是另外一番情景。公春的后脑勺，被梨蛋子砸得鼓起一个大包，第二天被他母亲发现了，追问是怎么弄的，他说："昨晚去找乃坤玩，出门跑得太急，一头撞到门上碰的。"他母亲也顾不得细细盘查，对着大包连连吹气儿，以减轻疼痛。小伙伴事后把这当笑话讲，亲娘越是疼儿越好哄，人往前跑撞到门上，疙瘩应在脑门，怎么就长到后脑勺上了？

美中不足的是，没听到二板筋跳脚骂人，也没见他追查作案者，大概是自认倒霉，只好吃哑巴亏了。

# 7——第一次目击枪战

1946 年夏初，在我村附近发生过一次战斗，是八路军游击队痛击国民党敌伪杂牌军。我们几个小孩子，不知道枪炮厉害，躲在村边路沟里听枪响、看打仗，很是过瘾。

按地理位置说，我村东二里处是后石槽村，南三里处是老贾庄，北二里处是李家围子。几年前就住在李家围子的皇协兵，日本鬼子在时为虎作伥；日本鬼子投降了，本性不改而归附国民党，与八路军作对，成了杂牌军。他们的头目名叫李法亮，是后石槽村人。五月南风小麦黄，李家麦田变战场。一天下午，游击队大张旗鼓，出现在老贾庄东边，抢割李法亮家的麦子。李法亮皇协兵闻讯出动，一个骑兵在前面领路，十几个步兵随后，慌不迭地冲着麦地就开起枪来。双方交火，没多大会儿，游击队边还击边撤退，撤到了老贾庄东边。皇协兵怕中埋伏，没敢去追。把一个伤兵放在马上，停在半道。这时，我看见两个农民打扮的游击队员，手里提着枪，腰上别着手榴弹，悄悄从我村东干水沟去抄皇协兵的后路，猫着身监视敌人的动静，准备打援。忽然间，枪声大作，手榴弹在后石槽村炸开了，把李法亮的老窝给端了。

割麦子的游击队返身扑回，不到一袋烟工夫，那一群皇协兵就缴械投降了。

大汉奸李法亮被打死了！胜利的消息传遍全村，大人们额手相庆。原来八路军抢割他家麦子是幌子，引蛇出洞，另一支队伍去抄他老窝才是目的。李法亮带兵救家是在明处，中了埋伏，没等他踏进家门，在胡同里就把他包围了。游击队本要活捉，他自知罪孽深重，定然不得好死，在八路军战士捆绑他时负隅顽抗，还咬掉了一个战士的耳朵，被当场击毙。

真枪实炮的对战，击毙汉奸的快意，高超战术的见识，第一次也是一生的唯一一次，难得而可贵。事过70多年，我仍记忆犹新。

# 8 ——跟父亲学干农活

笔者家在农村，上学晚，小学毕业时已是 16 岁了。但是也好，这 10 多年大部分农活都学会了。我干农活的本领，主要是从我父亲及大伯那里学来的。

跟父亲学干农活，有许多清楚的记忆，尤其 10 岁以后做得比较费力气的活，农村叫重活，直到现在也不会忘记。

我 13 岁时，曾连续刨地 22 天。初秋，村西南许家坟那八亩地，准备播种小麦。过去都是用牛犁地，可这年我家的老黑牛卖掉了。没有别的办法，父亲只好决定，由父子二人刨地。

头几天，用铁锨刨。锨头有一尺长，腿脚用力踩下去，把土翻上来，如果土块坷垃太大，还得用铁锨把它拍碎。一锨一锨地刨，腰、腿脚乃至全身都用力气，不一会就感到累了。那时候倒也能强忍着坚持干下去，只是心里总盼着父亲叫停下来休息一下。然而，他自有成规，上午、下午各休息两次，每次约 20 分钟。那时候也没手表，时间由父亲估算着决定。大概是心理作用，我总觉得休息的时间太短，老想再多歇一会。其实，我看得出，父亲也很累，他只是不说。他干活速度快，我刨两锨，他能刨三锨，而且，在我休息时还得检查我的刨地质量，拍碎漏网的大坷垃。第一天就干得筋疲力尽，第二天一开始，腿脚疼痛，过了一会儿，感觉好多了。很奇怪，身上一出汗，反倒更有劲了。

刨到第五、第六天时，疲劳程度有所减轻，但是那种简单、机械、并不轻松的重复操作，让人腻得慌。我望望那大片未刨的土地，心里发愁，只能一锨一锨地刨，像蚂蚁啃骨头一样，什么时候才能刨完啊！尽管犯愁，还是闷声去干，也不敢向父亲提出多休息一会儿的要求。

第十天，将铁锨换成了铁三脚，父亲用大三脚，我用小的，但脚齿一样长。操作过程是两手握紧三脚把、高高举起、向前弯腰，用猛力落下，脚齿入地越深越好，老家方言叫"叨地"，用力小就"叨"不深。结果是双腿不算太累，但两臂震得发麻，头一天两手就磨出泡来。父亲说没事，过两天就不再起泡了。几天后血泡是没了，但硬茧来了。

除了像刨地、"叨地"那样需要耐力、猛力的活，父亲也带我干过快节奏、高强度的活路，最典型的就是"泥房"。

"泥房"，在我的家乡，家家户户都少不了。除非是富有人家，普通人家的房屋为了防御下雨漏水，住房房顶都是先用松土蒙盖、拍打结实，再用稀泥掩实；经过春夏秋冬雨冲雪融，表层泥土流失，第二年都得重新再泥一次，覆盖一层大约一寸厚的泥巴，俗称"泥房"。

"泥房"的工序是：在房前平地上堆土，撒上碎麦秸掺水和泥；一人站在凳子上，用长把铁叉扠泥，举过房顶，将泥倒在房顶边沿的小木板上；房顶上专人用铁锨将泥铲起，运送到掌泥板人的手下；最后，由掌泥板人把泥摊开抹平。

有几次泥房，父亲掌泥板，我负责送泥；叉泥频率很高，一般由二人轮流承担，但家无他人，得我一个人干到底。工序一条龙，我这个环节特别重要，慢了，房顶木板上泥满就会往下掉。有一天，连续泥了两个房顶，总算咬牙坚持下来了，迷迷糊糊，晚上一觉睡到天明。

有些特殊一点的重活，父亲不让我参加。我看到过他如何拓坯、打墙。我家西院子三面围墙，长约120米。从井里提水、担水、和土、小板封、大板打，他和一个帮工一直干了30天，帮工换过三茬，父亲则一直坚持到底。盖东屋，拓坯近千个，从掘地取土到把干坯垒成墙，全是父亲一人做的。农村有句俗语，“拓坯打墙，活见阎王”，是说这两种活能活活累死人，但父亲一做就是几十天，他的硬骨头精神与巨大毅力，令我感动终生。

回想起跟父亲学干农活的过程，少年时怕累、心怯，甚至埋怨；成年后，才完全理解，父亲的严格要求、言教身教，深刻地影响了我、锻炼了我，使我学到了生存本领，养成了劳动习惯。在后来假期生产队劳动中，大学时下乡锻炼秋收麦收，毕业后莱阳一年劳动实习，什么农活都会干，而且干得不错，我为此感到自豪，心里充满对他老人家的深深感谢和敬仰。

# 9 ——怀念母亲

老来更思念母亲，常想这大半辈子，亲人中谁对我影响最大？是母亲，我的母亲。16 岁前，我一直跟在母亲身边，沐浴着母爱的阳光。母亲造就了我的性格，她诚恳热情、善良无私的人性内质，深植于我的灵魂之中。

母亲是 1911 年生人，来自旧社会，受封建礼教束缚，从小把脚裹成了“三寸金莲”，艰难走完了痛苦的人生里程。自己一世辛劳，把温暖和幸福都给了她的孩子。我们兄弟四人，我是老大，二弟小我 6 岁，三弟小我 10 岁，四弟小我 14 岁。4 岁以前的事我不记得了，但弟弟们的今天就是我的昨天、我的曾经，我完全能够想象得出母亲在我幼儿时期付出的艰辛。

我们都是吃母亲的乳汁长大的，我记得弟弟在妈妈怀里吃奶的幸福样子，忘不了母亲边喂儿奶、边纳鞋底的忙碌情景。冬季，农村没什么取暖设施，母亲穿着大襟棉袄，把孩子揣在怀里，外面再用带子扎牢，把体温传给孩子；幼儿不知屎尿，有时会发生意外，把尿撒在母亲怀里，母亲不仅不打不骂，反怕孩子肚子受凉，赶忙换上干布。我有时就想，恐怕哪个孩子在母亲怀里都有这种经历，只是母亲不讲、自己不知罢了。

孩子生病或遇突发事故，更是让母亲心焦、备受煎熬。一年秋天，晚饭时候，不满一周岁的三弟自己爬动，被热稀粥烫伤了脸，母亲慌忙把他抱起来，用笼布去擦脸，发现一片右脸皮被烫得掉了下来，三弟要命地哭，心疼得母亲满眼流泪。随后的几个月，母亲不停地求人买獾油，给三弟医治烫伤。四弟一岁时，腿上生疮，母亲抱着他到处求医问药，不管刮风下雨，总踮着那双旧社会裹成的小脚奔波忙碌。得益于母亲的艰辛照料，两个弟弟都治好了伤病，也没落下后遗症。

我是老大，邻居们都说我是母亲的宝贝，母亲对我疼爱有加。后街有个李乃兴，他爹开了一个包子铺，我四五岁时，母亲好不容易攒下几个铜子，都给我去买包子了，她自己却一口也不沾。6岁时遭遇歉年，没有粮食没有油水，靠秕糠和树叶充饥，使多大劲也拉不下大便来，憋得只哭，母亲毫不犹豫，不管脏臭，用她的发簪给往外掏。书籍里、屏幕上，千千万万人都会说，是爹娘一把屎一把尿地把儿女拉扯大。直到自己为人父，才理解这句中国白话所包含的真正含义，愿天下儿女都能知晓，父母之恩何止重于泰山！

1967年夏天，那个“文革”炽热的岁月，我已是大学教师，寻空带母亲走出家门，首登泰山。夜宿半山腰一家小旅馆，店主是三个男人。客人，就我母子俩，卧床是地上的苇席。我手上戴着一只上海牌手表，价值120元，算是当时顶够档次的消费品了。母亲年轻时听说过《水浒》里菜园子张青、母夜叉孙二娘开黑店的故事，担心那三个大男人图财害命，一夜都没敢合眼睡觉。第二天上午，我们母子二人爬到玉皇顶，雾很浓，能见度不足十米，我想到望海石那边看景，让母亲坐在石阶上等着。我还没走多远，忽听母亲高声喊我，不知道出了什么事儿，吓得我赶快回来找她。一问才明白，山上大雾、一人独行，她怕我近视眼看不清会掉下山去，特地再嘱咐几句。拳拳之心，儿岂不知！到了秋天，因表兄作案，村里盛传我有“外国证(护照)”，已经逃亡国外，母亲因此受到惊吓，忧虑成疾。

1983年晚秋，我从美国访学回来，去看望母亲，她紧紧攥住我的手，高兴得直说：“儿子可回来啦！”她拿出新弹的棉花，在堂屋地板铺上席子，坐着、跪着，一针一线地给我做新棉袄，说：“天快凉了，你又待不几天，得做好让你带走。外边的洋袄再好看、再时兴，也没你娘做的暖和。”母亲一生不知为孩儿们做过多少衣裳，从尚未学步时候的沙土裤、围嘴儿，到还不会自理拉屎撒尿时候的兜肚儿、开裆裤，再到如今儿子已作人父时候，还给做护膝、棉衣！这件棉袄，是母亲在72岁高龄亲手缝制的最后一件衣裳，是我家的镇宅之宝，每当看到它，就会想到母亲的音容笑貌，就会不由自主地一遍遍吟诵孟郊那首《游子吟》：

慈母手中线，游子身上衣。
临行密密缝，意恐迟迟归。
谁言寸草心，报得三春晖。

母亲娘家，祖上开糕点坊，到她这辈儿时已经家道中落，虽未曾上学读书，但接受的还是大家闺秀教育，知体识礼、聪慧明理；虽然小脚乏力，但针织女红、田间杂活样样皆善。旧社会结亲，常是男小女大，媳妇娶进门就是增加一个劳动力，我母亲也不例外。一年阴历九月，那时父亲三弟兄还没分家，都挤在一个大家庭里。天已冷了，地里的爬秧子花生没有收完，让母亲下地干活；天上刮起风、下起小雨来，别人回家吃饭，让她留下看地，她没找任何理由推脱，一直坚持到底。至于孝敬老人，就更没得说了，分家后单门独过，爷爷奶奶住得离我家较远，每逢过节，开饭之前，母亲总要我把最好吃的饭菜先给他们送一份去；我从临清一中放寒假回家过年，母亲也叮嘱我别忘了给爷爷奶奶买些济美酱园的豆腐卤来。

分家以后，母亲的担子更重了，田里庄稼、房院修整，一家吃穿、孩子上学，亲戚来往、邻里交涉……即便累个半死，她也从不抱怨，从不退缩。母亲有两个合得来的邻里好姐妹，对门公绍四婶、东院公笃五婶，三人脾性相仿、风格相近，说话直爽、干活麻利，办事公道、不贪便宜，四婶、五婶见我就说："快点长大吧，看看你娘都累成什么样了！"

我这当哥哥头的，自然希望能给母亲帮上忙，当个助手。跟母亲学过做饭手艺，什么生火、和面、贴饼子、煮米粥，都试着干了；也知道不少口诀——"水开下米，锅热贴饼""锅盖圆气是开锅，两袋烟功夫干粮（指窝窝头，玉米饼子）熟""开锅前大火烧，开锅后小火燎"。有天快黎明时，母亲感冒发热想喝口水，但家里没有暖壶，当然就没有备用的开水。我便去烧，水一有响声就盛一碗端了过去，母亲说："还得烧一会儿，水还在响呢！记住，响水不开，开水不响。"

母亲心灵手巧，常常一句话就能把道理点明。母亲教子似乎比父亲活络一些，更懂得孩子心理，这一特长让我很受启发，得益匪浅。我成家以后，下厨房做饭菜，孩子们都喜欢吃，我因此颇有点沾沾自喜的成就感。讲个题外的小故事，我的一个女学生，老公是大男子主义者，不理家务事，只读圣贤书，妻子不做饭就不知道该吃什么。她希望我替她给老公上一课，我现身说法，请他们来家做客喝茶，我扎上围裙摊饼、擀面，然后一起品尝春饼卷咸鸡蛋、葱花油盐阳春面，他们齐声赞好，她老公惭愧表示:“向李老师学习,要学会做饭。”矛盾化解,二人欢喜而去。

母亲有副热心肠,爱关心弱者,通情达理,讲究信用,街坊邻里间有什么不愉快、小摩擦的,都愿找她说说,求她管管。比如四婶两口子打架,东胡同三兄弟分家纠扯不清,西院大媳妇丢鸡跑到房顶上胡乱指桑骂槐,只要叫母亲一评判,大家就和好如初了。更有意思的是人民公社“大办食堂”那年,母亲还被众人推举为“大食堂”炊事班长。

母亲虽然没上过学,但勤学好记,喜欢歌谣、民间故事,也知道些生活常识与浅显的科学道理,和村里年纪相仿的婶子大娘相比,她懂的知识算是顶尖的了。在我刚记事的时候,母亲教我唱:“小老鼠,上灯台,偷油吃,下不来,叫它奶奶抱下来”;有趣的是,炕沿上点着棉油灯,母亲坐在炕边纺纱,恰好有一只小灰鼠爬上灯台偷油,她轻咳一声,小灰鼠吓得“哧溜”跑了,母亲笑着说:“听是听、唱是唱,那事可不都是真的,你看,小老鼠没让谁抱也下来了。”一个夏日的晚上,躺在院里席上乘凉,我望着高天明月,母亲说:“我给你说个谜语,‘金碗厚,银碗薄,合天下就两个。’”就两个?我张嘴就答:“是太阳和月亮!”母亲很高兴,指着天上星星告诉我哪是牛郎星,哪是织女星,北斗星又在哪儿。接着,背了一段妇女识字班上学的快板:

张三姐、刘玉兰,
天生一对大脚板。
下河去担水,上山把柴砍。
妇女翻了身,上学把书念。

她不无羡慕地说:“这两个闺女多有福啊,脚不用裹了,走路、干活都有劲儿。”旧礼教,何止是让妇女裹足不前,更大的罪恶是封杀了她们的智慧和理想。

1984年,母亲患脑出血病倒在床,1987年离世。我和弟弟们生活刚有好转,还没有来得及回报父母,母亲却走了!我原想,带父母到烟台看大海、到青岛看日出、给父母照一本彩色影集……这一切,如今都化为悔恨,抱憾终生。

"雁过留声,人过留名",也是母亲给我讲过的,意思是:人要诚善、多做好事,不要枉来世上一场。母亲,给儿孙们留下了无尽的精神力量。母亲,我要告诉您:您的话,我记住了,我们弟兄都记住了。

# 10 ——祭父母文

父亲李公林(1919～1989),母亲李盛氏(1911～1987),山东省聊城人。生于乱世,逝于盛代;一生蜗居乡村,未曾领略大好世界;含辛茹苦将孩子拉扯长大,却没有得到儿孙孝道而撒手西去。呜呼!天地不公,何至如斯!父母的昨天宛在,我们的明天何往?唯牢记父母教诲,继承父母精神,怀父母之心,秉父母之愿,报国忧民,驱力尽善,勿令父母在天之灵愧对儿等不争矣!时至公元2007年,母亲二十年忌日,乃命二弟乃珍执笔作《祭父母文》,以寄托哀思、永久缅怀,于此一记之。

**祭父母文**

至亲至爱,人之父母;天下父母,有同有殊。
我之父母,德高行正,名冠乡里,音容长留。
严父忠耿,善恶分明,不求机巧,一丝不苟。
青年求学,国难当头,从农十载,不慕仕途。
外出逃荒,携妇将雏,衣帽不遮,食不果腹。
不乞不讨,不屈豪富,自食其力,堪为丈夫。

中年从教，意气方遒，弟子盈门，名成誉就。
吾四弟兄，从父读书，亦鞭亦策，亦导亦疏。
桃李竞放，初成画图，有口皆碑，退而不休。
当养颐年，遭逢母病，侍奉周全，代儿分忧。
慈母聪慧，有刚有柔，勤俭持家，一生劳碌。
待人如己，邻里和睦，远近有难，倾囊相助。
教子有方，循循善诱，四海为家，莫辍中途。
小儿呦呦，大田待锄，白天经地，夜晚机杼。
吾父谋外，吾母持内，大厦独支，家庭砥柱。
春晖永被，恩泽无数，待至福来，韶光已去。
文纵偌长，父爱难表，文纵偌厚，母爱难书。
悲哉吾父，其恩未报；痛哉吾母，其情未酬。
草木青青，光阴悠悠，已然廿载，母可安度？
父母在上，儿等跪告，孝道未尽，尚祈谅恕。
男原有四，叔子中逝，孙等十一，才女为九。
事业有续，如水东流。父母在天，伟哉父母！
尚飨！

农历二〇〇七年三月五日

# 11 ——大姨为逃命出走

外婆家在盛庙村，与我村相隔 10 里。民国时候，盛庙村坐落在一方围城里，墙外有护城河，河岸上枣树枝密布，枝上满是利刺，也是一项防御工程。外婆家原是村上大户人家，开糕点铺，大门高挂“泰风隆”匾额，三个舅家、三处宅院，南北相连 10 多座房子，一眼看去，蛮有气派的。母亲没有亲弟兄，只有一个亲妹妹，外公外婆去世后，由大舅过继。三个舅父待母亲姊妹跟亲姐妹一样，待外甥更亲。我小时候常去外婆家住，跟舅舅、舅妈一点也不认生，把那儿也当作家，长大了还常常梦到外婆家。

外婆家有几个小伙伴，大舅的儿子叫延清，大我二岁；大闺女叫甜姐，我叫她甜姐姐；二舅的大闺女叫玲玲，跟甜姐姐岁数一般大；大舅有两个妹妹，我叫她们大姨、二姨，大姨叫雪巧，可能是冬天下雪时出生的，故得此名。俩姨俩姐都爱逗我玩，尤其是大姨，个儿长得像母亲那样高，圆脸儿，模样挺好看，有事总爱跟母亲说，也特别喜欢我，给我买过麦芽糖，那糖很甜，但很黏，粘牙、粘手。长大后，突然发现大姨怎么多年都看不见了，舅舅、舅妈也从不提起。我问母亲，她总是叹气，零零碎碎地说个一句半句，才知道大姨身上发生的一段悲剧故事。

1941 年秋天，盛庙村有了地方团防部队，舅家住了 10 多个士兵，穿黄军装，戴遮檐帽。两三个月后，二舅赶集回来，看见大姨和一个士兵从街上皂角树下走过来，二舅妈说见过那个大兵偷看大姨房间。那个年代讲究男女授受不亲，大舅、二舅就据此认定大姨丢人现眼，败坏门风。于是，秘密计谋：找个时机，叫大姨到门前水井取水，趁她不防把她推下井去淹死，对外则讲是她不小心滑倒掉下去的。舅舅在邻乡有位年长的好友，是个有点名望的开明人士，他们对自己的计划吃不太准，希望得到长者的指点和支持。未想到长者也是善者，迅速将消息告诉了大姨亲妈，也就是我的姥姥。姥姥果断而明智，她知道当家的是舅舅，纵是亲娘说了也未必管用，所以，她没有劝说舅舅放弃那无情的计划，而是认定叫大姨马上离家出走才是上策。

第二天，大姨不见了！舅舅们生气、着急，亲自出面带人到亲戚家挨户寻找，几天下来没见踪影，事情也只好到此为止了。大姨到底去了哪里？没人知道，她又不会写信，就是会写，恐怕也不敢写。舅舅们以为，大姨应该逃得很远很远了，远到让他们找不到的地方。这件事儿闹得全家惴惴不安，二姨和甜姐、玲姐她们分外担心：一个还不到 20 岁的农村女孩，从未出过远门，连县城都没去过，大字不识、身无技艺，人在天涯、世事险恶，她怎么能够安全地活下来?!

大姨逃命出走后，母亲常常暗自落泪。我小学六年级时，母亲不知道想起什么，自言自语："你大姨，不知道还活着没有？这两年，我老是想她。"我想念大姨，也理解母亲的沉痛心情。1953 年，初中暑假回家，母亲高兴地告诉我："见到你大姨了，她来咱家看我啦！""你大姨没忘记我，她知道咱家在堂邑县城南李大庄，就摸到家来了。”这才知道，当年大姨没逃多远，在嘉祥县遇到一个好心的老实农民，安了家，是儿子陪她来的。姐妹俩一见面就一头抱在一起痛哭，大姨的委屈与伤心、愤懑与恐惧，母亲的牵挂与惦念、庆幸与激动，终于得以释放出来。

从那以后，母亲直到去世，再未见过大姨。2019 年 3 月，我去聊城探望已九十高龄的甜姐姐，问起大姨的事情，她又难过又无奈，不无痛惜地说：“要不是解放，可能这一辈子都打听不到你大姨的下落，更别指望能见她一面了。好在事情已经过去几十年了，村里也不那么封建了，你大姨回来过两趟，在盛庙住过几天，给姥姥寄过钱，你三舅也去嘉祥县看过她，大家和好了。”

大姨是 20 世纪 70 年代去世的，她的人生与我家、我外公家的任何人都不一样，有家难归、孤苦伶仃，在惊恐不安中度过一生。可敬而又可怜的亲人，悲剧也随着她的去世而落幕。

# 12 ——表哥因贪利失足

人老爱忆旧，尽管往昔岁月苦难不少、快乐不多，还是有些不舍与留恋。特别是儿时的亲密伙伴，长大后各奔东西，有的活得令人尴尬，令人心痛，不由你不念及他，表哥盛延清就属于这种情况。

表哥虽只大我两三岁，却很有哥哥样，懂得爱护我。舅家每年都种西瓜，夏天瓜一熟就把我接去，他总是让我自己先挑，想吃哪个就切哪个。冬天，舅家磨绿豆、镟粉皮的时候就叫我去"喝浆白粥"，把做粉皮后剩余的废浆余渣煮开锅就能喝，"浆白粥"有一股新鲜、淡酸的香味，我特别喜欢喝。有一次，一碗粥喝了一半，觉得饱了，把剩下的半碗倒掉了，大舅脸上没挂笑容，教训我要学会节俭。我耍起小脾气，没打招呼就开溜了，出了城，沿着河边、顶着寒风往我家走。不一会儿，表哥追上来把我拉回去，关心地说："天这么冷，走迷了路怎么办，你不怕我还怕呢！"农忙时节，表哥常常来我家帮忙，锄地、割麦子、筛花生，样样都干，助我父母化解急难。

表哥懂事早，结婚也早，表嫂很是贤惠。1958 年"大跃进"

那会儿，他当上生产队会计，成了村干部。我去看望舅舅时，表嫂做的炸糕，表哥一边吃一边聊生产队的事儿，他说："农村人杂心不齐，干会计不易落好，但心里想着乡亲，尽力干好就是了。"1960年是"三年严重困难时期"的最困难年份，我正上大学，暑假回家，去张炉集镇赶集，碰见表哥，他拉我在地摊上喝碗凉粉，在当时那算是不错的招待了。寒假，母亲和我聊起几家亲戚的情况，顺口说表哥希望有个人能帮上母亲的忙，有意把表嫂的二妹介绍给我，由于我还是学生，没有答应下来，但表哥对我家、对母亲的关心与爱护，我是深深感受到了。

在山东大学毕业后，我留校做教师。1967年初秋，没有任何事先联系，表哥突然来到学校找我，说患了肺结核，济南大医院多，希望在这儿接受治疗。几年没见，他显得老了许多，精神也有些不振，我想人一有病大概就是这个样子。我在山大老校教工第一宿舍二号楼要了一间房子，先安排他住下，再联系医院。安慰他要有信心，病一定会治好的。

表哥带来一台破旧的小木盒收音机，打开以后不出声音了。说心情寂寞，想听听节目，解解闷，希望能把收音机修好。我找到电子系朋友陈金海和刘汝源帮忙，换了晶体管等零件，给修理好了。他入院之前那些天，有空就听收音机。住进疗养院不久，外文系革委会负责人叶瑞安问我："老李，你有个亲戚住在第一宿舍？很喜欢听收音机？他是你什么人呀？"我说："是我表兄，前些天已经住到疗养院去了。"当时我也没往别处想，无非是收音机响声烦人，惹邻居有意见罢了，后来才知道，是公安局曾找他了解我的情况。疗养院，是我同宿舍姜老师的浙江老乡帮助联系的，位于济南南郊崮山，环境比较理想，山坡都是松柏，医生和医疗条件也不错，表哥很是满意。

两个星期后，我去看望他，问他是否习惯，他话很少，只说“可以”，样子有些呆滞。我以为是适应期的正常反应，过一段时间会有好转的。

天有不测风云，当我再听到他的消息时，他已经被当作特务、反革命分子带到聊城去了，是聊城公安局直接从崮山疗养院把他逮捕的。罪名是：偷听敌台，勾结国外蒋匪特务机构，接受特务经费，为其提供情报。11 月份，聊城乡、村两级政府都召开了批斗盛延清罪行的群众大会。

乡村百姓哪里见过蒋匪特务，既愤恨又新奇。大会一开，什么议论都出来了，说法越邪乎人越爱听，传得越快。有的说：盛延清把他村上的情报寄到台湾，台湾就给他寄钱来；有的说：盛延清用泰国人姑妈的假名跟香港特务机关联系；有的说：盛延清表弟是学外国话的，把他弄到济南，他一被抓，表弟就逃到英国去了……谣言好比炸弹，母亲吓得吃不下饭、睡不着觉，成宿成宿地坐在炕上，直骂盛延清“混账，不着调，惹这种不要命的祸，把我儿子也拖累了！”父母都是明白人，坚信我不会惹祸，当时也没跟我联系，连封信也没写过。那年国庆节，我结婚时，父亲来济南祝福我们，才告诉我这些事情。儿行千里母担忧，这句话分量何其沉重！

表哥出事后，父母为了避嫌和盛庙来往自然少多了，跟孩子们也很少提及此事。盛延清被判 12 年监禁，1969 年病亡狱中。

岁月悠悠，爱恨春秋。事后多年，知道内情的朋友才告诉我事件真相：听敌台是真，公安人员跟踪多日，事实确凿；敌台说提供情报会给大量奖金，他相信了，就把发到村里的“四清运动”中央文件“前十条”“后十条”什么的装在信封里，按敌台广播的地址寄了出去，当然人赃俱获，如此小儿科版的通敌行为，是不难破案的。

母亲十周年忌日那天，十里八乡的亲戚们都赶来我家，给母亲上坟，表嫂也来了。30多年没见，已是满头白发，独自拉扯大两个儿子、四个闺女，真难以想象她是怎么熬过来的！她看着我，眼含泪水又强作笑脸，不知该有多少话要说，但她又说不出来，只问了一句："大兄弟这些年还好吧？"我想，表嫂比表哥大七八岁，嫁到盛庙时表哥还是儿童，舅妈身体不好，表嫂便担起家务，既要侍候公婆，又要关照丈夫；表哥失足落水，对她来说，简直是灭顶之灾！她好不容易说出的这一句话，可能有替丈夫表示懊悔之意，也可能是想表达我曾给予表哥治病照料的感动，默默谅解我后来没再去看望过她的苦衷。这令我悲酸交集，深感愧疚。多好的表嫂，品行高尚、内心静美。延清老兄，你何苦作孽！

表嫂于2006年因糖尿病黯然去世。十年前我去石家庄，见到表嫂的几个孩子，孙子、外孙两家跟我二弟在一起工作，使我稍稍感到欣慰。她的大闺女冬菊，2017年来济南看我，顺便说到表哥旧事，有这么一个情节：表哥入狱以后，家里拆洗他用过的旧被褥，表嫂发现里面夹着一张纸条，上写"永远不要翻案"。表哥终竟算是明白人，知道是自作自受，没受冤枉，劝家人不要为他减轻罪责而枉费心力、乱跑关系。

整个事件，从头到尾，昭示一个浅显明了的道理，别小看"人为财死，鸟为食亡"这句老得掉牙的谚语，要懂得"利令智昏"这句成语所表达的实在内容，无论贫贱，无论何时何地，切勿贪非分之利，一逾规矩，必陷于泥沼而难以自拔！

# 学园生涯

学而不厌，

诲人不倦。

——《论语·述而》

# 1——高小走读生

1950年，我上小学五六年级，就读的学校在张炉集镇，距我村6里路。学校刚建，没宿舍，学生走读，每天早晨去，下午回。我村李乃仲、李公振等5个同学，都能自觉遵守纪律，风雨无阻，从不旷课，不迟到。老师在全校学生面前表扬，说李大庄的学生月月全勤。

走读生有亲身体会，知道时间可贵，都会背诵村上老人教的"一寸光阴一寸金，寸金难买寸光阴"，因而学习用功，成绩优秀。第一学期考试张榜公布，前五名有四人是我村的，我是第五名，到现在还记得当时的高兴和自豪。

那段难忘的走读上学生活，发生过一个有趣的小插曲。村东老坟地，有我家半亩瓜田；西邻不远是丙旺家的瓜地。两家挺和气，我叫他旺爷。夏天，瓜快熟时，时兴在瓜地搭个窝棚，白天种地可以歇息，黑夜睡到窝棚防止有人偷瓜。这样，我和旺爷就成了邻居。我和乃仲约定，早上来窝棚找我，好一道上学。次日黎明前的那阵儿黑暗时刻，一阵激烈的吵架声，把我惊醒。听见乃仲和旺爷在吵，起来一看，旺爷揪住乃仲不放，非说乃仲偷了他的瓜。乃仲说："我是急着跑来喊乃坤上学的，谁稀罕你的烂瓜!"旺爷一听"烂瓜"二字，火气更往上升。直到我把事情缘由说清楚，旺爷才消了气。末了又嘟囔一句："不是偷瓜，在瓜地里跑个么劲!"话也在理，古人说"李下不整冠，瓜田不纳履"，咱们怎么就忘了呢!

我和乃仲回窝棚取了东西，便从瓜地出发了。清晨，大地宁静，瓜田飘香，我们迎着东方一抹朝霞，欢快地奔向学校。走读上学，紧张而快乐，多么令人怀念的少年时光!

# 2——步行百里上初中

1952 年 7 月，小学毕业，报考临清初中。我家离临清约 100 里，路是土路，不通汽车，必须步行。我们九个男同学一路同行。青葱少年，路上有说有笑，也偶有嬉戏打闹。

天近中午，刚过侯固镇，风吹过后，下起雨来。这下子我们兴奋起来了，有的仰面朝天，有的张开两臂，迎接风雨，脱掉鞋子拿在手里，光脚丫走道，让脚上故意沾上泥巴，再在雨水中涮净，有趣好玩、童心大发。乃琴哥高兴地唱起来，“走啦走啦往前走，哎吆哎吆哎嗨呦，小秀才赶考不觉累，金榜题名谁都有”，大家被他的小调所感染，走路更带劲了。路两边田地里，农民赶节气忙着栽种地瓜秧，有人停下来好奇地观看我们，好像在说，哪来的这群小疯子？

走到大辛庄，雨停了，离临清还有十来里路。大家已经累得够呛，有的脚上磨出了血泡。我的左脚板有点疼，血泡欲起。我腿长步子大，常走在前头。小个子侯印章开玩笑说：“你小子个儿高，能不能背我几步？”最后一段路，走来非常吃力。行百里者半九十，当时，我们还不懂这个道理。

顺利到达临清一中。连续三榜，九人中有七个榜上有名。三年初中，每年暑假、寒假步行往返，夏天白天长，两头能见太阳；冬天白日短，两头摸黑。锻炼了腿脚，磨炼了意志，为一生的艰苦奋斗打下了精神基础。

退休岁月，每读苏轼的《定风波》，就容易产生共鸣，总想起第一次行百里、遇风雨情境。几个同学嬉笑雨中，形如苏轼“莫听穿林打叶声，何妨吟啸且徐行”，但心情无忧，精神比他要敞亮痛快得多；意似他“竹杖芒鞋轻胜马，谁怕？一蓑烟雨任平生”。但我们是充满阳光的少年浪漫，他则是忧愁风雨之后的激愤与旷达。江山易改，本性难移，少年土生土长的这种习性到现在也没改变多少，出门简行，只要条件许可，就以步代车。

# 3——没走的路

1955夏天，我临清初中毕业，报考济南一中，未第。聊城农校招生，我也一试，又是名落孙山。

初秋，经小学时的王玉华老师推荐，我到堂邑县辛集高小当民办教师。学校是辛集区唯一的高级小学，办得很兴旺，生机勃勃。我教五年级语文，备课讲课都很认真，批改作文用毛笔，字写得尽显书法功底，学生很是高兴，称我小李老师，以区分那位老李。教职员有十几人，我年龄最小，19岁，也被叫作小李。现在这般花甲，想到这称呼就觉得年轻。

几个月过去，县里来了征兵文件：今年征兵，是去朝鲜帮助和平建设，欢迎文化青年志愿参军。我符合要求，校方也动员我，于是便报了名。体检、政审各方面都合格，县里就批准了。辛集区小学教师，这次应征入伍，就批准邢主任和我二人。全区小学教师集合开欢送会，给我们带上了大红的光荣花，邢主任代表我俩致辞感谢。

放寒假，我回到家里。大年三十，村上组织拥军活动，人们给送来点心、猪肉，帮助打扫院子，门上还贴上了红对联。

看着这场景，我母亲眼里泪汪汪的，像是不愿让儿子远离，但她始终没说不让我去。她不知道朝鲜在哪里，一个从旧社会过来的不识字的妇女，一辈子走的最远的路，是从家到 12 里外的堂邑县城。

晚上，村干部欢送我和村上参军青年李丙刚，请我们吃饭。村支书说，今年，咱村你们两个参军服役，是全村的荣耀。

春节过后，县里来通知，村长转告我，说我不要去了，没说什么原因。村上人说，可能因为我眼睛近视，当兵受限，就不让我去了。

正月十五过后，我又回到辛集教书。1956 年考上聊城三中，1959 年入山东大学，1964 年毕业留校任教，1997 年退休至今，一路走来，还算顺利。

当年，我那批参军的小学同学，也很顺利。李丙刚退役后，在安徽大学后勤处工作；后李家村初中毕业生李广平，退休后是聊城地委一名干部。他们也都早已退休，全家生活安好。

现在，到了老年，回首过往，我感觉很有意思。当年，那三次挫折都关乎一生的职业走向，若曾一次顺利，这一生都会和现在大不相同。但三条路都没走，也无惋惜，也无庆幸。年少时期，对于一生职业的取向，并无刻意选择，而是不自觉地随从社会大潮，顺其自然。直到大学高年级，在两位老师影响下，根据个人爱好和特长，我才明确目标要做个大学教师。

# 4——少年狂

1958年，我读高中二年级，经历了一生中思想最狂热的一年。聊城三中，校园如花园样，一所1300人的完全中学。“大跃进”的年代，校园外边，人们意气风发，什么事都敢想敢干；校园里边，也出现了教育战线的跃进思潮，要走勤工俭学的路子。三中冲在大潮的前列，学生会比校领导还要激进，那时，负责学生会工作的是霍教导员，我是学生会主席。在学校大操场召开师生大会，我代表学生会上台讲话：“开展教育革命，勤工俭学，不要国家一分钱。”台下高呼：“勤工俭学，不要国家一分钱！”

大会决定，全体同学去聊城地委报喜。学生会、团委会带领全校学生，敲锣打鼓，浩浩荡荡走出校门。长长的队伍，高举横幅标语，擎着红旗，不断高呼口号，沿东关大街直奔地委大院，沿街群众纷纷出来看热闹，并鼓掌欢呼。地委院内早已布置好了会场，安上了麦克风，十几位地委和专员干部认真地站在那里。汇报开始，我代表全校同学宣读“勤工俭学决心书”，团委王啸禹同学代表共青团员表决心。专署和地委领导讲话，欢迎和支持我们的革命行动。

学生思想单纯，青春气盛，一听号召就气冲牛斗，舍生忘死，不计后果。当年我也是狂热一分子。现在，年老了才明白，少年易疯狂，年少更易受社会思潮的影响。

全校范围内，边上课边劳动，勤工俭学活动轰轰烈烈开展起来。什么是"勤工"？按当时理解，就是自己种地自己收。先是积肥，自己掏厕所、晒干粪，那个鲜臭味够你恶心一辈子的，本是"粪农"干的，现在"粪农"这个职业已经消失了；去地里割草，去城西护城河下河捞水草，积绿肥，读者朋友们，你们知道水草缠身的危险吗？如果缠住，越挣扎沉得越快，很难被救上岸，但同学们完全以"不怕"二字对待，绿肥得以堆积成"小山"。肥料充足，校园内的6亩地，种上庄稼和向日葵。用武之地太小，便租用附近村里农田，在村里"安营扎寨"，深翻土地，种上小麦。人说，小麦根深，能长到黄泉，深翻后能亩产千斤，"人有多大胆，地有多大产"。铁锨刨地，深翻三尺，四十亩地都得达到这个标准。同学们生龙活虎，热气腾腾，数百人大军大战运河两岸。收获是：向日葵大丰收；小麦大减产。原因竟是"深翻"过度，地太松软，一下雨，地深陷，造成麦棵大量倒伏。那时候的观念是精神重于物质，也没有谁去总结经验教训。

学校规模扩大，要盖平房宿舍，除技工外，泥水活由学生主动包揽。向邻村借用胶轮大车，由男生拉车从西北窑上运输砖瓦。九个人一班，一人驾辕，驾辕者是关键，肩担辕杆皮套、双手握住辕杆，掌握方向，需要大力气控制车的左右摇摆，左右两边各四人，一人一根拉绳合力向前拉。我做过一次驾辕人，那真是一种非凡的经历，有种顶天立地的英雄感。不过也出过事故，一次夜战，高二小个子刘驾辕，路上坑洼看不真切，下坡时没控制住辕杆，车向走偏，一个拉绳的同学摔倒在地，车轮把头皮碾出一个口子，连夜送往地区医院，由同学们轮流值班照顾。这活儿当夜就宣告停止了。现在回想起来，仍觉惊心动魄，有些后怕。

我们当时以黄继光、董存瑞等英雄人物为榜样，努力把自己也锤炼成英雄。我班在王村村东浇地，高处水沟决口，用铁锨堆土填堵，松土一下子就被冲走，怎么办？我和“黑老蔡”不假思索就用身子堵住决口处，大家快速往我俩背后堆土、踩实，才把决口堵住。学校油印小报特写这段英雄事迹，赞扬我班为“模范班”。

老年爱忆少年时，想起那时做的事情，一方面感到有趣和兴奋，一方面也能鉴别合适与否，但愿那时我之对错，来之少年能以鉴戒。

# 5——学英语

中学六年，都在20世纪50年代，那时向苏联“老大哥”学习，外语课学的都是俄语。1959年考上山东大学，录取到英语语言文学专业时，有朋友对我说：“英语是帝国主义语言，美国还没承认我们新中国，学英语干什么？”当时也没想那么多，谈不上有没有国际眼光，还没认识到英语是一种国际通用性语言，只是觉得讲英语的人比讲俄语的人多，用途会更广泛一些。

英语班共30人，16人在中学学过英语，14人只学过俄语。为适应这种不同的接受状况，分成快慢两个小班。我在慢班，从26个字母开始学起。英语老师是王荣兴先生，人称语音专家，南京中央大学毕业，讲一口标准的伦敦英语。从字母、音标、发音教起，教成年人比教小孩子更难，更要高水平，王老师十分胜任，是我理想的英语启蒙老师。

从头学英语，基础一穷二白，对于23岁的人来说，绝非易事。俄语是拼音文字，我已习惯；英语发音则靠音标，觉得别扭。语音阶段，每个音的发音部位，都要张开口，对着小镜子，反复矫正，直到正确为止。大家总结的经验是八个字：死记硬背，勤学苦练。每人都随身带着个小本本，里面写着单词、音标、简单句型，随时都可以拿出来读、记、背诵。老师一对一辅导，同学相互结对子，开展英语实践，对话或演出。我和李延福结为一对，一次在教室进行对话演出，因为之前从没当过演员，所以记忆长久。登台表演，用 Where are you from?（你是哪里人?）作交换问答。

现在觉得对话简单得很，可当年排练不知要耗费多少工夫。演出时，全班人人表演，人人笑，笑别人，更笑自己，都是高兴的笑、自信的笑、进步的笑。

二年级时，两个班合在一起，各门课程进度统一，慢班的同学在词汇量和口语方面还比较吃力，需加倍用功。老师给我们开"小灶"，每周加两次课外辅导，一年下来，差距就不大了。

低年级基础阶段结束，进入高年级，个人独立学习能力变得更重要了，需要根据个人情况，选择适于自己的学习方法。我的问题主要是听说能力较弱，决心下苦功夫，每天坚持晨读，在文史楼东边小树林朗读"精读"课文。寒假不回家，留校苦读。记得有个下雪天，有意选择与风雪相伴，以古希腊演说家严格锻炼自己的精神激励自己，站在宿舍楼四楼凉台上着对飘飘雪花朗读英文，长约两个小时。也听说过孙中山口中含石子练演说的故事，故意增加发音的困难，到真正讲演时才会流利自如。

四五年级，要求英文"听说读写译"五会，全面发展，但不可能五个方面平均分配精力。阅读方面，从读简写读物改为读原著，配合文学史课，需读大量英美名著。从初中时我就比较喜爱文学，这有助于我对英美文学的理解。精读《英语》，复旦大学编的教本，多是原著节选，要读透课文，常常要去寻读原著。文学作品的语言是最美的语言，读文学原著是学习英语的最好方法，而且可以快速扩大词汇量，因为有许多词反复出现。正如有位科学家所说，一个事物在大脑中印过16遍，就永远忘不了。翻译，要求中英文水平俱佳，我没觉得特别困难，弱项仍然是听和说，提高听说能力，是努力方向。练听力，如能听英美电台英语广播效果会最好，但那是“敌台”，不容许，经常听的是 Radio Peking 英语广播，外加《林克风》英语教材唱片。对后者，很难达到完全听懂的程度。英英词典 *Advanced Learner's Dictionary* 经常使用，会大大促进用英语思维，从而提高听说能力。

四年级下学期，在张健、黄嘉德教授家，看到他们的翻译作品，如《格列佛游记》《流浪者自传》《翻译论集》等，令学生羡慕和佩服。两位老师是榜样，立志毕业后要像老师那样做个大学英语教师，搞点文学翻译和英美文学研究。

毕业考试，精读课得5分，是最高成绩。任课老师黄先生，很是满意，我也非常高兴。五年努力没有付之东流，功夫不负有心人，终于学业期满。

# 6——习惯成自然

我的一生，大部分时间是在学校度过的，学生生活结束，留校任教，直至退休。因而习惯并热爱学校生活，常常回忆的，除了教书育人之外，更多的是自小养成的读书习惯，连串起来，算得上持续不断的读书经历。

我是从上初中开始发现读书的新鲜和乐趣，感到功课之外还有如此广阔的知识海洋。有空就找书读，如饥似渴，像海绵吸水一样，弄到书就手不释卷，直到读完。三年过去，大约读过数十部厚厚的小说，也坚持读《人民文学》《萌芽》等杂志。那时读书喜欢故事性，心情易受感染，柔石《为奴隶的母亲》，妇女的艰难悲凉使我流泪；方志敏狱中遗笔《可爱的中国》，激起我对帝国主义与国民党反动派的强烈愤恨；袁静、孔厥《新儿女英雄传》，让我高兴得跳起来欢呼，牛大水那些抗日健儿，打得鬼子屁滚尿流，“天明了，城墙上飘扬着鲜红的红旗”。美得令人向往不已！

高中时，读书有所选择了，开始读外国译作，名家巨著。对作品的内容，有了些理性感悟。奥斯特洛夫斯基《钢铁是怎样炼成的》对我影响犹深，一个人应该怎样生活？那个年代的青年大都记得他的名言:“当他回首往事时,不因虚度年华而悔恨,也不因碌碌无为而羞愧……”莎士比亚《哈姆雷特》,很震撼,悲剧世界是那样一番景象;喜剧《威尼斯商人》,是那样地嘲笑愚人和蠢行。文学大师的艺术天地,大大开拓了自己的文学视野,高尔基警句“书籍是人类进步的阶梯”,说得何其正确!

大学是读书的黄金时段,量与质皆有提高。阅读分精与泛,如培根所说:“有些书可以浅尝辄止,有些可以生吞,而少数书应该细嚼慢咽、融会贯通。”与文学专业课相结合的,需要细读,例如在英国文学史上占有一定地位的名著,狄更斯的《雾都孤儿》,奥斯汀的《傲慢与偏见》。熟读精思,便会看到英国的社会风俗、中产阶级的生活观、爱情观和金钱观,以及人物刻画、语言风格等艺术特征。涉猎性阅读,则是涉及文学闲趣和其他学科的书籍。

书到用时方恨少。做教师,读书之路更远、更广,对阅读更为渴求,并有新的特点。读书是教书的需要和支柱,中外结合、学而致用,把新的读书所得带入课堂,传给学生。讲弥尔顿的《悼亡妻》,用苏轼《江城子》悼王弗作比,可以加深学生对悼亡哀祭这一类文学主题的理解。对英国社会、文化、宗教也需知道一些,不然,存在理解的局限性,影响课堂讲解,妨碍教学质量。书读得越多,越发现人间新鲜的、宝贵的东西无穷无尽,越加感到自己之不足,知道的太少,人生苦短,一辈子也读不了多少本书。读书需要“贪婪”,才会保持追求。

做读书笔记,是加深理解、加深记忆、用时方便的一个好方法,也是必要的过程。书中精华,需要意读,亦需心记,不亲自用笔记录下来,事后再找,要麻烦得多。学生时期的四本读书笔记,到现在还是我的宝贝。

读书是学习，使用是读书效果的检验，是另一种学习过程。教学科研并重，是山大信守的方针，作为山大人，我当然执行不移。搞研究，一要细心阅读，二要精心写作。科研处发给充足的卡片，在阅读中都能用上，撰写论文《命途多舛的"尤利西斯"》，读书16本、用卡片200余张。读书、教学、研究，三者密切相连，各得其益。当老师和当学生最大的不同，是教学科研都不得松懈，因而老感到时间不够用，但鲁迅说得好："时间就像海绵里的水，只要愿挤，总还是有的。"

一生与书有缘，实在是一种快乐、一种幸运。几十年的读书习惯，已根深蒂固，习惯成自然，哪天若不读点东西，就好像生活缺点什么。"知识就是力量"，书给予我的，我再借本书给予社会，方不虚此生。

# 7 ——“文革”大串联

1966年秋天，“文革”风潮席卷全国，最响亮的口号是“革命无罪，造反有理”；群众分两派，造反派与保守派；学校停课，党委被打倒，校长靠边站，“红卫兵”组织掌权；全国大串联，煽风点火，取经送宝，乘车甭买票，吃饭不花钱；可谓建国之后的一道奇特风景线，也是十年动乱的开始。

青年教师和学生红卫兵一样，也成立了“赤卫队”，加入串联大军。外文系，我们五人自己组团，带着老家聊城来的牟惠明，一起奔往东三省。从济南乘火车去青岛，人头攒动、拥挤不堪，连车门也难踏进，只好把小惠明从车窗塞入车厢。青岛至烟台，情况也无改变。从烟台搭轮船横渡渤海去大连，幸而尚有床位旅途劳顿稍有和缓。登船时夕阳晚照，入夜里风急浪高，犹如陆上“文革”风暴带入大海，不由突发奇想，领着惠明走上甲板，扶栏观浪，波涛撞击巨轮，溅起浪花几丈高；望远处，海色沉沉不见光亮，体会了站立风口浪尖的滋味。天色渐晚，灰暗无边，“高处不胜寒”，我们回舱休息。

黎明到达大连，红卫兵接待站高悬横幅标语：“热烈欢迎各地革命小将来大连传经送宝!”集体约200余人,分组早餐,白米饭、玉米粥、萝卜咸菜,热气腾腾。饭后漫步大街,听人群辩论:党中央有没有资产阶级司令部,大连市委是不是黑帮?辩者嗓音虽大,辩论却不见分晓。

两天后,移师沈阳,住沈阳化工学院。校园里大鸣、大放、大字报、大辩论,大操场批斗会场面热烈。台上两个红卫兵扭着一个50来岁的男性领导,台下群情激昂,“打倒×××!”的口号声此起彼伏,不得不对此革命小将刮目相看。夜间,住大房间,通铺,我们酣然入睡,不料同伴张来修的钱包被盗,里面零钱和粮票尽失。向接待站报案,答曰:“要专心斗走资派,哪有工夫抓小偷!”

沈阳一行兴致全无,冒雪奔哈尔滨。住财政厅招待所,窗子双层玻璃,有暖气,蛮阔绰。清晨,雪还在下,天地间全是白色,真个“北国风光,千里冰封,万里雪飘”。哈尔滨多俄式建筑,素有“东方小莫斯科”之称。去哪儿找走资派?哈尔滨工业大学名气大,应该有的!哈工大“文革”如火如荼,大楼里挂满大字报,既有打倒某某走资派的,也有揪出某某反动学术权威的,属名多为“井冈山兵团”;一张漫画特别引人注目,揭发某人巴结上司,画的是上司放了个屁,他嗅到屁味笑称“真香!”我暗想,这大概是故意扭转斗争大方向吧。局外人不知内情,索性离远一点,看松花江去!

冰天雪地,站在江边,想起那首令全中国人伤心落泪的《松花江上》,当年,这首歌给了人们抗日的勇气和力量,歌词犹记心中,“我的家在东北松花江上”“从那个悲惨的时候,脱离了我的家乡,流浪,流浪……”回到现实中来,我们发现,松花江畔有个兆麟公园。进园内,瞻仰李兆麟烈士墓和墓塔。初中时读《红旗飘飘》，就知道李兆麟将军是东北抗联创建人，时任第三路军总指挥，1946 年被国民党反动派特务杀害，年仅 30 岁。我们几个在墓前雪地上，默哀三分钟，向他致敬。这是东北“文革”之行，唯一珍贵的一瞬间。

年轻气高，本计划从东北再去西北，多看看神州江山。这时中央人民广播电台传来最新指示，学校要复课闹革命。于是，我们结束了半是串联半旅行的历程，路经北京返校。谁曾料，回到济南，山东工总等群众组织斗得正酣，复课之念又成泡影。

（2019 年 9 月）

# 8——讲台四十年

1964 年夏天，大学毕业，留校任教，成为一个英语教师。长大了，工作了，独立了，自我谋生了，能为社会做点贡献了，心中萌生一种自豪感。

当教师的最初两个月，立志把教学做好。一边注意向老教师学习教学方法，一边自学关于教学的书籍。去图书馆借了七八本，有空就看，一气读完，之后就在课堂进行实践。

课堂教学，多少年都是沿用苏联模式，采用五步骤方法：组织教学、复习、授新、巩固、布置作业。几个月下来，教学效果不够理想，有点困惑。教授专业英语，是用英语讲课，方法固然重要，而英语实践水平、讲解能力更为重要，细心反思，教学不能只偏重读写而忽略听说。我和杨老师合作，教一个英语班。他主讲，我辅助。他上海外院毕业，实践能力强，口语好，在我们带的班试验“听说领先”法，颇见成效。我用心向他学习，也与其他老师尽量用英语交谈。老校二宿舍南面有片菜地，秋天长满大白菜，我曾选它作大课堂，在那儿试讲。经过多方面努力，一段时间后，辅导课教学有不少改进。

一年多后，我开始独立主教一个班，讲英语精读课。检查自己基本条件，教师责任感具备，英语讲课能力初步具备，于是满怀信心走上教学第一线。接受以往经验教训，“听说读写译”五会全顾，但以“听说”领先，带动“读写译”。那是个工农兵学员班，学生学习热情高涨，积极配合教学，效果不错。待到下一年级英语班，顺手多了，他们学工、学农、学军，以及去青岛港业务实习，我都随同，师生关系融洽，教学效果显著。1977 年恢复高考，生源都是老高中生，学生经历、个性、背景、知识面相对复杂多样，教学课应该更灵活生趣一些。于是我在实行“五会”全面发展、听说领先教法的基础上，外加一些通识教育，学生们反映良好。1981 年元旦，在他们毕业前夕，我从国外给他们每人寄了一张签名彩色贺卡，由一位朋友帮我抽卡，按名单顺序签名留言，没有挑拣，哪个学生碰到哪张是哪张，对所有学生一样亲近，学生都说“李老师没偏没向，公平，是我们今后师从的榜样。”

一个班里，任何时候都会有成绩差一些的学生，最为重要的是：不得歧视，不得伤害他们的自尊心，合适的做法是“一把钥匙开一把锁”，针对性地帮助和鼓励他们上进。当老师的应该明白“学生”一词的含义，“学”“生的不懂的东西”，如果一切都那么易懂，还要教师做什么？

根据成仿吾校长要求，青年外语教师，教过多门课后，语言过了关，才能确定主攻方向，进行专门的教学与研究。所以，我确定英美文学专业为教研方向时，已经是 1981 年了。讲的第一门课是给 1978 级英三开设的《英国文学选读》，当然是一种新的挑战。英美国家历史文化背景、风俗人情、西方价值观，需要自己先弄懂，才能讲出来，重点是要强化语言的充分表达能力。英文有两句谚语，“Where there is a will，there is a way.”（有志者，事竟成)；“Practice makes perfect.”(熟能生巧)。我坚定信念，坚持口语练习，备课“加班加点”：看原著的电影或听录音，和其他文学老师用英语讨论问题，有空到330大教室，面对桌子凳子预讲半小时……讲得自如了，其他五门课型全开，例如《英国文学史》《美国小说史》等。教案一本又一本，逐步地从纸面跃入脑海，科研也跟着有所收获，1988年在上海“劳伦斯国际研讨会”大会发言，1992年为美国伊利诺伊州教师暑期访问团在山大讲解《论语》，都离不开教学打下的基础。

从1964年开始任教山大，1997年退休；此后应聘山大威海分校，至2011年夏天；站立讲台47年，用老话说算是弟子三千，桃李天下；师生情谊深深，告别讲台后，学生们仍然像在学校一样，亲切地称我是他们“最喜爱的专业老师”，令我心里倍感温暖。我热爱讲台、怀念讲台，教学生涯使我受锻炼、长学问，我把读书所得教给学生，学生用业绩和礼敬送给我快乐。

# 故国山河

江山留胜迹，

我辈复登临。

——孟浩然

# 1——游雁荡山

2014 年，夏天。

从宁波乘大巴，沿海一路南下，左边，碧水无际；右侧，青山连绵。大自然让人赏心悦目，不觉多时，已到雁荡山下。

雁荡山。雁，天上秋雁飞鸣；荡，水荡芦荻萧萧；山，青山连绵起伏；一听这名，就给人一种美的韵味。走近它，彩色旅游广告上写道："山顶有湖，芦苇丛生，结草为荡，秋雁宿之。"踏步山中，只见立壁分刻三个红色大字——雁荡山，顿然让你置身于雁鸣青山外，栖息芦荡边的湖光山色之中。

走走转转，高高低低，宽远无边，难怪人说"雁荡山不是山，三宿山中始出山，出山身尚在山间"。雁荡山山不高，但甚广，以奇、秀著称。奇者，峰，移步换形，昼夜相异，致使"谢公至此曾停步，霞客云游难觅仙"。秀者，山水秀丽，人入仙境，一夜黄梅雨后，"峰青云白更多姿，千条飞瀑万条涧"。

人在山中，如入仙境，一条条瀑布，一道道涧水，看不厌的山峰，数不完的幽洞；散淡而集锦，险峻而秀丽，幽深而旷达，雄伟而蕴藉；立于山头，领悟"山登绝顶我为峰"的高旷；藏身谷底，聚焦宇宙顿变一线狭天之感。谓之“天下奇秀”，比之“移步换形，变换多姿，妙不可言”，“万山重叠，群峰峥嵘，怪石嶙峋，洞壁幽深，泉瀑雄奇，梵宇壮观，古木参天”，毫不为过也。

雁荡山自古是名山，李白曾为它写下六言绝句：

门对鹤溪流水，云连雁宕仙家。
谁解幽人幽意，惯看山鸟山花。

问雁荡山最佳景区是哪几个？导游告知：灵岩、灵峰、大龙湫，号称“雁荡三绝”。

**灵岩**

是一块高达百尺、长有千丈的巨岩。亿万年前，造化从天而下将其一斧劈开，岩底有三个天然大洞穴，建有灵岩古寺。从天柱峰旁边乘电梯而上，走过岩边悬崖栈道，到达塑有观音雕像的仙人湖；湖边立一巨石，上刻“断肠崖”三字；在此转身回望，天柱峰孤高独傲、凌空而立；峡谷里树木葱郁，深不见底，险峻秀丽，虚幻缥缈。

**大龙湫**

是雁荡山最大的瀑布，也是我国著名的瀑布之一。远在200米外就能听到巨响，走近时立觉凉气扑来，夏日暑气一扫而光。相传唐代有一高僧率弟子三百，从四川来到雁荡，见龙湫如此壮观，便就地守瀑坐化，不再回川。水从近百米高处凌空而下，犹如白练飞泻，气势绝妙，清代诗人袁枚曾这样描述：

龙湫之势高绝天，一线瀑走兜罗绵。
五丈以上尚是水，十丈以下全是烟。
况复百丈至千丈，水云烟雾难分焉。

大龙湫景区，“以瀑飞为魂，瀑泻为潭，潭溢为溪，溪跌为洞”，充分发挥水之优势，吸引众多游客。

这大龙湫，徐霞客曾为之震撼。他三游雁荡，冒生命之险，攀岩走壁，终于寻到瀑布之源头，即雁湖顶南侧，并留下宝贵的地理资料。

**灵峰**

峰高近200米，从四面看去，其形各异。夜观更为奥妙，似一对情人拥抱，亦称夫妻峰；白天，如果从景点进口方向去看，更像是女孩刚刚走出机场，男孩飞步迎接，两人在尚存距离时即倾身相拥。对这灵峰，郭沫若先生别有高见，他赋诗曰：

灵峰有奇石，入夜化为鹰。
势欲凌空去，苍茫万里征。

导游带我去郭老的观景处，我仰头一看，果然如郭老所绘，一只山鹰正欲振翅高飞！

灵峰之下有观音洞，洞口是天王殿，洞内有多层楼房，顶层是观音殿。由洞口爬到顶层，需登300多级石阶；意志不坚或体力不支者，不能登顶自然会留下遗憾。

雁荡山的峰岩，你看它像什么就是什么，越看越像，极神！导游说这是猴子拜月，你会觉得这猴子还真是恭恭敬敬；导游说那是雄鹰敛翅，你就会觉得果真如此。至于犀牛、金鸡、伏虎等峰，北斗、将军、长春等洞，只要跟导游继续行进，你所有想象中的雁荡山之美，都会出现在你的眼前，没有看不到，只有想不到。

# 2——沈园记行

2009年夏天，偕同慈溪两姐妹，从宁波开车去绍兴，直奔沈园，司机郭师傅幽默地说："好的，那儿好玩，是青年人谈恋爱的地方。"我会心一笑，啊，沈园是陆游、唐婉的凄悲爱情上演之处，现代人把它演绎成轻松的谈情说爱场所了。

进园后，慈溪姊妹兴趣盎然地看荷、观鱼，我存心寻找镌刻陆唐两首《钗头凤》词的墙壁。那读了让人心里流泪的《钗头凤》，在中学时就背得烂熟。1981年电影《风流千古》又提醒我，此生务必去沈园亲自体验一下。词壁依然，字迹已经模糊，我一字一句低声吟诵：

> 红酥手，黄滕酒，满城春色宫墙柳。东风恶，欢情薄。一怀愁绪，几年离索。错、错、错！
>
> 春如旧，人空瘦，泪痕红浥鲛绡透。桃花落，闲池阁。山盟虽在，锦书难托。莫、莫、莫！

唐婉是陆游姨表妹，二人非常恩爱，偏偏陆母看不顺眼，硬逼儿子离婚再娶。之后，唐婉改嫁给陆的朋友赵士程。十年后，陆独游沈园，与唐赵偶遇，得赵许可，唐设酒与陆小会。陆游面对此情此景，感慨万端，写下这首名垂千古的佳作。唐婉泪洒沈园，和词一首，读之更为凄绝：

世情薄，人情恶，雨送黄昏花易落。晓风干，泪痕残。欲笺心事，独语斜阑。难，难，难！

人成各，今非昨，病魂常似秋千索。角声寒，夜阑珊。怕人寻问，咽泪装欢。瞒，瞒，瞒！

不久，唐婉忧郁病逝。后人为了表达对人间真爱的追求、对陆唐的讴歌与同情，将二词并刻石壁，爱情就成为沈园的一种文化特色。沈园名声远播，园里相继出现了"情侣园""连理园""诗境石"，以及爱情连心锁长廊、纪念诗文墙等等附属景点。陆游后半生，直到80多岁，仍深念唐婉，再访沈园，留下动人诗行，"路近城南已怕行，沈家园里更伤情"；"玉骨久成泉下土，墨痕犹锁壁间尘"。

陆唐悲歌已千古，至今传诵有诗篇。国人喜欢爱情、憧憬爱情，似乎更喜欢悲剧式爱情，那悲，诉不完；那情，道不尽；多少年后诉说起来仍感新鲜。刘伯伦先生将陆唐与莎士比亚笔下罗密欧与朱丽叶相比，写出诗来别有新意，诗曰：

莎翁悲剧写朱罗，怎及陆唐饮恨多
桥下秋波含旧泪，人间已唱自由歌。

当然，两出悲剧还是有区别的，罗朱两人殉情，其中有些误解和巧合因素，两人死后再无恨怨；唐婉含"爱、怨、悲、恨"正值青春却悒郁而逝，陆游背负内疚与创伤而抱恨终生。吴九如《沈园怀古》，不与罗朱比，却借用陆唐词句，诗人似仍然沉迷于《钗头凤》的魅力之中而不愿醒来。诗曰：

柳荫宫墙绿韵深，桃花池阁梦难寻。
伤心一阙钗头凤，九曲情肠恨到今。

沈园还有块奇石，上面镌刻元好问《摸鱼儿·雁丘》名句“问世间情为何物，直教人生死相许”，大概是教人们永远记住沈园，算是给陆唐悲情画上的一个惊叹号。

# 3——印象西湖

今日又来西湖，好似没有看够的时候。西湖美在何处？两个字：印象；四个字：印象西湖。这是张艺谋起的名字，只有来到湖边，亲眼看过而后闭目遐思，才能体会湖光山色美在眼前，却又叫你抓不住、揽不得的那种仙界感觉；它的美，是感觉，是印象，是享受。

唐宋大诗人白居易、苏轼都曾主政杭州，留下白堤、苏堤胜迹，写出优美诗篇。白居易离开多年后仍常忆杭州，写《忆江南三首》，其二写得直接明了："江南忆，最忆是杭州。山寺月中寻桂子，郡亭枕上看潮头。何日更重游！"苏轼一首七言绝句道尽西湖自然美质，广受赞誉：

水光潋滟晴方好，山色空蒙雨亦奇。
欲把西湖比西子，淡妆浓抹总相宜。

西湖美，写西湖的诗也美，印象西湖在诗里。诗中西湖不胜枚举，脍炙人口者多矣。柳永一首《望海潮》，开篇"东南形胜，三吴都会，钱塘自古繁华，"竟令金朝皇帝垂涎三尺；杨万里"接天莲叶无穷碧，映日荷花别样红"，又迷倒多少游客行人。

西湖具有国内其他众多亦名曰西湖者所不具备的整体之美，不难发现它身上独有的许许多多靓丽的光点，柳浪闻莺、花港观鱼、苏堤春晓、三潭印月……仅就其名就够美目悦耳，词形美于眼，词声美于耳，词意美于心。民间流传过一个笑话：一家三口，年轻的爸妈和小儿子在湖边争执起来，儿子要去观鱼，妈妈要去闻莺，爸爸想漫步苏堤，结果是爸妈服从儿子，都去花港观鱼。

西湖的人文历史厚重，仅同类双双闻名者就有数处，水利工程若苏堤、白堤，英雄祠庙若岳王庙、于公祠，神话人物故事若《济公传》《白蛇传》，宗教象征若西子湖畔灵隐寺、钱塘江边六和塔……灵隐寺那副对联“人生哪能多如意，万事只求半称心”告诉我：想看尽西湖，尽得其美，那是不可能的，能一知半解就该称心如意了，人生亦如是。一个不大出名的诗人林升，以诗《题临安邸》描美景、讽时事，当为记取：

山外青山楼外楼，西湖歌舞几时休。
暖风熏得游人醉，直把杭州作汴州。

（2005年6月）

# 4——观海

小学地理课上，老师说，地球表面“三山六水一分田”，我只是概念上理解。成人之后，世界走走，才真正感受到海洋水域之大。

**山东半岛三面海**

青岛，1966年秋，车过胶州湾，有人喊了声“大海！”，大家纷纷拥到窗口外看，只见白茫茫一片广阔的水域，无边无际，这就是海，我平生第一次见到，心中满是兴奋和惊喜。天天去前海沿，南望浩瀚海洋，直到水天一色。水蓝，天蓝，碧海蓝天，令人心旷神怡。

荣成成山头，地处山东半岛最东端，面临浩渺的东海。礁石海岸，最高的巨石上刻有“天无尽头”四个大字。的确，陆连海，海连天，永无尽头。这儿号称中国的好望角，我国最早看到太阳升起的地方，是秦始皇遣徐福东渡寻仙的出发地。

烟台大连间。时值傍晚，海轮出港，我站在甲板上，倚栏环顾，初次置身大海之上，感受万千。夕阳斜照，万道彩霞，映得辽阔的海面闪光粼粼，真是个如梦如幻的新鲜世界。两小时后，船到远海，入夜，人静，风渐急，浪更高，苍茫天穹中，船在海上小得像一片树叶，人变得如沧海之一粟。距离抵达大连还有5小时航程，随后回船舱休息。

威海，住此十三年，海滨走遍，深知那海的脾性。温柔的时候如摇篮曲，暴躁起来，排山倒海，在分校宿舍就能听到海的轰鸣。那国际浴场，十里沙滩，万顷水域，海中游泳的感觉，比岸上观海可陶醉多了。

蓬莱，渤海黄海交汇处，传说八仙过海的地方。去长岛途中，和风徐徐，时有海鸥相随。鸟儿有灵性，知道人们的友好和善意，低飞近人，有的竟来儿童手上取食，好一幅人与自然和谐的画面！

**台湾垦丁景区**

宝岛东南角，面临浩瀚的太平洋，海水湛蓝。北望，辽阔海湾，绿中透蓝，北西两面群山环绕，蔚为壮观，面对如此壮美的自然景观，大家纷纷拍照留念，动情者口中念念有词："宝岛的自然美就在这儿！"有旅友开玩笑："当年郑成功能在此留个彩照吗？"

# 5——又来大明湖

泉城六十年，明湖情意深。岸边柳，水上荷，天光云影，湖景山色，久雨不涨湖中水，春风未改旧时波。泉水湖，天然湖，城市之明镜，大地之明珠。

文化遗迹，历代名士，说不尽，看不够，从郦道元的《水经注》，到老舍小说《大明湖》。粗看，妙趣渐生；细读，智慧无穷。犹如明湖之水，久旱不涸，内涵丰盈。问许何以水如神，为有源头活水来。湖由众泉汇成，泉水源于南山。

前天，忠纲回国，明湖鹊华小聚畅聊；去秋此时，王锦由武汉来济，大学同窗百花洲饮茶小憩。Isn't it a great delight to have friends coming from afar?（有朋自远方来，不亦乐乎？）

**历下亭**

当年，诗圣杜甫在此与李北海晏，留下千古佳句："海右此亭古，济南名士多。"此后，历下亭名扬四海，引来天下游客。亭后建有"名士轩"，壁上石刻名士群像，济南籍李清照、辛弃疾位列群前。

**小浪沧**

特意来此拍照圆门石刻对联：

四面荷花三面柳，

一城山色半城湖。

然而，对联不见了，说是移到了西南门。这副对联，是济南风貌的真实写照，应该存在原处！

**铁公祠**

在湖的北岸，据《老残游记》描写，老残在此南望千佛山，只见“梵宇僧楼，与那苍松翠柏，高下相间，红的火红，白的雪白，青的靛青，绿的碧绿”。我曾来此望寻这种如画美景，皆未如愿，今日亦然。只见远处的千佛山，灰蒙蒙超然世外。不由想起军阀韩复榘的滑稽诗：

远看千佛黑黢黢，上头细来下头粗；

有朝一日倒过来，下头细来上头粗。

**明湖居**

明湖南岸，鹊华桥附近，《老残游记》里黑妞白妞唱大鼓的地方，老残提前订票，当场听得如痴如醉。而今，旧址重修，楼前还塑有作者刘鹗的铜像，是公共演艺场所。

**雨荷居**

湖南岸百花洲，有夏雨荷故居。琼瑶一部《还珠格格》，让紫薇引出乾隆和夏雨荷一段风流韵事，济南大明湖便出了名，随之出现了“雨荷居”景点，惹得游客络绎不绝。这对门联不知出自谁手：

雨落荷花荷落雨

风随柳絮柳随风

正读倒读一个样，喻满人间风流情。

**划船游湖**

湖上，划一叶扁舟或乘游船，都是一道风景。昨日，乘 5 号游船去历下亭，再次体味门联所示“舟徐两岸移，影入众山倒”的画面，也记起李清照舟入荷池的兴致：

兴尽晚回舟，误入藕花深处。
争渡，争渡，惊起一滩鸥鹭。

**稼轩祠**

位于大明湖南岸遐园西侧，为纪念南宋爱国英雄、豪放派词人辛弃疾而建。大门匾额为“辛弃疾纪念祠”。郭沫若先生题楹柱对联：

铁板铜琶继东坡高唱大江东去，
美芹悲黍冀南宋莫随鸿雁南飞。

对联道出词人辛弃疾的文学成就和政治情怀，颇受游人赞赏。

**李清照祠堂**

大明湖近处趵突泉内，拜访数次，最喜她婉约变豪放的诗句：“生当作人杰，死亦为鬼雄。”此处，郭沫若题联亦引人注目：

大明湖畔，趵突泉边，故居在垂柳深处；
漱玉集中，金石录里，文采有后主遗风。

**名人话泉城**

1924 年，印度诗人泰戈尔，由译员徐志摩和林徽因陪同，游览大明湖趵突泉，日后写道：“我怀念满城的泉池，它们在光芒下大声说着光芒。”

老舍在小说《大明湖》中说：“在千佛山上北望济南全城，城河带柳，远水生烟。”

（2018 年 10 月）

# 6——长岛避暑

8月，济南仍酷热，到蓬莱长岛避暑。蓬莱，美丽而神秘，有许多神话传说和历史故事：蓬莱仙阁，海市蜃楼，八仙过海，海天一色，明城墙，民族英雄戚继光练兵场……

从蓬莱乘轮渡40分钟到长岛。海水碧蓝，一路海鸥相伴，前方有一白色客轮，远处仙岛隐约可见。近长岛时，人说，岛南端有黄海渤海分界线，线两边水色各异。回望蓬莱，果如仙境，“一半烟遮，一半云埋”。

落脚北长岛，这儿原是渔村，现今开发起来，许多人家办起“渔家小院”，接待八方游客。村头有个小渔港，还未开海，但见近海养殖场，渔船穿梭一样忙。

住在“小葵之家”，东近“月牙湾”，西邻“九丈崖”。门前有公交车站，离小渔港几百米远。院落整洁清静，吃住舒适温馨。渔家家常饭，天天有海鲜。窗后有棵核桃树，枝盛叶茂，群鸡优哉树下；黎明，三两只雄鸡此鸣彼和，“一唱天下白”，几十年没听到了，把我带回儿时的鲁西家乡。

离繁忙的海港不远，便是长岛要塞，这儿的“军港静悄悄”，数艘绿色的舰艇泊在港湾。

（2018年8月）

# 7 西安游记

暑日，来到西安，古时长安。登上古城墙，远望；钟鼓楼，听晨钟暮鼓声悠；大雁塔，想雁落雁飞多少春秋。八百里秦川，十三朝故都，五千年风雨，三千年丝绸之路。游人多，景点密，欲看仔细，还真不容易；走马观花，略成记忆。

**华清池**

杨贵妃沐浴之处，“春寒赐浴华清池，温泉水滑洗凝脂”。1970 年，和小郭来过西安，出于好奇，带着孩子般的俏皮，每人花四毛五分钱买票，在华清池泡了个澡，自己美得不得了，戏言“杨贵妃洗澡的地方，我们也洗过了”。

**杨贵妃塑像**

似刚出浴，大尺度裸露，让人联想白居易“春宵苦短日高起，从此君王不早朝”。

**烽火台**

山顶旧址重建。在这儿，周幽王烽火戏弄诸侯博褒姒欢心，致而失民失国，葬送自己。

**兵马俑**

秦始皇陵卫队,“何甘为鬼九泉下,抖落黄尘举世惊”。这是一种古代墓葬雕塑,1987 年列入《世界遗产名录》,被誉为“世界第八大奇迹”。

**五间厅**

1936 年 12 月,蒋介石在西安督战剿共,张杨联手迫蒋抗战,发生震惊中外的西安事变。五间厅时为蒋介石下榻卧室,有过枪战,墙壁弹痕犹存。

**虎斑石夹洞**

蒋介石从后窗逃出,在山腰石头夹缝藏身之处。1970 年来此,我曾抓扶铁环攀爬上去,很费力。而今,仍有攀爬者。

**兵谏亭**

位于虎斑石夹洞附近。相传,最初宋美龄立“蒙难亭”,后胡宗南等建“正气亭”,解放后改名“捉蒋亭”,1986 年为改善两岸关系,更名为“兵谏亭”。

**乾陵景区**

乾陵,唐朝李治与武则天夫妻皇帝合葬墓。唐代十八处陵墓,唯一没有被盗的一处。陵园内,武则天的无字碑成为乾陵的象征。何以无字?是遵守她的遗言“己之功过,留待后人评说”?还是因她功高盖世无文能书?宋、金以后,多有文人学士刻字其上,众说纷纭。郭沫若留诗“无字碑头镌满字,谁人能识古坤元”。

**法门寺景区**

法门寺,始建于东汉,寺内藏有释迦牟尼指骨舍利,故闻名中外佛界。佛光大道,两侧分列十尊菩萨,金身佛光,很气派。置身此境,不禁感悟:己非教徒,亦生佛性。佛家普度众生,慈悲为怀，善哉！

**西安街景**

永兴街头，魏徵府邸所在地。城中心钟鼓楼，仰见横匾“文武盛地”。这地方真有八方风水、上天灵光？决定国家命运之事，何以屡发西安？周幽王“烽火戏诸侯，一笑失天下”；刘邦临潼鸿门宴脱险，方有汉朝四百年；玄武门兵变，李世民开启大唐盛世，世界才有唐人街；1936 年西安事变，促成国共联合抗日……种种巧合似有密码待破。

翻看一沓沓照片，烽火台、华清宫、御汤池、兵马俑，带着勤劳者的智慧的与血汗，记有“千人去，百人至，十人归”的痕迹，杜牧写过华清宫绝句，也是记录皇帝宠妃享乐无度的一绝。诗曰：

长安回望绣成堆，山顶千门次第开。
一骑红尘妃子笑，无人知是荔枝来。

（2018 年 7 月）

# 8——西柏坡，狼牙山，白洋淀

2018 年春天，由二弟做向导，开始河北自驾游，时间长短自控，自然看得面广、体味也深。

革命圣地西柏坡，位于太行山东缘，平山县的一个小山村。原址在岗南水库，因水库建设，故照原貌迁建于此。胜地光照千秋，日迎万人参观。会议礼堂，领袖旧居，圣地纪念高塔，五大书记塑像，全会代表浮雕，气派庄严。楹联和标语色彩鲜亮，“中国命运，定于此村”，“新中国从这里走来”，何等自豪！见有诗赞曰：

圣地初临感慨多，白云碧草小山窝。
几双伏虎擒龙手，一曲惊天动地歌。
岭接昆仑藐环宇，水通大海荡江河。
农家几处寻常院，万古神州第一坡。

来到狼牙山时，下起雨来，并未影响游兴，参观了五壮士展览馆。自古燕赵多慷慨悲歌之士，先有荆轲刺秦，后有狼牙山五壮士精忠报国斗日寇。五壮士战斗到最后，宁死不屈，毅然跳崖。三人壮烈殉国，二人被山腰树枝挡挂，幸免于难，他们用生命和鲜血，谱写了气吞山河的壮丽诗篇。他们的民族气节，激励着我们。见有诗赞曰：

壮士身亡志未残，郎山千古柱青天。
长云浩浩流魂魄，峭壁铮铮镌肝胆。
一曲悲歌夺冠胆，百年涧水唱儿男。
凌空一捧英雄血，总在红花碧草间。

白洋淀，人称“平原明珠”“北方江南”，暮春时节，万亩芦苇黄绿相间。当年抗日战场，今日鱼米之乡；小兵张嘎雁翎健儿，机智勇敢，出没变幻，令鬼子闻风丧胆。“凭一羽雁翎，浑入烽烟岁月；采几片苇叶，追忆英雄义胆。”我们乘坐小快艇，穿越芦苇荡，也来一回“出没无常”，不由想起《新儿女英雄传》中，白洋淀人民抗日斗争的艰辛和胜利，他们不愧为中华儿女的典范。

“荷花淀派”的创始人作家孙犁，写活了白洋淀，这里有他的塑像和纪念馆。参观“孙犁纪念馆”，瞻仰孙犁先生的革命历程和文学成就。在冀南（临清）一中读初中时，孙犁就是我特别喜爱的作家，他的散文风格那么优美，白洋淀故事那么动人。荣幸之至，得以与先生塑像合影留念。

# 9——易水河，野三坡

易县，春秋战国时的燕都古城，都城遗址在一片荒野里，已了无痕迹。在心中长存的是易水河，在眼前巍然矗立的是荆轲塔。以荆轲塔为亮点建起的文化公园，是正走向现代化的易县县城历史存在标志，也是易县人为之自豪的风景线。易水河，水已不多了；荆轲塔，建于1103年，形如利剑，如今依然。荆轲塑像，似仍在悲壮高歌："风萧萧兮易水寒，壮士一去兮不复还！"塑像近处，刻有骆宾王绝句。他怀才不遇，视政心凉，写诗感叹：

此地别燕丹，壮士发冲冠。
昔时人已没，今日水犹寒。

自古以来，燕赵多慷慨悲歌之士，历代志士仁人视荆轲为救国赴难的壮士。文人墨客来此，多为荆轲事迹所感动，留下颂扬荆轲大侠大义的诗篇。2008年，二弟乃珍来此游览，也曾写过一首拗体七绝《荆轲塔》，尚可欣赏：

易水萧萧流不尽，风铃声声警世频。
黄金台上往来客，羞见悲歌西去人。

野三坡，在太行山、燕山交汇处，是5A景区，海拔2000米，植被三坡段：山脚至山顶，看植被，一天经历三个季节。进山后，车子蜿蜒而上，两度徒步，三段索道，至山顶“白草畔”景点，感到历经千险，索道缆车中段，长而陡峭。终于安全到达山顶，松了口气。环顾四周，豁然开朗，真真是“一览众山小”！俯视，美得很，“半山云雾若带然”，令尔自生“山高我为峰”“人比山高”之感，忘却一路疲劳惊险。回到山腰旅店，犹记山风冷，更觉小院暖。这就是生活，天人合一。美也，自然；美也，心境。

# 10 ——滇黔边界景观

春风万里过高原，云贵之行多奇观。峡谷年代久，高山路盘旋，瀑布飞流直下，峰林绵延无边。

**马岭河大峡谷**

滇黔桂三省交界，马岭河谷阅万载；奇岩怪石，星罗棋布，百条水带，飞落深谷。峭壁劈出游览道，美处筑起观景台；岸上天桥飞架，谷底水急石怪。谷底两侧游览道，岩顶石地路难找。时有旅友怕我摔倒主动搀扶，我倒更为他们担心，还好一直安全走完全程。

**黄果树瀑布**

亚洲瀑布之冠，徐霞客曾赞叹“水流从溪底翻崖喷雪，满溪皆如白鹭群飞”。一部《西游记》，此地拍摄多，留下景点美，招引天下客。瀑布后面水帘洞，路窄游人排队行。另有一个景点，是八戒不舍的高老庄，悟空留恋的花果山，让人记得西游、西游，莫忘此游！

**抗战公路**

导游临时添加“抗战公路”景点，旅客自然乐意，比规定必游景点更有看头。黔西晴隆县境，乌蒙山脉峻险，《二十四道拐》电视剧，再现战火硝烟。晴隆山上高峰，感怀当年英雄。此地是盟军中缅运输大动脉，二十四道拐咽喉路径，抗击日军飞机轰炸，保障军备抵达昆明、重庆。山顶有对青石雕像，两人在交头点烟，是美国大兵和中国筑路工人，再现历史风云。

来到云贵交界地，一片高原喀斯特地貌景象，令人振奋，不由口咏：春光荡漾，天人合作，大地换新装；黔西千顷峰林青，滇东万亩菜花黄。

**峰林**

锥状喀斯特地貌，徐霞客来此，咏道："天下山峰何其多，唯有此处峰成林。"

**万峰湖**

万峰环绕，高原出平湖；天高云幻，风景秀丽。有诗云：

云奇石更奇，奇绝画难比；
写奇唯有诗，诗在空山里。

乘船游湖，水波荡漾，峰峦迭起，如在仙境。船上遇一韩国老年旅客，攀谈甚悦，可谓：异国游人成故知，只因山水情味同。

**罗平油菜花**

云南有名的早春景点，万亩花海，流金溢彩，点缀峰林之间；天工相助，人艺非凡，如描如绘，美妙画卷。从观景台下来，菜花田头小憩。见一对布依族中年夫妇，很是亲切，同坐棚下，交谈甚为开心。临走，买下他们两瓶颗粒花粉，一瓶菜花的，一瓶茶花的，他们主动与我合影留念，留下难得的民族风情。

（2018年4月）

# 11 ——赏竹之旅

去年此时赏梅，今年此时赏竹。青竹有节义，时时可作友。爱竹，性格使然。

**喜欢居处有竹**

苏轼喜欢居处有竹，也影响了后人。他长居南方，自然条件合适；北方不比江南，没见过几家庭院栽竹活得挺好的；盆景种竹，又没有手艺；选一竹画窗帘常挂常看，岂不善哉！帘上竹画非常逼真，有竹二十八竿，挺拔苍劲，青枝绿叶，“夏日添凉意，冬天送绿感”，亲朋来时留影，概以此为背景。它能引起自由联想，让心思一下就回到故地竹林，比微信还快。

**趵突泉万竹园**

万竹园大门，左右两片竹丛，绿荫葱葱，穿过一道竹林走廊，池边亭柱上有诗曰：“未曾出土便有节，及至凌云尚虚心。”对过有一联：“竹影拂阶尘不起，月光穿池水无声。”漫步万竹林，如沐浴在诗情画意之中。

**蝴蝶泉竹林道**

云南大理，苍山脚下，新雨刚过，蝴蝶泉竹林道上，一片清新，风吹沙沙作响，如诗“风来笑有声，雨过净如洗”，似在夹道欢迎远方客人。竹影笑声，也成永恒记忆。

**再访黄山竹**

细雨天气，黄山竹林，持地高之优势，山峦之奇峻，万竿翠竹高耸入云，融入诗意烟雨里，别有雅韵，透着幽静与空灵。正如一处牌坊楹联曰：“一身瘦骨抱虚心，拔地高节净世尘。”

**天一阁庭院竹丛**

宁波天一阁，是亚洲最大的私人藏书馆，房前屋后，丛丛绿竹，配以池水假山，整个院落古朴、典雅。阅卷疲惫，来竹边小憩，顿觉清凉爽快。细看翠竹形神俱美，细细的叶，疏疏的节，雪压不倒，风吹不折，不喧不躁，从容自在，“依旧四季翠绿，不与群芳争艳”，品格可贵。

**兰亭竹林美**

兰亭在绍兴之南，“会稽山阴之兰亭”，因王羲之而有大名，我与慈溪二位好友同游，但见“茂林修竹”，叠石流泉，难怪当年“群贤毕至，少长咸集”，遂有《兰亭序》问世。遥想兰亭下，清风满竹林。这里是竹的世界，处处有竹，兰亭门楼，笼罩在高竹之下；曲水流觞，处处竹丛相伴；鹅池，半圈竹林环绕。鹅池碑上镌刻着“鹅池”二字，相传，“鹅”字为王羲之所写，“池”为其子王献之所写，二字风格不同。池旁，长长的条桌上备有笔墨纸张，供游人练笔。既来之则试之，斗胆挥毫练字，当然没一点二王之风，道理不讲自明，要想在这儿一下学到二王功夫，恐怕竹林也不答应。

**赏竹武夷山**

景区大门之内，三片竹林，郁郁葱葱，生机勃勃。至九曲溪，六人乘一竹排，排主撑杆，徐徐前行，放送歌声“小小竹排江中游，巍巍青山两岸走”，别具诗意。排主鼓励游客学习撑杆，我亦冒然一试：把竿拄到水底，克服很大浮力，腿脚后蹬驱赶竹筏前行。坐竹排，撑竹竿，观水上竹排成队，望岸边绿竹丛丛，武夷山，简直是竹子的世界！课文学过竹子，讲台讲过竹子，但何曾有过这种亲身体验！

前贤达士，得竹之真韵者当属苏东坡、郑板桥也。苏东坡诗画“竹外桃花三两枝，春江水暖鸭先知”，绝唱“宁可食无肉，不可居无竹；无肉令人瘦，无竹令人俗”。郑板桥以竹自况，“千磨万击还坚劲，任尔东西南北风”；遭迫害、被罢官仍豁达悠然，“写取一枝清瘦竹，秋风江上作渔竿”。后见李方膺咏竹，方知吟竹、画竹也有健身祛病妙效，也许那只是一种意境。李诗曰：

人逢俗病便难送，岐伯良方竹最宜。
墨法未干才搁笔，清风已净肺肠泥。

读罢自思：李公画竹，墨迹未干病已去；吾家有竹，清贫陋室不落俗。

（2017 年 6 月）

# 12 ——到江河湖海去游泳

1966年夏，毛主席视察武汉、畅游长江，发出“到江河湖海里去游泳，到大风大浪中去锻炼”的伟大号召，举国响应。7月，济南军区组织千人横渡黄河，外文系推举我和杨祖辉参加。华山之西黄河段，河中央约有30米宽，多漩涡激流，需奋力拼搏，当抵达对岸时，比预定地点下移40了多米。出水上岸，个个如泥人一般，两两相视而笑，首次体验到大河游泳的豪壮与快意。

1968年夏天，公出湖南，特地赶到韶山，瞻仰毛泽东故居；2016年春再访。茅屋、水塘、床舍，多年间没有大的变化，那种心悟神会的感觉恒在，韶山是太阳升起的地方，伟人的少年时代就在这里度过。从韶山到长沙，在橘子洲头首游湘江，体味伟人当年“中流击水，浪遏飞舟”的感受。2016年再来橘子洲，傍身毛泽东雄伟雕像之侧，温习“自信人生二百年，会当击水三千里”“不管风吹浪打，胜似闲庭信步”“万里长江横渡，极目楚天舒”的不朽诗句，长了勇气、增了情趣，只要是江河湖海，无论何处，皆愿游而咏之。

**北戴河**

1995年暑期，随队到北戴河游览避暑。下海游泳那天，水温适宜，但风浪较大，仅男同胞下水，我和老付几个人想游得远一点，被劝阻。次日，寻毛主席游泳的地方，未果，只能远远望见"秦皇岛外打鱼船"。

**青岛石老人浴场**

水域开阔，沙地如板。涨潮时，浅水"冲浪"很有童趣，浪一到，挥着双臂冲去，人们欢快的叫声、风声、水声，汇成天人合一奏鸣曲。

**烟台黄海明珠**

8月水暖，人欢，海蜇也欢。很有收获，就是这次在此浴场，小军教她妈妈惠芝学会了游泳。

**大连第二浴场**

大连那片石子海滩，很有刺激性，石子坚硬、个大，行走其间，恰似天然的脚底按摩；浴场形如尖底锅，下去几步便水漫头顶，好一种挑战！至今还记得，我和小军、惠芝三个刚一下海的那个惊悚瞬间。

**马六甲海峡**

新加坡，圣淘沙向海椰树旁边，有一小浴场，环境整洁，水清沙细，游得痛快。小军为我拍下游泳照片，绿水白浪，岸边石旁有几棵背光的椰子树，似与佣者并立。

**泰国普吉岛**

乘快艇至海域，海上巨石拔水而起，海浪呈墨绿色，水较深，但清澈见底。导游提醒，下水要穿救生衣，在此游泳近一小时，足矣！

**威海国际浴场**

论游泳地点，最喜最爱的还是威海国际浴场。海边远望，直到水天一色。游到鲨鱼网，能够抓着网绳或浮标休息一下，悄悄体验一下冒险的刺激。

十里沙滩，太阳一晒，热乎乎，从水里爬上来仰面一躺，滚一滚，遍身是沙，舒坦！涨潮浪大，人随浪动，漂上浪顶，移下谷底，颇有规律，像荡秋千一般。风大潮涨浪高时，在岸边搏击，被浪推上岸、裹下水，获得一霎"弄潮儿在涛头立"的快感。

威海，那儿留下了我的十三个夏天。

**村边大水坑**

如此喜欢游泳，水性这么好，怎么学的？怎么练的？溯本清源，这要从老家村头大水坑说起。那水坑常年有水，夏天水满，最深处达两米。小时候就是在那儿学会游泳的，但想不起如何学的。只模糊记得，村里小伙伴，几个光腚猴，经常在水中玩水打闹，都很自如，没出过事故。夏天地里割草，热得满身是汗，我们来到坑边，扔掉裤衩，跑着蹦着一头扎进水里，那个痛快，至今记忆犹新。说到游泳姿势，全会，包括踩水、坑中柳树上跳水，而且游速相当快，但是没有一种是规范的，完全是"个人自由泳"。现在想来，感到很有意思：良好的水性，可笑的泳姿，江河湖海显身手，一生游泳纯自由！

（2017 年 7 月）

# 13——壶口瀑布

2016年10月，我与二弟、淑兰夫妇一道去山西游览黄河壶口瀑布。不巧，那天下雨，但非常幸运，老天作美，到达瀑布景点时雨停了，游览完毕，刚上车，雨又开始，而且下得很大，一直下了几个小时。

黄河壶口瀑布，左岸是山西，右岸是陕西；我们宿在山西吉县境内。老远就能听到激流的轰鸣，不由忆起《黄河大合唱》“风在吼，马在叫，黄河在咆哮”的震天歌声，想起抗日健儿叱咤风云的年代。这里，有国家领导人华国锋、江泽民、朱镕基的题词，有阎锡山建立抗日指挥部的解说，有李白“黄河之水天上来，奔流到海不复回”声如洪钟的广播。伫立危岸，放眼望去，两岸山峦间形若壶口，北高南低，上游河面宽阔，到此陡然收缩，浊浪滚滚而下、铺天盖地而来，如千军万马呼啸狂奔，落地溅出两岸雨，山川遍响九天雷。那气势无可阻挡、所向无敌，在它前进的路上，没有不可冲决的险关隘道，也没有踏不平的荒野丘壑。黄河壶口瀑布绝非是一般人所能够想象到的，它不像庐山瀑布那样秀发飘飘，也不像黄果树瀑布那样宽展明澈，没有丝毫的平面感、绝少静态之美，它的立面、平面皆由波涛相拥相激构成，滚动不止、咆哮不止。它的水色，不似海的蔚蓝，也不似长江的青绿，而是浑动着黄土高原的泥沙，正因为如此，才更像母亲的乳汁，才不失民族的雄浑。在这里，我感觉到幼儿依偎在母亲怀抱里的那种温暖、那种安全。当然，游人如织、频频拍照留念，我们也不甘落后。在我的建议下，二弟打扮成陕北老农、一手执旱烟袋、一手牵着毛驴，弟妹换上新装、笑盈盈地骑上毛驴，与壶口瀑布相伴，拍了一张夫妻合照，这张合照之后成为他们的最爱。

我赞美壶口瀑布，喜欢它、热爱它，它的壮观、它的气息、它带给世界的震撼，都是自然的、天生的。游客都会有同感，不少人用诗歌写下自己的感受，记得这么一首与大家分享：

黄河咆哮送激流，汹涌澎湃入壶口。
奇观引来天下客，母亲河水暖千秋。

# 14 ——天山天池

2016 年 9 月，我乘坐齐鲁夕阳红列车开始了西北之旅。

新疆一游，天池最难忘。大巴车从乌鲁木齐出发，进入阜康境内，再改乘景区专用大巴，一路爬山，直至天池。只见，湖水一片，绿中带蓝，群山环绕，宛若人间仙境，真乃大自然的恩赐。

导游发话：分两队，愿意就地游玩的，可观看周围景点和乘船游湖；愿意上山乘索道的，再交 220 元。花钱买景，坐进中巴，盘旋而上。车开得很猛，沿途的云杉和塔松，还没看清什么模样就过去了。大约一刻钟后，换乘“小巴”，一种只有车顶和低矮车皮的山地车，车开得更野，我紧扣安全带，死死握紧把手，飞旋般的转弯挺多，真怕被甩出车去。来到索道站，惊魂未定，抬眼上看，有段索道几乎是垂直而上，有点担心和恐惧，但谁也忌讳把它说出口来，只有“勇敢”面对、迎接光明，坐进缆车，几分钟后抵达观景台。

放眼天山，绵延无际，近处灰色群峰跌宕，远方雪山皑皑。朦胧自问，这是在山上还是在天上？俯视下面的天池，心中陡起感慨：

大中小巴接连换，遥上缆车二百旋。

观景台上观天池，一湾碧水在山间。

从天池归返路上，小女生导游讲起天池旅游文化，用现代语言讲远古神话，说天池是西王母与周穆王谈恋爱的地方，熟练地背诵出李商隐《瑶池》，天池景点墙壁也刻有这首名诗：

瑶池阿母绮窗开，黄竹歌声动地哀。

八骏日行三万里，穆王何事不重来？

登天山，算是达到一生登高的极点，似乎平常人不能指望登得太高，容易头晕目眩。游天池，又受一次哲理教育，从观景台下看，它只是半山腰的一湾池塘；站山脚下仰面上看，以为它在天上、在云里；漫步池边，直到看见自己微微而笑的倒影，才知道风景不可一日看。

# 15 ——乌鲁木齐，坎儿井

导游介绍，红山公园是我国少有的城市"山体公园"，建在形如巨龙的红山之上，红山是乌鲁木齐的标志和象征。走进公园，先看荷花，过了几丛芦苇，便是一片碧绿湖水，一片明艳荷花，叶碧绿，花粉红，阳光下细赏，与杭州"接天莲叶无穷碧，映日荷花别样红"似不差上下。

乌鲁木齐的白杏干很有名，在百货大楼买了五袋，维吾尔族服务员非常友好，汉语也讲得很流利。新疆特产"馕"也很有名，在天池，旅友小刘一家买的让我尝尝，第一次吃，很好吃。在乌市我一下买了五个，带回济南让亲朋们尝尝。我特别喜爱那种馕，样子像我家乡的"烧饼"，可味道大不一样，有种"远方"的香甜。

离开乌鲁木齐，去吐鲁番看坎儿井。那是我国西北沙漠地带独特的水利工程，由竖井、地下渠、地面渠和蓄水池组成，水源是西面和北面的高山融雪，全长5000公里，与万里长城和京杭大运河并称中国古代三大工程。利用坎儿井系统，把地下水引向地面，沙漠变绿洲，养育了吐鲁番各族人民。

（2016年9月）

# 16 ——吐鲁番葡萄干

吐鲁番葡萄沟，是吐鲁番盆地的中心，火焰山下的一处峡谷，因盛产葡萄而得名。村头有葡萄园，道路两旁有篱笆墙，上面挂满了葡萄。家家院前都有葡萄架，完全是一个葡萄的世界。

“吐鲁番的葡萄熟了”，关牧村那甜甜的歌声，本来就带有葡萄的香甜气，多年以前就让那歌声勾起“尝尝原汁原味吐鲁番葡萄”的欲望今天实现了！走访一家葡萄专业户，被一对年轻夫妇热情接待，把我们请到宽炕上，盘腿而坐，西瓜、葡萄随便吃；小两口表演维吾尔族歌舞，又唱又跳，欢快大方；男主人介绍摆在桌上的各种葡萄干，随便抓起一把，一本正经地说：“这一种营养特别丰富，甜里透香，补阴壮阳。女的吃了，男的受不了；男的吃了，女的受不了；夫妇俩都吃了，邻居受不了。”惹得大家哄堂大笑，游客们乘兴把各种葡萄干尝了个遍。自然漏不掉选购葡萄干环节，最少的是购买三斤，一样一斤。

后来，导游领大家去逛市场，细心的旅客发现商店的葡萄干比那家的便宜,觉得我们被忽悠了。淄博大老刘调侃地说:“市场上虽然便宜,可你买不到‘受不了’的葡萄干啊!”

(2016 年 9 月)

# 17 ——陇西三关

车进甘肃，朦胧觉得已离开内地，有了边塞之感，“秦时明月汉时关，万里长征人未还”也闪现脑海。在这里，游览了汉唐历史上有名的三个关隘。

**嘉峪关**

果然是“万里长城西起，边陲锁钥雄浑”。它在河西走廊中部，古代丝绸之路的交通要冲，乃天险之关隘。古时候，出嘉峪关，就是茫茫戈壁滩；今天，这儿成了充满活力的发展新城。登上城墙，只见内城、外城、城楼群起相连，威严壮观。天空澄澈透明，是一种原生态的澄澈透明，内地恐无城市有此等的空气质量，视野中南面绵延的祁连山清清楚楚。周边有胡杨、沙枣树。曾有诗曰：

胡杨已老叶仍青，沙枣花开香满庭。
种柳千丛欺大漠，驰峰万里捍长城。

**阳关**

在敦煌西南，因在玉门关南面，故称阳关，曾是通往西域的门户，丝绸之路南道的重要关隘。因王维的绝句“劝君更尽一杯酒，西出阳关无故人”而闻名千古。

**玉门关**

同阳关一样，是汉武帝所设，距敦煌约20分钟车程，曾为古时丝绸之路和边防重镇，现在也仅存遗址。王之涣“羌笛何须怨杨柳，春风不度玉门关”使这关口永远留存在诗词里。

阳关、玉门关，宋代以后，地位衰落，仅存遗址，但仍能吸引不游人前来，思汉唐，看夕阳，发兴叹，别有感觉，别有韵味，是其他地方所难以取代的。

（2016年9月）

# 18 ——莫高窟，月牙泉

2016年秋天，夕阳红专列西北之行。

敦煌莫高窟，国内游客多，国际游客也多，足见这个世界文化遗产、佛教文化艺术宝库的巨大魅力。九洞壁画、雕塑、传说，端坐的佛陀、站立的菩萨、飞天的神女……出神入化、栩栩如生。

其中印象最深的是壁画，内容丰富多彩，都是与佛家有关的故事。最引人注目的是那成百上千的飞天神女，其典型的形象是上体半裸、腿部修长，衣裙飘逸、彩带飞舞，横空而飞、姿势优美，为人们创造出一个优美灵动的想象世界。飞天具有强大的艺术魅力，敦煌市的城雕就是一个反弹琵琶的飞天仙女，这也成为城市的地标与象征。飞天最早出现于南北朝时期，是佛教飞天与道教飞仙艺术的融合，是艺术家天才的创造，也是世界美术史上的一个奇迹。

观览藏经洞，更加感受到佛教文化的博大精深，也能够体会到莫高窟古迹历经千年沧桑而生存至今有多么艰难。犹如读一本厚厚的书，千年的风沙、千年的人类智慧积淀，成就了它的深厚与辉煌，是永远的现实中的神话！有一首《反弹琵琶飞天舞》

诗值得欣赏：

反手拨弦自在弹，盛唐流韵袅千年。
莫高窟壁飞天舞，今献西安贵胄看。
梨园兴盛起开元，燕舞莺歌醉欲仙。
唐室风流今日再，琵琶声里梦飞天。

离莫高窟不远，有鸣沙山、月牙泉。四面沙山密，洼地月牙泉。据说那儿的沙，风吹哨响，而那湾形如月牙的泉水，千年不变。任凭风沙起，泉水绿如蓝，神奇而妙幻。偶见骆驼队赶往月牙泉，沙漠驼铃声，清亮悦耳，好一道风景线！

路过陇西南原安西地段去柳园车站，村落稀疏，一路荒漠沙丘。时令才九月初，已有点寒气逼人。人们说，现在是农历八月，天气竟冷到这样，真有下雪的可能，难怪唐代诗人岑参八月在此能看到那美丽的雪景。岑参在此地任职，曾留下这样脍炙人口的诗行：

北风卷地白草折，胡天八月即飞雪。
忽如一夜春风来，千树万树梨花开。

# 19——青海湖

离开黄土高原，走上青藏高原。列车停西宁，乘大巴车去青海湖。有谚语说“翻过日月山，两眼泪涟涟”，是指日月山那边，更寥远、更荒凉，海拔3000多米，气温降到15度，文成公主进藏经过这里，青藏公路、青藏铁路也都经过这里。汉唐时，这里是汉胡频繁交战之地，杜甫诗云：“君不见，青海头，古来白骨无人收。”

青海湖是我国最大的咸水湖，也是最大的湖泊。汽车沿青海湖环行，不时看到“风吹草低见牛羊”的草原景象，无边的湖面一片碧蓝，青藏公路和铁路径直而过，远处雪山皑皑，这不是天外美景又是什么？湖岸上，有一块青色巨石，上刻“青海湖”三个红色大字，当然成为排队挨号、争相拍照留念的胜景；走过一片草地，发现浅水边也有一个“青海湖”石标，不由感叹旅游管理者的才智，真是解决照相拥挤的好办法。湖中有海心山和鸟岛，可望而不可即，说是不在旅游计划之内，留下遗憾。

离湖不太远，有金银滩“青海原子城纪念馆”，当年的221基地，我国第一颗原子弹和氢弹诞生的地方。参观过纪念馆的每一个人，无不为当年科学家那种艰苦奋斗的爱国精神所感动，其中有些已经离开了我们，看到他们的遗像，心里难受，只能祝愿他们精神永在！

在展室里看到，正义的外国友人给予我们的支持，最难忘、最感人的是居里夫妇，赠送我国科学家10克镭，并直言："你们反对原子弹，首先要拥有原子弹。"

（2016年9月）

# 20 ——宁夏沙坡头

八月金秋，百果飘香，搭乘夕阳红专列，漫游大西北。特别令人高兴的是，列车从故乡山东聊城出发，经河北、山西、陕西，直到宁夏中卫沙坡头。这儿是黄河与腾格里沙漠的连接处，5A级景点，有塞外的雄浑，又轻含江南的秀气。千年之前，王维到此慰军，曾留下千古佳句："大漠孤烟直，长河落日圆。"惹得《红楼梦》里还有人探讨，香菱这样对林黛玉说："想来烟如何直？日自然是圆的。这'直'字似无理，'圆'字似太俗。合上书一想，倒像是见了这景的。要说再找两个字换这两个，竟再找不出两个字来。"

有书载曰："狼（粪）烟，直而聚，一般风吹不斜。"也有人说："亲见其景者，始知'直'之佳。"妙极！

究竟如何？是应该自己去体验的。站在黄河岸上，脚踏大漠边际，你就放飞想象，去看、去感吧！诗句刻在巨大的立石之上，旁边塑有王维雕像，他手握大笔，好像刚刚写完那十个大字；我赶忙与诗人合影，欲得点诗之灵气，无奈，愚不可及，纵使想象得再美，也无以言表。

腾格里沙漠天鹅湖，一片神话般的自然生态，长途跋涉的天鹅群在这儿欢畅地驻足小憩。看到这番美丽景象，心情释然，也就不再计较日如何圆、烟如何直了。

（2016 年 9 月）

# 21 ——云南丽江

**丽江古城**

依山傍水，美丽的高原水城，始建于宋朝，昔日丝绸之路和茶马古道的中转站，纳西族聚居地。获评“中国历史文化古城”“世界文化遗产”。夜晚，灯光辉煌，游人熙攘。漫步古城，石板路，青石小桥，古朴的店铺，林立的旅游代办点，木轮水车，精美的工艺品……古文化和现代文明两相辉映。游人写丽江，有首诗我很赞赏：

边陲古城气势雄，遍布名胜醉春风。
遥望玉龙琼山峻，俯视墨潭泉液通。
万朵茶花一半山，千翠绿树十三峰。
佛洞烟霞锁翠微，金沙虎跳腾碧空。

网上流传，这里繁花似锦，时为“艳遇之都”。这似乎言过其实，我们逛街不少，确未曾见“春风十里扬州路”。

**玉龙雪山**

乘小索道抵达冷杉坪，半山腰一片开阔地，海拔 3240 米。不少人随身携带氧气瓶，市里和山下都有出售。我亦有备，人说老年人肺活量小，没有用上，倒感觉那儿空气更为清新。气温10多度，着棉衣，微冷。雾蒙蒙，没有风，未能仔细观赏雪山。“半山葱茏半山雪”，近处是青绿的草地，挺拔的冷杉。远处的山峦时隐时现，实属罕见的高原奇景。

**万里长江第一湾**

去虎跳峡的路上，在观景台遥望万里长江第一湾。本来，金沙江、怒江、澜沧江从青藏高原下来，在云南境内并行南流，可金沙江到了此地便转弯向东了，于是便有了长江第一湾。见证了“金沙水拍云崖暖”，明白了诗词所唱“大江东去”“滚滚长江东逝水”的“东”字，原来始于此地。红军长征亦从此处渡过江，江边建有纪念碑。

**虎跳峡**

虎跳峡在香格里拉境内的金沙江上，长18公里，峡口海拔1800米，是世界最深的峡谷之一。江流最窄处30米，谷坡陡峭，气势奇险峻伟。水流湍急，时有惊涛拍岸。相传，猛虎下山，在江心巨石上一踮脚便腾空而过，故得其名。江水从上游奔流而下，撞击石壁，震天轰响。江右岸，有一条带状小路通向远方，那是从前的“茶马古道”，历史上茶马帮队途经这里往返西域，常常去时百匹，回来无几。现景观管理有了精神层面的升华，让人能够看到“金沙虎跳腾碧空”的壮观景象。

（2015年3月）

# 22 ——苍山洱海

## 苍山洱海

大理美景多，我对苍山洱海印象至深，洱海碧波万顷，苍山白云缭绕；站立船头，身心与湖光山色相融，那感觉既不似济南的“四面荷花三面柳，一城山色半城湖”，也不像杭州的“水光潋滟晴方好，山色空蒙雨亦奇”。洱海苍山的高原气度，给了它恢宏，给了它壮丽。说起这儿的美，人们都知道：苍山洱海、风花雪月；“苍山雪，洱海月，洱海月照苍山雪”；“水光万顷开天镜，山色四时环翠屏”。郭沫若先生一首《大理七绝》，写出更广阔的美景，不仅有苍山洱海，把古城、三塔、崇圣寺也都画了出来，美得使人目不暇接：

风花雪月古城开，洱海苍山次第排。
玉塔生辉金殿衬，千秋佛国庶民来。

## 蝴蝶泉

电影《五朵金花》，映出过不少蝴蝶泉的镜头。这里有蝶树银花的奇观，流行着凄美的爱情传说。有一棵苍劲的古老合欢树横卧泉面。每年四月花行如蝴蝶，有千万真蝴蝶从四面八方飞来，连须钩足，自树巅倒悬而下，及于泉面，缤纷络绎。传说这是蝴蝶为纪念阿霞、阿雯爱情故事的一个仪式，“化蝶”情节近乎《梁祝》尾声。郭沫若先生有诗赞曰：“清茶酹祷蝴蝶魂，阿雯阿霞春永驻。”

（2015 年 3 月）

# 23 ——昆明石林

春城昆明东边的石林，是一个十分神奇的世界。万石耸立，千姿百态，像山、像海，如人、如物，二亿年变迁铸成人间仙境。获评“世界自然遗产”“世界地质公园”“天下第一奇观”，天天游人如织。乱石簇簇，列阵成林，似乎每块石头都有来历，都有故事，都成形象。那一群像修女在祈祷，这一伙如骑士在练阵。有一组“小石林”宛如人工造型，好像是诗仙李白不愿意侍候皇帝，傲然辞别长安，身后有朋友送行，前面有童子迎接。电影《阿诗玛》外景取自石林，影片中的石柱就像是阿诗玛，一个汇集真、纯、美于一身的撒尼（彝族的一个支系）姑娘，着传统民族服装，戴包头，背箩筐，昂首向远方，想着她的阿黑哥，怀念着乡亲，当真是让普天下爱敬的一尊女神！阿诗玛化身石峰，维纳斯难夺天工；维纳斯藏于卢浮宫，阿诗玛现身天地中；名声有大小，美质无高下。有眼福之人，必求二者皆观之。赵朴初有诗：

高山为谷谷为陵，三亿年前海底行。
可怪前人文罕记，石林异境晚知名。

（2015 年 4 月）

# 24 ——烟花三月下扬州

李白在黄鹤楼送孟浩然“烟花三月下扬州”的诗句，叫一代又一代的学子们憧憬不已。隋唐时期，扬州已是全国第三大繁华都市，仅次于长安和洛阳。扬州南依长江、北临江淮，是古代文明和现代文明两相辉映的文化历史古城。市中保持古时风貌，现代化建筑则布局周边，栖灵塔上四顾，一目了然。

**瘦西湖**

这是来扬州必去的地方，从六朝以来一直是风景胜地。之所以叫瘦西湖，是因为与闻名遐迩的杭州西湖相比，湖面瘦长，独有一种清瘦秀丽之美。清代钱塘诗人汪沆云：

垂杨不断接残芜，雁齿虹桥俨画图。
也是销金一锅子，故应唤作瘦西湖。

随后，瘦西湖名传天下。湖长十余里，内有几十个景点，既有天然景色，亦有人文大观，名称、结构不同的各种石桥，使其具有江南园林突出的艺术风格与灵秀色彩。

横跨湖面的大虹桥，从西园曲水通向长堤春柳，犹如彩虹。清代王士祯诗曰：

红桥飞跨水当中，一字栏杆九曲红。
日午画船桥下过，衣香人影太匆匆。

五亭桥是又一名桥，建于清代。桥上建五座亭子，亭与亭之间以画廊相连。整个亭桥兼具稳重大方、玲珑剔透的艺术美。

瘦西湖的琼花，是扬州市花，花朵像白色的绣球，淡雅而清新，阳春三月，开得别样茂盛。有诗云："维扬一株花，四海无同类。"据说琼花为隋炀帝所喜爱，民间传说有数个版本；宋词中多有描写，琼花地位因此陡升，因其之稀贵，倍受皇室与王公贵族宠爱，成为下级官员邀宠的行贿之物。

二十四桥，与众不同，是现代版仿制品。单桥拱且颇高。我相信"一桥说"，桥长 24 米，宽 2.4 米，桥两端各 24 级台阶，边周白玉栏杆 24 根。第一次出现"二十四桥"之名，是在杜牧《寄扬州韩绰判官》诗中：

青山隐隐水迢迢，秋尽江南草未凋。
二十四桥明月夜，玉人何处教吹箫。

杜牧诗中"二十四桥"，似乎指吴家砖桥，古有二十四美人吹箫于此，故得此名。杜牧是唐代著名诗人，与李商隐合称"小李杜"。他风流倜傥，对扬州情有独钟，与之缘分最深，从"春风十里扬州路"到"十年一觉扬州梦"，所写有关扬州的名诗达十首之多。

扬州在历史上商业发达、经济繁荣，风光秀丽、风情柔美，在礼赞扬州的佳作中，徐凝《忆扬州》是得到较多推崇的一首：

萧娘脸薄难胜泪，桃叶眉尖易觉愁。
天下三分明月夜，二分无赖是扬州。

诗人离愁之中，抬头见月，引用萧娘、桃叶典故，把明月一分为三，将二分留给扬州，可见深爱，“无赖”二字愈显扬州明月的可爱迷人之处。这种诗情画意延续不断，郁达夫曾言：“二十四桥的明月是中国南方四大秋色之一。”朱自清也说过：“瘦西湖看水最好，看月也颇得宜。”

**平山堂**

平山堂在瘦西湖畔蜀岗中峰上，大明寺西侧，为欧阳修做扬州太守时所建。因“负堂而望，江南诸山拱列檐下”得名。堂门上高悬大匾“放开眼界”，堂内古风流溢。在这儿，他宴客、赏景、作诗，会见各方才子。他后来在给即将赴任扬州太守的刘敞送别时，寄意扬州、嘱咐朋友，写出名作《朝中措·平山堂》，有人生睿智、又略带伤感：

> 平山栏槛倚晴空，山色有无中。手种堂前垂柳，别来几度春风。
>
> 文章太守，挥毫万字，一饮千钟。行乐直须年少，尊前看取衰翁。

苏轼是欧阳修的门生，在欧阳公离世八载之后，他自徐州调任湖州，第三次路过扬州，写下《西江月·平山堂》，嵌刻于堂壁，表达他对恩师的深切怀念：

> 三过平山堂下，半生弹指声中。
> 十年不见老仙翁，壁上龙蛇飞动。
> 欲吊文章太守，仍歌杨柳春风，
> 休言万事转头空，未转头时皆梦。

王安石来此，也曾留诗《平山堂》一首：

> 城北横冈走翠虬，一堂高视两三州。
> 淮岑日对朱栏出，江岫云齐碧瓦浮。

墟落耕桑公恺悌，杯觞笑谈客风流。

不知岘首登临处，壮观当时有此不。

平山堂后面有座谷林堂，是苏轼为纪念恩师建设的，他在去世前九年曾任扬州太守，建造谷林堂时任期尚不足半年。堂内布置典雅，与平山堂大同小异，摆着八仙桌、圈椅，书香浓烈，似可见当时诗人兴会的场景。出于对欧阳修、苏东坡的钦仰，也着实喜欢那种文静之境，我和二弟在那里拍照留念，意欲沾点仙气。

待走出两堂，心里还有一半逗留那儿。暗想：欧阳修建平山堂，苏东坡建谷林堂，扬州百姓千年万载也会为这两项“市长文化工程”所感动。初唐诗人张若虚是扬州本地人，名作《春江花月夜》就是他献给故乡的佳品，春江、春花、春夜、江花、江月、夜月，多景荟萃，和谐交融；如果他也曾担当欧、苏之职，建个“春江堂”之类的唐代文化工程，那是何等功绩啊！那样，我们就可以在今天，比较唐宋扬州，学古人风雅，得古人情韵，慢吟“滟滟随波千万里，何处春江无月明”，自问“江畔何人初见月，江月何年初照人”，轻叹“人生代代无穷已，江月年年只相似”，神伤“谁家今夜扁舟子，何处相思明月楼”。历史何其可贵，文化何其神妙！

人生短暂、文化永恒，三月扬州，正是一年最好时。

（2016年4月）

# 25 ——金山寺

来镇江，首先去看金山，《白蛇传》白娘子水漫金山的故事，在孩童时代打下的印记太深刻了。景区大门上“金山”二字金光四射。金山不高，海拔 40 余米，原来屹立长江之中，有诗记载“树影中流见，钟声两岸闻”。年长日久，长江水流变迁，到了清代，金山渐与南岸相接，后来就成为岸边陆山了。水陆风景两相宜，游览起来更加方便。和巍峨大山相比，金山精巧玲珑，自有一派风韵。亭台楼阁，层层相接，殿宇厅堂，幢幢相衔，非常紧凑，构成丹碧辉煌的古建筑群，白龙洞、朝阳洞、罗汉洞等有名洞居隐于山的上下左右。“法海洞”，洞内面积约 8～9 平方米，和他呼风唤雨的法术相比，似乎不太相称。

金山上最有名的是金山寺，始建于东晋。庙宇依山势而建，山与寺和谐自然。慈寿塔、江山一览亭矗立于山顶，周围有大小观音阁，山腰到山根有妙高台、念佛堂、天王殿，顺应山势，各就其位，井井有条，精巧壮丽。王安石游此，曾经留诗曰：

数重楼枕层层石，四壁窗开面面风。

忽见鸟飞平地上，始惊身在半空中。

金山寺流传的岳飞故事令人感慨万千。岳飞抗金节节胜利，奸臣秦桧一连十二道金牌，把岳飞召回，岳飞赴临安途中夜宿金山寺，梦遇两条狗对话，请道悦法师解梦，法师惊呼："不好，是个'狱'字，你回朝凶多吉少，他们要囚禁杀害你，不要走了，在这儿出家吧！"岳飞对朝廷忠心耿耿，不肯留下。道悦无奈，赠诗曰：

风波亭下浪滔滔，千万留心把舵牢；
谨防同舟人意歹，将身推落在波涛。

岳飞行前，法师又赠偈："岁底不足，谨防天哭，奉下两点，将人荼毒。"岳飞回朝后即遭秦桧诬陷，以"莫须有"罪名，于十二月二十九日在风波亭被害。"十二月"是岁底，"二十九日"指差一天岁满；那天大雨是天哭；"奉下两点"即"秦"；岳飞临死时叹息"悔不该当初不听金山道悦高僧的劝说"，秦桧闻知派何立去金山寺追杀法师，法师早就料到必遭报复，当何立之面坐化。

苏轼与佛印和尚的故事对人也有启发意义。北宋时，镇江尚名润州，苏轼喜交游，一生中十数次途径润州，金山寺住持佛印高僧便与他成为道友，一江之隔，来往方便，有时苏轼也留宿金山寺。苏轼感觉自己修禅有成，高兴地写出一诗：

稽首天中天，毫光照大千，
八风吹不动，端坐紫金莲。

所谓"八风"是指世间扰乱人心的八件事：利、衰、毁、誉、称、讥、苦、乐。苏轼派书童把诗送给佛印以期好评，不料书童带回的评语是个"屁"字，苏轼自然动怒，也就是犯了"八风"，说道：

“不赞也就罢了，还要骂人!”去找佛印理论，佛印却故意避开，只在屋门挂一纸条，上书:“八风吹不动，一屁过江来。”苏轼羞愧有加，自叹修行未成。

（2016 年 4 月）

## 26 ——大明寺栖灵塔

大明寺，在扬州市西北部，建于南朝刘宋大明年间，故得其名。这里曾是唐代高僧鉴真居住和讲学的地方。鉴真和尚是扬州人，曾六次东渡日本，把我国佛学、医学、建筑、书法、印刷等介绍到日本，为中日两国文化的交流和发展，做出了重大贡献。大明寺内建有鉴真纪念堂；碑亭内立有横卧式纪念碑，上刻“唐鉴真大和尚纪念碑”。

栖灵塔，隋文帝于大明寺内始建，九层高。唐于20世纪80年代重建。游人上塔要穿鞋套。李白、高适、白居易、刘禹锡、刘长卿等唐代大诗人，都曾登临此塔并赋诗赞颂。尤其是白居易、刘禹锡，相唱相和是那么默契。刘禹锡诗曰：

步步相携不觉难，九层云外倚阑干。
忽然笑语半天上，无限游人举眼看。

白居易和诗：

半月悠悠在广陵，何楼何塔不同登。
共怜筋力尤堪在，上到栖灵第九层。

（2016年4月）

# 27 ——登北固山

镇江北固山，自古是江南胜地，唐代诗人王湾《次北固山下》"客路青山外，行舟绿水前"写出其美其韵；也有诗言"半面烟岚雄北固，一方形势控东吴"，道出它的军事意义。北固山在长江南岸，紧临大江，山壁陡峭，形势险要。梁武帝登此山，写下"天下第一江山"六个大字，刻于山门。

文人政要来此，留下不少诗文。辛弃疾任镇江知府时，登临北固山大有感慨。看江山依旧、英雄不再，想到金人入侵、宋室投降，自己赤心报国而遭受排挤，写下两首千古传唱的名篇，景点全文镌刻，一首是《南乡子·登京口北固亭有怀》，"何处望神州？满眼风光北固楼。千古兴亡多少事？悠悠！不尽长江滚滚流"。另一首是《永遇乐·京口北固亭怀古》，高中时候学过，能熟诵名句"千古江山，英雄无觅，孙仲谋处""想当年，金戈铁马，气吞万里如虎""凭谁问，廉颇老矣，尚能饭否"。身临其境，更能触觉到词人怀古忧世的爱国情怀。

北固山后峰顶上有甘露寺，是当年刘备招亲的地方，镇江是东吴当时的都城。《三国演义》有一回《吴国太佛寺看新郎，刘皇叔洞房续佳偶》，这儿就是发生地，有遗迹尚存，到此不由人不记起京剧《甘露寺》里乔国老劝说吴国太"杀字休出口"那句唱词，最终是将计就计，吴蜀联姻。

镇江、扬州隔江相望，北岸的扬州有一瓜州渡口，为"南北扼要之地"，王安石《泊船瓜洲》写此地之境，观景读诗，别有情味：

京口瓜洲一水间，钟山只隔数重山。
春风又绿江南岸，明月何时照我还？

（2016 年 4 月）

# 28 滇池和日月潭

新春佳节，热闹而温馨。今日得清闲，独处一室，再规划一下节后去处，进入往日旅游的记忆，脑海里呈现出一幕幕游湖蒙太奇：荡舟白洋淀芦苇荡，倾听微山湖土琵琶，品尝太湖白鱼、洪泽湖小龙虾、阳澄湖大闸蟹，追思不尽。让我想得更多的是滇池与日月潭，同与不同，各有千秋。

**昆明滇池**

1968年夏天，来到昆明。这云南省府，素称春城、花都。本来就是“天气常如二三月，花枝不断四时春”，加上滇池点缀，就越加美丽。滇池是春城的生命之源，是昆明的母亲湖；紧靠西山，山水相依；有高原明珠之称，是七彩云南的必游胜地。第一次来昆明是51年前，那时年轻，思想单纯，又是公出，只能是蜻蜓点水，走马观花，印象最深的是大观楼，号称“万里云山一水楼”，有一副180字“天下第一长联”，上联以“五百里滇池，奔来眼底”开始，道尽滇池自然风光；下联起于“数千年往事，注上心头”，回溯云南历史变迁。离楼不远，有棵高大通直的银杏树，树那么高、那么粗，平生少见，徐文轩和我两人围抱刚好合拢。

此次重游，觉得这里改变太大了，令人格外振奋的是，冬季湖上，有从西伯利亚飞来的万只海鸥，成为一道亮丽的风景线，使昆明预得春天先机。成群海鸥与人嬉戏，卖面包的生意很火，游客纷纷买面包招引海鸥，海鸥从手边飞过、迅速叼走。小军为我抓拍一张照片，一只海鸥飞近手指取食，两只海鸥伴飞，自然融于文明，鸟儿与人是那么亲近！滇池岸上，连心锁栏杆外，有一排古桉树，号称全国最大的桉树群，其中有棵连理桉，广告牌上写有白居易诗句“在天愿作比翼鸟，在地愿为连理枝”，成了青年情侣留影的热点。

**台湾日月潭**

2015 年游览日月潭，日月潭位于台湾阿里山和玉山之间，湖中一岛，北半湖形如圆日，南半湖形如弯月，故名“日月潭”，是台湾最大的天然淡水湖。与滇池有几个类似之处，二湖都居于山原之上，都有少数民族文化特色，都有楼台亭阁，都有画船快艇游弋。登日月潭高处，可以抒去国怀乡之情，蒋公介石 1971 年特建慈恩塔更是突出此项功能。它的海鸥，时时都有，常随船慢飞；不像滇池那样呈季节性变化，没有壮观的鸥群，少有高原那种透彻的阳光；而滇池没有日月潭那样葱茏浓密的树林，少一点那种烟雨诗意；但两湖蓝天碧水相似，湖光山色无二。有诗赞日月潭：“潭宽四面山翠绿，景色湖光彩霞天。”

（2019 年 3 月）

# 29 ——无锡太湖美

太湖地跨江、浙两省，湖中大小岛屿近五十个，沿湖有七十二峰，如一幅山外有山、湖中有湖的天然图画。“水边芦苇青，水底鱼虾肥”，湖边渔家小馆，家家有“太湖三白”：银鱼、白鱼和白虾。美景与美食，二者可以在此兼得。

**梅园**

久闻著名的梅园，位于无锡市西南浒山，因园内遍植梅树而得名。早春梅花怒放，中秋桂子飘香，沁人心脾，令人陶醉。亭台塔堂，傍山建造，错落有致。登上塔的高层，可俯瞰全园、远眺太湖。严辰有诗：

漫山红雾花枝俏，渔帆千张逐早潮。
春光万斛浓胜酒，泻入丹青意气豪。

**蠡园**

蠡园在无锡西南五里湖畔。五里湖是太湖的一部分，又叫蠡湖，春秋末年越国大夫范蠡功成身退，偕西施来此，泛舟湖上，后人仰慕范蠡的品格和为人，把五里湖称为蠡湖。蠡园在蠡湖岸边，三面临湖。正值江南四月天，柳绿桃红，清风拂面，湖边建亭阁、堤上种桃柳，水上栽菱藕，水下养鱼虾。蠡园有四季匾额，分述四季景色，“溢红”表春季万紫千红，“滴翠”表夏季绿树成荫，“醉黄”表秋季菊黄蟹肥，“吟白”表冬季瑞雪兆丰年；园内百米长廊，有历代贤明志士诗文绘画，咏叹范蠡“忠以为国，智以保身，商以致富，驰名天下”；更有一副无锡园林最长的楹联，文字很美，上联写蠡园史迹，下联描蠡园景色。仅摘记上下联前半部分于此：

一湖春风秋月，多少事，专诸脍鱼，范蠡著书，千载艳说西施……

九天夏雨冬雪，几许晴，莲叶听声，疏柳裹银，四季妙绘园亭……

**鼋头渚**

它是太湖风景的亮点，横卧太湖西北岸的一个半岛，三面环水，形如突入湖中的昂首神龟。漫游鼋头渚，有如“莺飞草长江南路”“路入桃源九曲环”。天然风景加之人工修饰，园林自成风格。全园包括四大游览区，可从不同角度观赏太湖，“近眺三山，宛如翡翠镶玉盘；远望马山，形如骏马驰骋”。郭沫若留言“太湖绝佳处，毕竟在鼋头”，并有诗赞：

信步上鼋头，龟丘水面浮。
四周横黛浪，万顷泛金沤。
范蠡祠犹在，女夷风正遒。
光明无上处，帆影见归舟。

此次来鼋头渚，也多少留下几丝遗憾，一是“范蠡祠”没有开放，二是“中日樱花友谊林”花期已过。

（2016年4月）

# 30 ——苏州见闻

苏州，古称姑苏。它的美丽毋庸置疑，素有“上有天堂，下有苏杭”之美誉。唐代杜荀鹤《送人游吴》一诗写了苏州的特色：

君到姑苏见，人家尽枕河。
古宫闲地少，水港小桥多。
夜市卖菱藕，春船载绮罗。
遥知未眠月，乡思在渔歌。

此前来苏州曾经看过一些景点，这次重来浏览，能够轻掠过目就算满足了。

**灵岩山寺**

高大的石门牌坊，庄严肃穆。这里是春秋时期吴王与西施享乐嬉戏之地，馆娃宫旧址仍在，保留着日井、月井、砚池、琴台等吴宫遗迹。唐宋诗词名家，如李白、刘禹锡、许浑、李商隐、柳永、范仲淹等都曾来此咏史吊古。李白留诗曰：

旧苑荒台杨柳新，菱歌清唱不胜春。
只今惟有西江月，曾照吴王宫里人。

**拙政园**

太平天国忠王李秀成府邸，比 1970 年所见变化不少，正值杜鹃花展末期，快收摊了；当年那些尚不甚为人乐于接受的人工造景，变老了，亦有了沧桑之感，却也透着几分自然。

**虎丘**

“剑池”二字漆成红色，还是那样遒劲有力；导游介绍的还是那个传说：吴王死后次日，丘顶出现一只老虎，此丘由此得名，虽不见老虎现身，倒觉得虎气犹存。

**寒山寺**

难见旧日容颜。寒山寺始建于梁，初名妙利普明塔院，唐代诗僧寒山曾在此住持，千年来屡建屡毁。现存建筑是清末遗迹，由大殿、钟楼、藏经楼、碑廊组成。记得几十年前，跨过枫桥，一眼就见山门；这次，转了好大一个圈，问询过好几个路人，才找到山门。相比旧时，院落大了，气派阔绰，绿树黄墙，庄严幽深。虽然仿照的大钟格外显眼，但要想听到夜半钟声，无疑仍然只是一种奢想。不过，为张继《枫桥夜泊》独建的高大诗碑，似可略微弥补这个缺憾。碑上镌刻全诗曰：

月落乌啼霜满天，江枫渔火对愁眠。
姑苏城外寒山寺，夜半钟声到客船。

（2016 年 4 月）

# 31 ——寻李白足迹

安徽马鞍山，这一带是李白晚年长居并捉月归仙的地方，到江南寻李白足迹，是我久怀于心而未曾实现的愿望。如今，终于得偿所愿，江南三月，莺飞草长，处处生机盎然。长江边上采石矶，高高屹立太白楼。参观李白纪念馆，登太白楼望壮阔江流，想到李白在朗朗夜空之下，仍迷恋“对影成三人”之境，竟入江捉月而不知去向，可见此地之美。确确实实，这地儿太美了，李白也太喜欢了，达到忘我的程度。人们为了纪念诗仙，在这儿设了李白衣冠冢。

当涂，距马鞍山约三五十里，算是李白的第二故乡，他叔父李阳冰当时主政当涂，先把李白墓设在城南龙山，后来自称李白世家好友的范传正将墓地迁至青山。现是国家重点文物保护单位，墓园开阔，半圆穹顶，墓前摆放着游客敬献的束束白花，我们一行四人静默片刻，以表怀念之情。墓旁诗碑刻有白居易的《李白墓》：

采石江边李白坟，绕田无限草连云。

可怜荒垄穷泉骨，曾有惊天动地文。
但是诗人多薄命，就中沦落不过君。

白诗写出了薄命诗人李白的坎坷一生，但好像话未说完，有人续加过两句“渚蘋溪藻犹堪荐，大雅遗风已不闻”。我二弟说，白居易对李杜认识比较迟钝，韩愈“李杜文章在，光焰万丈长”实际上就是说给白居易听的；若论感情丰满，还是杜荀鹤那首《经青山吊李翰林》：

何为先生死，先生道日新。
青山明月夜，千古一诗人。
天地空销骨，声名不傍身。
谁移耒阳冢，来此作吟邻。

宣城，是李白生活比较惬意、诗作较多的地方，最爱去敬亭山，据说他去过七次之多。敬亭山，坐落在水阳江畔，属黄山支脉，有大小 60 峰，高者海拔 30 米，但“山不在高，有仙则名”。谢朓《游敬亭山》这样描绘敬亭山的原始风貌：“兹山亘百里，合沓与云齐。……上干蔽白日，下属带回溪。”李白爱敬亭山，大概源于对谢朓的崇拜。一进景区，就会发现李白无所不在，山前路旁、山脚树石，李白雕像、李白诗篇、李白故事，李白气息笼罩山野，让你立即了解李白生平。左边山坡花草中立一巨石，上刻李白《独坐敬亭山》：

众鸟高飞尽，孤云独去闲。
相看两不厌，只有敬亭山。

我不禁暗想，李白一生爱动，游遍名山大川，何以到此独坐？有何抑郁难以排遣之处？身旁一位年轻男性旅友，操安徽口音介绍:“你没看见后面那尊玉真公主塑像吗?传说李白十来岁时常到玉真公主府上,公主倾慕李白风采,把李白推荐给唐玄宗;李白政治失意以后来到这里,公主不远千里赶来相会,所以李白跟她‘相看两不厌’,像李白那种大诗人、大帅哥,说不定真有其事呢!”且莫论真假,人们对诗人的各种想象,正说明人们关爱他,对一首诗作出多种解释也就各有根由了。那位旅友把游客兴致调动起来,又加一句:“听说山上也有李白独坐像,既然老远来了,你们就去看看吧。”

我们转弯抹角找到上山路口,台阶步步升高,足有200多级石阶,末段很陡,累得满头大汗,爬到山顶。但没找到急于想见的“李白独坐像”,不知是山景太深,还是自己眼拙,反正不认为那位旅友是故意忽悠人。无奈打道回府,下山路上,和我抱有同样心态的一位游客,自我安慰似地讲:也许雕像重塑移动了地点。陪我爬山的外婆家孩子小盛打趣说:“当年李白爬过的山顶,反正咱也爬上去啦,这已经足够可喜的了。”寻李白足迹,又不掌握他具体走过的路线图,边寻边走,即便走一点冤枉路,也属正常;只要能望见他的“背影”,也就心满意足了。

李白开道,后人跟随,灵气熏陶,文思泉涌,留下众多美丽诗篇。白居易有诗“再喜宣城章句动,飞觞遥贺敬亭山”;刘禹锡有诗“敬亭之山黄索漠”“遂使声名齐五岳”;杜牧有诗“敬亭山下百顷竹,中有诗人小谢城”;宋代李弥逊有诗“众鸟高飞云去闲,相看只有敬亭山”。古人名句难以尽述。抗战时期,陈毅将军途经宣城,即兴七绝一首:

敬亭山下橹声柔,雨洒江天似梦游。
李谢诗魂今在否?湖光照破万年愁。

从 20 世纪 80 年代起，旅游业蓬勃兴起，宣城人得李白之灵气，致力于打造“江南诗山”，古今贯连，诗风愈盛，唯敬亭山可当矣！

（2016 年 4 月）

# 32 ——项羽庙

从江南马鞍山向东，绕经南京二桥，再掉头西北，进入安徽和县，问道乌江，我和二弟一行四人来到项羽庙下。项羽庙，亦称项王庙、西楚霸王祠。庙前有一片诗碑，碑刻前人名诗，最耀眼的是杜牧《题乌江亭》，为毛泽东 1939 年手书：

胜败兵家事不期，包羞忍耻是男儿。
江东弟子多才俊，卷土重来未可知。

显然，杜牧认为楚霸王不能包羞忍耻，没看到江东子弟可能的未来。另一碑刻有王安石《乌江亭》，别有见解，似与杜牧唱反调，中原一败，大势难回，江东子弟不一定会再跟着项羽卷土再来：

百战疲劳壮士哀，中原一败势难回
江东弟子今虽在，肯为君王卷土来？

女词人李清照另辟一说，独取霸王品格，认定项羽生为人杰、死为鬼雄，表达一种独特的钦敬之情，是为婉约词人、豪放诗行：

生当作人杰，死亦为鬼雄。

至今思项羽，不肯过江东。

项羽庙坐落在乌江镇凤凰山上，始建于唐代之前。公元202年，项羽兵败自刎于此，后人建此祠祀之。享殿内，供项羽和虞姬神像，与众多祠庙相比，项羽塑像非为坐姿，而是全身立像，更加凸显其英武气概。祠前楹联曰：

司马迁乃汉臣，本纪一篇，不信史官无曲笔；

杜师雄真豪士，灵祠大哭，至今草木有余悲。

上联是说人们对《史记》存有质疑；下联借用典故，杜师雄是和州人士，累试不举，常到项羽塑像面前悲哭，感动得项王流下泪来。

项羽庙后面，有霸王墓，是衣冠冢，墓周一片松林，翠如墨染。清代卢润九《读史偶评·项王墓》以怜悯之心咏怀项羽曰：

帝业方看垂手成，何来四面楚歌声。

兴亡瞬息同儿戏，从此英雄不愿生。

游霸王庙，寻霸王业绩，听乌江亭长故事，见虞姬殉情之所，细品前人兴叹，似经历一次历史洗礼，不能不为项羽的英雄气概所感动，又不能不为他的妇人之心而悲叹。项羽打下天下，刘邦坐了江山，“兴亡同儿戏”，焉怪老天不公！国人具有同情英雄失意的善良，具有讴歌忠贞爱情的风尚，李冠《六州歌头·项羽庙》下片有句：“遣行人到此，追念益伤情。胜负难凭。”大概能够代表绝大多数游客的心情。

看古迹、仰人物，论江山、鉴历史，扩展眼界、得到新知，是游山逛景的副产物。离开霸王祠，再回首多望一眼，于怅惘之中，不禁想入非非：倘若项羽没有乌江自刎而败于刘邦，自己登大位、当皇帝，会比刘邦做得更好吗？后世还会那样同情他吗？项王庙如果和刘邦陵寝长陵一样，建得辉煌无比、规模庞大，还会有那么多人为他叹息、为他落泪吗？正因为项羽不该败而败，正因为项羽庙该辉煌而未辉煌，文学上才会留下许多优秀诗篇。“气拔山兮力盖世”，那是曾经自诩自傲的项王；“江东子弟兮不忘于心，勇爱如山兮真情盖世”，这是后世行人香客感觉到的项王。

离开霸王庙，脑海里浮现京剧《霸王别姬》的场景，虞姬先于霸王自刎而死，她的忠贞、刚烈令人赞叹。安徽灵璧虞姬墓前的碑文代表了人们的感叹，横额“巾帼千秋”，两侧刻有：“虞兮奈何，自古红颜多薄命；姬耶安在，独留青冢向黄昏。”

（2016 年 4 月）

# 33 ——合肥“安徽名人馆”

合肥，安徽名人馆里，浮雕群像颇为壮观，个个都有非凡的人生经历。有的名人逸事别有风趣，如冯玉祥守徐州、张英与六尺巷故事，游人纷纷拍照下来。展室有冯玉祥一首打油诗，直白气壮：

老冯守徐州，喜欢多栽树。
谁砍我的树，我砍谁的头！

馆里有几张桐城“六尺巷”的照片，旁边壁上刻着清朝宰相桐城人张英给家人的回信：

一纸书来只为墙，让他三尺又何妨。
长城万里今犹在，不见当年秦始皇。

如今，“六尺巷”已成为中华民族礼让品德的载体，吸引中外游人络绎不绝。

名人馆浮雕群像中，看到三胡（胡雪岩、胡适、胡锦涛）形象，无论如何，也该去他们家乡皖南绩溪看看。

在合肥市里参观“李鸿章故居”，了解到他风云变幻的一生：

少年科举，壮年戎马，中年封疆，晚年洋务。展览物件较少，似因对他的评价还存在忌惮之处。

在合肥郊外拜访“包公祠”，看到许多匾额和对联，受到“忠贤将相”“道德传家”的传统感染。包公祠正堂，有包公彩绘像，白面、长髯、儒雅、刚正。令人诧异的是，包公并非黑脸，额头也没长日月阴阳眼，与小说、影视树立的“包青天”形象大相径庭。

安徽名人馆是江淮风水、人杰地灵的荟萃，人们无论来自何方乡土，特别是安徽本土的青少年们，观后都会极其自然地产生一种崇爱与敬畏之感，润生一种自豪与自励之气，产生一种强大的乡国教育效果。安徽带了个好头，体现出安徽人的眼光与心胸，愿今后在其他省区也能见到。

（2016 年 4 月）

# 34 ——鲁南之行

鲁南枣庄，近代闻名于世的有两大事件，一是台儿庄大战，二是铁道游击队。台儿庄位于京杭大运河河畔，处于大运河的中心点，地处苏鲁交界，自古是南北漕运枢纽，战略位置十分重要，历来为兵家必争之地。

参观台儿庄抗战纪念馆，颇受教育。台儿庄大战震惊中外，是抗日战争初期我军继平型关大捷之后又一重大胜利，也是国共两党第二次合作的光辉结晶，正是这次战役，使台儿庄成为中国抗战史上的名城。这场战役相当惨烈，历经一个多月，歼敌万余，展现了我军英勇气概，一扫日寇嚣张气焰，创抗战之伟绩，扬民族之雄威。

当代著名诗人贺敬之是枣庄人，在台儿庄建有“贺敬之和柯岩文学馆”，他们是夫妇诗人。知名歌剧《白毛女》《南泥湾》歌词都是贺敬之所作，他的《回延安》一诗曾被选入中学语文课本，他题写的诗中名句字幅“几回回梦里回延安，双手搂定宝塔山”，令人望而不舍。

鲁南一带是“孔孟颜曾”四大圣贤的故里，孔、颜生于曲阜，孟子生于曲阜之南百多里的邹县，曾子故里是邹县以西百多里处的嘉祥，三地呈三角形，邹县位于最南端，从枣庄驱车约一小时即可到达。孟子被称为亚圣，邹县是亚圣故里，20世纪70年代山东大学迁址曲阜，即欲就近拜访，今日终偿夙愿。古牌坊，老松柏，儒家文化氛围，浓烈扑面。入住“择邻宾馆”，命名取自孟母三迁故事，《三字经》里“昔孟母，择邻处”即言此事。近朱者赤，近墨者黑。邻居若何，对孩子的成长，习性的养成，确会构成影响。

（2017年5月）

# 35 ——三处黄河掠影

黄河是孕育中华民族5000年的母亲河，我最爱，最亲。

**济南**

第一次看到黄河，是1955年夏天，从临清初中毕业来济南报考高中，从泺口轮渡过河，往上游望去，浪涛滚滚而来；向下游看去，泥沙俱下奔腾而去。气势磅礴，蔚为壮观。1959年后，在济南读大学、工作，直到退休，这60多个春夏秋冬，不知有多少次驻足黄河岸边，在黄河公路大桥上近看，在千佛山顶远望，在华山黄河段激流横渡。不管你从什么角度去看，脑子里留下的只是掠影，它的深厚，它的文明，它的胸怀，它的性格，它的神圣气势，它的源远流长，足以让我体会终生，享受终生。

**兰州**

在不同的地方看黄河会留下不同的印记。1970年夏天，“文革”动乱期间，我和郭继德公出兰州，与济南黄河不同，见兰州黄河从市区穿过，颇觉新鲜，当晚即奔黄河大铁桥，倚栏张望，那儿河身很窄，约百米左右，过桥就是北塔山，那山完全是座黄色土山，与河水同色，有暖色调；不像济南青色的石头山那样，呈青色冷色调。晚上，于万家灯火辉映之下，从山顶往下再看铁桥和河水，犹如巨龙吟啸，奔腾东流，好一道奇丽之景。

**宁夏**

来到宁夏河套地区，黄河完全改变了模样，不像济南段，也不像兰州段。这儿河身宽得几乎望不到边，浅处可以光脚蹚水走过，时有小洲出现，想起小学地理老师说过“黄河百害，唯利一套”，我这才明白，此段河宽阔、水流慢，泥沙沉积、河水变浅，不必担心决堤，而且可以引水灌溉。在这里，我看到了黄河温柔、慈祥的内心。后来，听到韦唯演唱的《黄土高坡》，尽管我五音不全，也愿跟随她唱几句：

> 不管过去了多少岁月，
> 祖祖辈辈留下我，
> 留下我一望无际唱着歌，
> 还有身边这条黄河。

（2019 年 10 月）

# 36 ——三处江城看长江

长江是我国第一大河，与黄河同源，一起成为中华民族文明的摇篮。20 世纪 80 年代，陈铎主持的《话说长江》，风靡全国，激发出人们游看长江、夸唱长江的极大热情。千溪百流汇成万里长江，过三峡出川东去，直入东海。它的气势，它的脉动，赋予两岸人民的福祉，赋予民族文明的印痕，几乎处处可见。很难统计一生中，在多少地方，看过多少次长江，但三处江城观江，与立足高山峡谷、平川旷野自是不同，可察历史遗痕文化风情，可数“千古风流人物”，那种体验，那种情怀，是不会轻易忘掉的。

**重庆看长江**

重庆是山城，也是江城，与江城武汉相比，具有先天的地理特征，它是长江、嘉陵江、渠江交汇处。城在山上，江过城中。金沙江入四川不远，改叫长江。途中不少支流汇入，长江重庆段水流量明显变大，江水激荡，岸上花开，“山桃红花满上头，蜀江春水拍山流”。

2008 年，第六届中国英诗翻译研讨会在此举办，并进行文化考察，参观白公馆、渣滓洞，看到江竹筠被囚禁的牢房，深恨国民党反动派的残忍，景仰烈士们的崇高形象。1949 年重庆解放前夕，反动派在此枪杀一批狱中志士，那时志士们已听到解放重庆的炮声，然而他们却没有见到即将到来的曙光。

朝天门码头，那儿是江姐告别重庆的地方，嘉陵江在那儿汇入长江，两水界线分明，嘉陵江水浅绿，长江水色浅黄，在内江内河中这种现象较为少见。对于海洋倒不感到稀奇，在好望角看印度洋、大西洋分界线，在蓬莱长岛南端看渤海、黄海交汇处，海水颜色总是一边深、一边浅的。

在重庆，如果不吃火锅，大概就不算到过重庆。火锅城，鸳鸯火锅，一边辣，一边不辣。看着那红火火的一锅，没动筷子就让人神经紧张起来。先吃不辣的那边，味道不错；再吃辣的那边，勇敢地一口咽下，口腔、喉咙、肚里，辣味翻滚，涕泪交流。一口过瘾，算记住了！真不知道，辣妹子辣，是怎么辣出来的。

观江边夜景，盼望和等待着这一时刻。彼岸山间层楼，左右宽阔水面，远近高低，五光十彩，天上灯光闪烁，江中倒影摇曳，人间欢声笑语、车水马龙，童话仙境，名副其实！从船上看，这里是山城；从山上看，这里是江城。江山之助不可缺也！

**武汉看长江**

国人称武汉为江城由来已久，江城，甚至成为武汉的专用名词。黄鹤楼是武汉的标志性建筑，从黄鹤楼上远眺长江，自有风采。黄鹤楼，始建于三国时期，唐时已具规模，历朝屡毁屡修，现存楼阁是以清代楼图为蓝本于 1985 年新建的。楼高五层，轩昂雄伟而典雅富丽，古称“天下江山第一楼”，顶层横匾大书金色“黄鹤楼”三字，一楼横匾题词“气吞云梦”。崔颢《黄鹤楼》诗独书一匾：

昔人已乘黄鹤去，此地空余黄鹤楼。

黄鹤一去不复返，白云千载空悠悠。
晴川历历汉阳树，芳草萋萋鹦鹉洲。
日暮乡关何处是？烟波江上使人愁。

在黄鹤楼上读《黄鹤楼》，仿佛进入时光隧道，回到唐朝。该诗是一首拗体七律，连一向居高自傲的李白也为之折服。传说李白游黄鹤楼看到崔诗，自叹“眼前有景道不得，崔颢题诗在上头”。李白这么一说，崔诗身价倍增。当然，凭李白的才华与性格不会就此罢手，几年之后写出《登金陵凤凰台》，无论情志意境皆不输崔诗。李白一首《黄鹤楼闻笛》更是奠定了武汉的地位，“黄鹤楼上吹玉笛，江城五月落梅花”，长江万里，名城数十，唯独武汉首先赢得“江城”美誉；李白《黄鹤楼送孟浩然之广陵》也是在这儿写的，“孤帆远影碧空尽，唯见长江天际流”，五六岁以上的中国人，恐怕没有几个不能背出；如果评选对武汉文化突出贡献者，当推李白。

黄鹤楼里有一画墙，存十几位诗人画像，每个画像旁边列其代表性诗句，赋予历史感、文学感、地域感，一种不可多得的精神享受，应属武汉特产。兹择录如下：

孟浩然：昔登江上黄鹤楼，遥爱江中鹦鹉洲。

王维：城下沧江水，江边黄鹤楼。朱阑将粉堞，江水映悠悠。

宋之问：清江度暖日，黄鹤弄晴烟。

贾岛：高栏危檐势若飞，孤云野水共依依。青山万古长如旧，黄鹤何年去不归。

黄鹤楼一块展牌上写“星河璀璨，辉耀古今”，解说词中纵列从古到今曾登临黄鹤楼的诗词名家，除前几位外，还有白居易、刘禹锡、苏轼、陆游、张之洞、康有为等共60余位。苏轼“大江东去，浪淘尽、千古风流人物”就写在湖北地面上，站在黄鹤楼最高层，最能体会此情此景。

**南京看长江**

南京是长江流域的一个重镇。我第一次去南京是1965年，去南京大学听课学习。那也是我第一次看到长江，从浦口轮渡过江。南京长江与济南黄河大不一样，江面宽，水深清澈，水色浅黄，江面上船只穿梭，一片繁忙景象。南京曾是“六朝古都”，历史文化积淀极其丰厚，享有“江南佳丽地，金陵帝王州”的美誉，是中华文明的重要发祥地，也是历代文人的怀古之地，这些优势是重庆、武汉所没有的。也许因为如此，南京人不会乐意把南京称为江城，而宁可叫作石头城。李白“凤凰台上凤凰游，凤去台空江自流”，是从凤凰台上看长江；李商隐“三百年间同晓梦，钟山何处有龙盘”，大概是从江边望钟山；《三国演义》开篇引用杨慎“滚滚长江东逝水，浪花淘尽英雄”，那是用东逝江水比喻历史进程。1949年4月，毛泽东以豪壮之志描绘历史横截面上的南京长江，最为惊人心魄，“钟山风雨起苍黄，百万雄师过大江。虎踞龙盘今胜昔，天翻地覆慨而慷”。

1975年再去南京，已经有了南京长江大桥，那是铁路、公路两用的大铁桥，是我国自行设计和建造的；2017年去项羽庙驶过长江二桥；据说，还有三桥、四桥……

三座江城，三个繁华都会，三颗沿江明珠，待三城跨江大桥灯火齐明时，从卫星上俯视长江，想想看，该是多么令人神往。

（2019年4月）

# 37 ——云南普者黑

对云贵高原情有独钟，这是第四次来云南了。滇东南丘北县普者黑(彝语，意为“鱼虾满塘之地”)，民族风情醇厚、风光旖旎多彩。一曲《山坡羊》以记之：

> 春风浅浅，蓝天灿灿，桃花惊艳丘北县。一山边，彝家田。
>
> 游人欢跳桃源里，只怨此程时日短。那个山儿，再看几眼；那个水儿，谁不恋栈。

丘北县，天然喀斯特岩溶地貌，数百孤峰兀立，大小湖泊点缀其间。梨花白，白皑皑；桃花红，红艳艳；更有百鸟争啼，莺歌燕语。电视剧《三生三世十里桃花》外景在此拍摄，使此仙境美名广传。还有千顷玫瑰，在田间就可品尝到鲜花饼。新烤成的花饼又酥又香，吃完一个，还想“品尝”，当然，这第二个是要交费的。

在普者黑住仙人洞村木屋一宿，村落民居古朴，背靠青山，前临绿水。村头有景点仙人洞，洞内熔岩钟乳，千奇百怪，颇像山东的淄博溶洞。洞外是仙人湖，湖水清澈，湖岸曲折，孤峰倒映水中，穿红色救生衣的游客们，划三两柳叶扁舟徐徐而过。十里桃花是当地的品牌景点，桃园旁边一片湖水，周围山峰好似倒生水中，颇似仙境。

普者黑村是静谧古寨，充满田园风味、彝族人文风情。传统农妇穿梭织布，乐见游客停步观赏；村上导游小妹，性情开朗，主动谈起她谈恋爱、唱情歌的故事，一句话宝典："恋爱唱情歌，喝酒唱酒歌，采茶唱山歌。"

（2019 年 3 月）

# 38 ——元阳梯田

元阳的哈尼梯田，犹诗云“两山两谷三面坡，一江一河万亩田”，地形复杂；“一山分四季，隔里不同天，立体气候”。梯田，小者如席，大者亩计；低者遍布院前村后，高者海拔2000米。勤劳智慧哈尼人，巧夺天工创奇迹。

哈尼梯田，早闻其名，电视上看过，朋友圈也有人发过，此次游滇重地就是这儿。路窄、山高、湾多，明明欲往南行，却常常先向北走；盘山道，车窗外时而百丈深谷，前望有车绕山爬行，如悬半空之中，难免心生惧怕，直担心车子不会掉下去吧？这种感觉，以前有过两次，一次是从湘西去贵州铜仁路上，另一次是从太原去五台山路上。但毕竟看梯田美景心切，心里的紧张也就平缓下来。参观梯田，只有震惊、兴奋可以形容。有《元阳梯田颂》以记之：

**元阳梯田颂**

昨日，
丘北十里桃花。
今天，

元阳万亩梯田。
才尝彝家荷叶鱼，
又品哈尼普洱茶。
这梯田，
山脚直入到云端，
水随山高，
人高比天。
多依树边迎日出，
坝达田头伴日落。
六个观景台，
健步登遍。
梯田壮观如画图，
天光云影照万壑。
梯田之名者，
号称老虎嘴，
长阔一千七百亩，
入天云梯上千级！
斯为峻岭？
斯为田园？
似蜀道而踏如平地，
似剑门而不畏其险。
伟哉吾民，
美哉云南！
在册世界文化遗产名录，
千年哈尼梯田！

（2019 年 3 月）

# 39 ——云南“十八怪”

四度来云南，所见所闻，每次都见新奇。看各色广告、旅游小报，与人交往、听人闲聊，感到这里与其他省区相比，的确富有特色。云南少数民族多，风俗习惯各异，这种异象，外地人谓之以“怪”，当地人却以“怪”为常，并用这些“怪”作旅游宣传词，使云南充满新鲜感、神秘感。闲来捋一捋，足有“十八怪”之多：

鸡蛋用草串着卖，摘下斗笠当锅盖
三只蚊子一盘菜，火车没有汽车快
大理粑粑叫饵块，山洞能与仙境赛
四季服装同穿戴，蚂蚁能做下酒菜
姑娘被叫作老太，和尚可以谈恋爱
老太爬山比猴快，新鞋后面补一块
火筒能当水烟袋，脚趾常年都在外
娃娃全由男人带，花生蚕豆论堆卖
这边下雨那边晒，四个竹鼠一麻袋

（2019年3月）

# 40 ——昭君村

从神农架驱车东南方向，一个多小时便到昭君村。村子位于湖北兴山县，坐落在山坡上，对面是香溪河。山河一片青绿，风物隽秀清丽，难怪当年昭君离村时依依不舍。

王昭君，名嫱，字昭君。晋时因避司马昭讳，改称明君、明妃。汉元帝时，昭君被选入宫。匈奴呼韩邪单于入朝求亲，元帝以公主身份将昭君嫁给匈奴，这才有了民族间亲善友好的美丽故事。汉时建昭君祠，唐时建昭君院，宋立昭君故里碑，解放后重修并新设昭君村，添塑昭君像。村中有昭君古宅、昭君浣纱处等文化遗迹，有昭君书院和昭君博物馆，藏有大量的文物与书籍。室内及院壁刻有数百首今古名人诗词。杜甫的《咏怀古迹其三》当是经典之作：

群山万壑赴荆门，生长明妃尚有村。
一去紫台连朔漠，独留青冢向黄昏。
画图省识春风面，环珮空归夜月魂。
千载琵琶作胡语，分明怨恨曲中论。

全诗写昭君怨恨，开始二句以高山大川的雄伟气象烘托昭君这个“窈窕红颜”，使其“惊天动地”，彰显昭君村地灵人杰；下接二句描写昭君离别汉宫、远嫁匈奴、死葬塞外，营造大漠荒野黄昏天幕气氛，似天地无情、青冢有恨；五六两句写昭君的身世家国之情，汉元帝昏聩，看画像识宫妃美丑；昭君因不贿赂画工毛延寿而被丑化，导致昭君出塞悲剧，她的魂灵恋念生她养她的家乡；末两句是说，千载以来人们还能从琵琶曲《昭君怨》中，听到王昭君似在诉说无穷怨恨。王安石《明妃曲二首》，亦是写王昭君的名篇，他独辟蹊径，自立新意，该诗先写昭君丽质潜在，画工无能力画出而被屈杀，谓之“意态由来画不成，当时枉杀毛延寿”；再以“家人”身份劝慰昭君，远去塞外是失意，近在君侧未必不是失意，“君不见咫尺长门闭阿娇，人生失意无南北”堪为警句；最后赞扬“汉恩自浅胡恩深，人生乐在相知心”，道出人生哲理，和知心、和理解你的人一起生活才是快乐；当然，单于未必是昭君真正心仪之人，故以“可怜青冢已芜没，尚有哀弦留至今”深表同情。吴师道作“琵琶马上无穷恨，最恨当年误入宫”，认为昭君悲剧的根源，在于汉宫的冷漠。

昭君和亲，正反两种观点都有。元代诗人赵介诗赞昭君“一身归朔漠，数代靖兵戎。若以功名论，几与卫霍同”；董必武诗赞“昭君自有千秋在，胡汉和亲识见高”；臧克家诗赞昭君“千载传佳话，一身系安危”。兴山乡亲十分尊重和热爱王昭君，把她的故里村落改为“昭君村”；把村前流过的香溪，改叫昭君溪，溪水从神农架流来，向南注入长江。相传王昭君入宫前，常在溪边浣纱，有一次她洗涤香罗帕，使溪水芳香四溢，故得名“香溪”。碰碰车司机介绍，昭君离村入宫，就是从香溪河乘船走的，她眷恋乡土，曾在河岸久久伫立，离情脉脉，她哪能知道，这一走再也回不到这山水如画的故乡。有的诗人词人，让昭君月夜魂归汉土，正是对昭君的一种最好怀念。

（2019年4月）

# 41 ——游神农架

神农架，神得远大无边，神得令人向往。纵横数百里，山河交错，峰岭连绵。车行神农架，才真正体味到了什么叫“山重水复疑无路”，什么叫“峰回路转”。高山阔旷处，能看落日晚霞；谷壁狭窄处，只见一线狭天。进进出出，忽北忽南，车行四个多小时，才到达住地“神农大酒店”。

天气也神，乘旅游车盘山而上，时而浓雾扑面，能见度不到10米；时而雾气散尽，一切清晰可见。山低处，满眼青绿，听得到鸟叫；赤橙黄绿四季有，春夏秋冬区分难。山顶，还见点点飞雪，穿棉大衣仍感风寒。

神农坛，最神。此为祭华夏始祖炎帝神农氏之处，他遍走山野尝遍百草，惠及黎民。他的头像位于坛之顶、天之下，带两牛角，威严神奇，为中华民族创造了许多神话。

神农顶，海拔3100米，俯瞰周边山峰，形状高低各异，在云雾中时隐时现；云聚云散，幻化出许多人间仙境。

神农谷，神秘幽深，云雾漂浮，奇峰时而若披纱少女，时而骨骼清俊似青春健儿，时而呈仗剑穿天之势。

曾闻神农架有野人出没，梦想过最好能看到一点“蛛丝马迹”。过野人洞，有幸遇到两个，原来是一对男女扮演的，穿长毛兽衣，欢迎与之合影，标价 10 元。

人们呼吁保护神农架原生态，我入住的酒店环境优美，条件舒适，居于景区内半山腰，柏油马路已修上山顶，不知对生态影响若何。

（2019 年 4 月）

# 42——南阳

涉山越水，寻古访贤，一路踏寻诸葛遗踪，先访南阳，再访襄阳、汉中，三处都有武侯祠，一处胜似一处，算是一次系列之旅。

河南南阳，历史文化古城，范蠡的故乡，诸葛亮躬耕、观星之地。景区大门左侧巨石“卧龙岗”三个漆红大字极其醒目。武侯祠始建于魏晋，隆盛于唐。当年岳飞过此，恰逢骤雨，夜宿卧龙岗，心念忠魂，手书诸葛亮《出师表》，后人刻成碑文；武侯名言、武穆书法，双壁辉映，是为一绝。诸葛亮自言“臣本布衣，躬耕于南阳”，李白诗曰“谁识卧龙客，长吟愁鬓斑”，刘禹锡《陋室铭》云“南阳诸葛庐，西蜀子云亭”，可见诸葛亮曾在此地修行学问。路边青石，刻有杜甫《武侯庙》，尽管诗中的武侯庙是在四川夔州，但诸葛亮是从南阳走出去的，南阳人世世代代诵读不忘也完全合情合理：

遗庙丹青落，空山草木长。
犹闻辞后主，不复卧南阳。

诸葛亮在中国历史上得到普遍尊敬、一致肯定，是为臣为官的宗师，无论哪一朝、哪一代，几乎无人说个“不”字，可见其品性之高洁。河南卧龙岗，湖北古隆中，究竟何处是龙卧龙起之地？自明代起，襄阳南阳争执不下，清代襄阳人顾嘉衡在南阳做官，撰写一副名联，刻于大拜殿门旁，深得后人赞许；成都武侯祠堂柱也刻有此联。“文革”期间，毛主席曾用来教导军政干部。联曰：

心在朝廷原无论先主后主，
名高天下何必辩襄阳南阳。

胡耀邦同志来南阳，颇为欣赏此联，并结合时事、注入新时代精神，改写出一个新联：

心在人民原无论大事小事，
利归天下何必争多得少得。

（2019年4月）

# 43 ——襄阳

湖北襄阳，历史文化名城，坐落于汉水中游，南船北马，是历代兵家必争之地，始建于周朝，鼎盛于三国时期。武侯祠位于城西三四十里处，石牌坊横书“古隆中”，坊联“三顾频烦天下计，两朝开济老臣心”。至此，已进入景区腹地，刘备就是来此处三顾茅庐请他出山做军师的。此地较卧龙岗地域更为开阔，山林草木茂盛而苍翠，恰如《三国演义》所写：“山不高而秀雅，水不深而澄清，地不广而平坦，林不大而茂盛。”三顾堂内，用人物塑像演绎三顾情景，有表情、有姿势，栩栩如生，刘备与诸葛亮促膝交谈；堂外院落里，关羽、张飞厮守着三人坐骑，颇有不耐烦情绪，立显政治家与将军之间的层次不同。三顾堂楹联曰：

智谋隆中对三分天下

壮烈出师表一片丹心

襄阳自古多名士。孟浩然，襄阳生人，隐居鹿门山，人称孟襄阳，是诗仙李白的媒人，“名与襄阳远，诗同汉水深”。王维汉江临泛，写出山水绝唱“江流天地外，山色有无中”“襄阳好风日，留醉与山翁”，使襄阳人永远记住了他；杜甫祖籍襄阳，后迁（洛阳）巩义，闻官军收复河南河北时欢歌："即从巴峡穿巫峡，便下襄阳向洛阳。"赞美襄阳的唐诗较多，今日读来，仍可感觉到古襄阳风味，李白诗曰：

襄阳行乐处，歌舞白铜鞮。
江城回绿水，花月使人迷。

白居易游襄阳，怀念孟浩然，写道：

南望鹿门山，蔼若有余芳。
旧隐不知处，云深树苍苍。

岑参到此访先贤，诗曰：

六月襄山道，三星汉水边。
…………
襄阳多故事，为我访先贤。

诗词家写得较多的一处名胜是仲宣楼，它也应该算是襄阳的一个城市地标了。仲宣楼在襄阳旧城墙内侧，汉代王粲一篇《登楼赋》使它名贯千古，因此也叫王粲楼；历代皆有文人骚客来此登楼望远，感怀抒愁。杜甫有诗云："欲向何门趿珠履，仲宣楼头春色深。青眼高歌望吾子，眼中之人吾老矣。"

（2019 年 4 月）

# 44 ——汉中

陕南汉中，历史文化名城，两汉三国文化发祥地。南屏巴山，北依秦岭，有“秦巴天府”之称。汉中是汉家发祥地，处处散发着汉韵汉味：汉朝、汉字、汉语、汉族、汉家、大汉以及好汉、汉奸，这些词语都与项羽当年封刘邦做汉王有关。在此地览史咏古，自然当从刘邦与“汉初三杰”开始，到武侯祠告一段落，诸葛亮“出师未捷身先死”，逝于五丈原而葬于汉中。

**汉张留侯祠**

张良是刘邦第一谋臣，长妇人相、有机谋心，明了大势、辅佐刘邦，能够“运筹于帷幄之中，决胜于千里之外”。最高明处是如范蠡识勾践般，能洞察刘邦人品与机心，在大功告成、汉朝立国之后即遁身而去，隐居留坝县紫柏山麓青松翠竹之间，背山向阳处，建有留侯庙，亦称“汉张留侯祠”，现为道家胜境。看留侯庙，不得不惊叹张良的先知先觉，才躲过韩信之劫。

**樊河碑亭**

萧何是刘邦相国，也是刘邦的铁哥们；韩信是从项羽军中投奔刘邦的，指望能受到重用而一展雄才；刘邦却不把他当回事儿，才有韩信逃离汉中、萧何月下去追的故事，并记载于《留坝县志》。留坝县马道镇北侧凤凰山下，樊河岸边，有碑亭，上刻“汉相国萧何追韩信至此”，碑旁画栏上书着古人诗句：“不是寒溪一夜涨，焉得汉室四百年。”萧何终于说服刘邦，设立“拜将坛”，拜韩信为大将，统领汉军，正式拉启与项羽公开对决、争夺天下的大幕。

**拜将坛**

在今汉中市内，立有2017年落成的韩信雕像，雕像右前方、下部基座上，有个小小的、不易被人关注的“夜影神碑”，传说韩信被杀后，刘邦觉得愧对韩信，夜间来此立碑，因顾及吕后雌威，碑上一字未写，但可现出光影。也许是人们用这种方式替刘邦开脱，同时表达对韩信冤死的同情。韩信墓有多处，江苏淮阴韩墓碑上刻“成败一知己，存亡两妇人”，概括了韩信一生，“一知己”指萧何，成也萧何，败也萧何；“两夫人”首指漂母，救济韩信等于给了他生命，二指吕后，恶毒设计要了韩信的命。拜将坛院内，多有今人为韩信歌功鸣冤的楹联。历史学家王修先生所撰之门联令人感慨犹深：

汉兴楚灭功冠群伦殊勋伟业发祥地，
鸟尽弓藏恨遗千古落日西风拜将坛。

**武侯祠**

汉中武侯祠号称“天下第一武侯祠”，从文物陈列、展出规模、解说档次而论，当位国内诸祠前列；名胜古迹各有特色，南阳、襄阳与汉中三祠适为互补，使诸葛亮的至伟至高形象展现得更加完美。武侯墓在勉县定军山下、汉水河边，墓前古松足有1700年树龄，昭示忠魂万古长青。享殿佳联颇多，中有二联难忘：

### 其一

三分天下谋出南阳一布衣，
八年劬劳曾得汉川万民心。

### 其二

出师中原志未竟，
功过留待后人评。

### 张骞纪念馆

行将离开汉中之际，驱车赶往城固县参观张骞纪念馆。张骞是西汉时期著名外交家、探险家，曾两次出使西域，是“丝绸之路”的开拓者。抗日战争时期，由京津迁往陕西的西北联大历史学家们，带领学生发掘张骞墓并撰写论文，为纪念馆增光添彩，也是我首次见到的西北联大珍贵文物。历史牢记诸葛亮、汉初三杰与张骞那样的伟人，也应记得那些曾经为研究他们而历尽风霜、不求留名的穷寒学子们。

（2019 年 4 月）

# 45 ——嵩山游

五岳名山排位，嵩山居中，地理位置亦居中。嵩山，位于河南登封。周朝时，认为此地是国之疆土中心，故称为“中岳”，而后的“中原”“中华”“中国”，皆不离“中”字，甚至河南人口头语用一个“中”字表达行、能、好、棒等多重美意。武则天时期，尊奉中岳，佛家、道家乃至文人学士，在此地留下诸多胜迹。早有游览中岳的打算，直到83岁才得以实现。远看三十六峰“云来山更佳，云去山如画”；寺庙众多，点点斑斑缀于丛林之间，名气大者有少林寺、中岳庙，更有历史名校嵩阳书院；再往远点说，登封是大禹故里，流传着大禹治水“三过家门而不入”的经典故事。

**中岳庙**

始建于秦，是处古老的道观，观门金碧辉煌，竖匾“中岳庙”三个金色大字，闪闪发光，威严壮观。院落里古松参天，有的树干上挂有铜牌，显示它几千年的树龄，松林排排，松涛阵阵，浮动着一种悠远、肃穆、深邃的气息；大殿金字匾额上书“道教精粹”，有道士给行客布道，彰显它在中国乃至世界道教社会中的重要地位。中岳庙有道教协会组织，出版道教读物，声名远播，享有盛誉,特别是东南亚国家众多信道者,常来敬香、交流。

在少林国际酒店,读中岳庙道教协会杂志文章,《嵩山逸人元丹丘与李白》,写二人结友 30 多年,曾同时隐居仙游嵩山。李白酬赠元丹丘诗 10 多首。与嵩山关系较密切的是《元丹丘歌》,诗云:

> 元丹丘,爱神仙。朝饮颍川之清流,暮还嵩岑之紫烟,三十六峰长周旋。
>
> 长周旋,蹑星虹,身骑飞龙耳生风,横河跨海与天通,我知尔游心无穷。

唐天宝年间,李白应元丹丘和南阳岑勋之约,专程到此,三人登高畅饮。李白正值“抱用世之才而不遇合”之际,借酒打发时日,一抒满腔愤懑,成就名篇《将进酒》,佳句连连:

> 人生得意须尽欢,莫使金樽空对月
>
> …………
>
> 岑夫子,丹丘生,将进酒,杯莫停,钟鼓馔玉不足贵,
>
> 但愿长醉不复醒。古来圣贤皆寂寞,惟有饮者留其名。

读其文,见其人,仿佛能看见李白醉态,听到他们虽醉而仍不罢休的碰杯之声。

**嵩阳书院**

嵩阳书院,因坐落在嵩山南坡面阳而得名,始建于北魏,初为佛寺,曾作为武则天行宫,北宋时期成为我国古代四大书院之一,是宋代理学发源地。朱熹、程颢、程颐等 20 余位名家大师都在此讲过学。司马光《资治通鉴》有多卷在这儿写成,“程门立雪”典故就发生在这个书院。院内有两棵古柏,世称“大将军柏”“二将军柏”,已有 2000 年树龄,是汉武帝游嵩岳时所封。书院

牌坊题有“高山仰止”四字，正门楹联“满院春色催桃李，一片丹心育新人”充满时代感。

**少林寺**

始建于北魏，中国佛教禅宗祖庭，中国功夫少林武术之源。禅林静、钟声悠，游人如潮，声浪滚滚。二弟说，三四十年前，少林寺面积很小，只有塔林较成规模，大约半个小时就可以游完；自从电影《少林寺》放映以后，它才出名的。政府高度重视，这上千米长的宽阔大道，那一个接一个的殿堂楼阁，都是后来重建的。古寺新味重，武校一个挨着一个，盛行商业化行为。环顾四周，佛像前香客颠颠，烟丝袅袅；路边舞台上，武校学生轮班表演，一会儿一个架势，和尚的小徒弟们舞枪弄棒；不远处就是溪边草坪、鲜花绿树，偶尔传来几点钟声，现代声响播放着《牧羊曲》：

> 日出嵩山坳，晨钟惊飞鸟，林间小溪水潺潺，
> 坡上青青草，野果香，山花俏，狗儿跳，羊儿跑，
> 举起鞭儿轻轻摇，小曲满山飘。

那歌词写的好像不是古寺，仿佛是此时此刻，此地此景。回到正门牌坊正面，再回看一眼“嵩山少林”四个大字，无限感慨，“天下功夫出少林，少林功夫甲天下”！

（2019年4月9日）

# 46——三国文化之旅

荆楚之地，在三国时期，魏蜀吴三家争夺不休，各不相让，发生过激烈的战争，英雄人物演绎出多少英雄故事，胜迹处处，形成了今日三国文化旅游产业链，成为众多游客向往的地方。

**宜昌三游洞**

宜昌，古称夷陵，长江三峡的东方门户。宜昌最具代表性的三国古迹是三游洞，正门楹联令人耳目一新。联曰：

蜀巴荆楚之间奇哉有此，

元白苏黄而后游者为谁。

原来“三游洞”之名并非源自三国，而是因白居易、白行简和元稹三人来过而得名。欧阳修曾为夷陵县令，由他题记、明代重刻的白居易《三游洞序》云：“以吾三人始游，故名为‘三游洞’”。宋朝时期，苏洵、苏轼、苏辙父子三人慕名游此，人称“后三游”；洞壁留有黄庭坚题名手迹，陆游也曾留诗，三游洞因此富有深厚的唐宋文化底蕴。

三游洞面临峡江、生于绝壁，有天钟地鼓之说，洞顶悬石击之有声谓之天钟，地面凸石跺之有声谓之地鼓；洞外是大江出峡谷、一泻千里;洞内,冬暖夏凉。整体看来,地方偏于狭小,游客会有不能尽兴之感。游兴不仅在外,也在内,即历史文化的发掘。感谢唐宋那些文人雅士,独具慧眼,将三游洞与三国之间牢牢连在一起,因为三游洞基址就是蜀汉旧垒。关羽失荆州之时,刘备义子刘封驻守此地,他隔岸观火,拒绝救援,后来付出了生命的代价。三游洞顶部,仍存刘封驻军遗址。张飞曾为宜都郡太守,临江一座石台树有张飞擂鼓雕像,观其态正在指挥操练水军。只见他双眼圆瞪,巨臂挥起鼓槌,一副彪悍勇猛的上将气概,不禁令人联想起他"当阳桥前一声吼,喝断了桥梁水倒流"的英雄壮举。

**荆州关帝庙**

关羽是荆州的历史标志,也是一种荆州文化,市内纪念关羽场所众多,几乎每一个荆州人都能跟你聊起几段关羽故事。荆州最具代表性的建筑是关帝庙,关羽镇守荆州时期的官邸,位于荆州古城老南门内,始建于明朝,威严壮观,气势恢宏,庙内悬挂"乾坤正气""威震华夏"类诸多金字匾额,殿壁彩绘"单刀赴会""义释曹操"等大型壁画。堂院中植有雌雄两棵银杏古树,左侧亭内有赤兔马雕像,马旁立有青龙偃月刀,刀柄端呈锐尖状,亦可作枪。见此刀,不由哼起京剧《甘露寺》名段:"汉寿亭侯,青龙偃月神鬼皆愁。白马坡前诛文丑,在古城曾斩过老蔡阳的头。"关公忠义千秋,南广场上有新建的关羽巨型雕像,我们一行三人,从东西南北几个角度与关公巨像合影,依偎在巨人身侧以增强立世的存在感。

傍晚,夕阳余晖漫洒,大江缓缓绕城而过,荆州城华灯初上,东城门上"荆州"两个金色大字分外耀眼,关羽将他的悲壮献给荆州,让荆州被深深留在历史的记忆之中。

## 赤壁古战场

位于湖北赤壁市西北、长江南岸，是真实的赤壁之战发生地。景区旅游车上“不到赤壁，不解三国”的宣传口号格外显眼，街上“小乔酒楼”等浸润三国味道的招牌很是引人；路边空荡处，多有三国鏖战场景雕塑。景区面积很大，有山、有水、有亭台、有楼阁，三国人物雕塑众多，能进行模拟赤壁之战的大型表演。来到赤壁古战场，自然想起李白的《赤壁歌送别》。诗人以浪漫主义的手法、概括了战役的激烈场面和结局：

二龙争战决雌雄，赤壁楼船扫地空。
烈火张天照云海，周瑜于此破曹公。

赤壁山东南部南屏山顶有拜风台，相传是诸葛亮祭东风的七星坛遗址，原为明朝时所设，1935 年重建。从南阳观星台到此地七星坛，在诸葛亮眼里，“星”的价值无限，大概也是曹操的克星，如果“东风不与周郎便”，就可能会出现“铜雀春深锁二乔”的悲剧。赤壁矶头长江边上立有周瑜石像，穿铁甲、披战袍、戴头盔、手持利剑，雄姿英发，凸显周都督三军统帅派头。从周瑜石像侧旁下到江边，临江悬崖有赤壁摩崖石刻，漆成红色的“赤壁”两个大字，相传为周瑜所书，故后人习称“周郎赤壁”，是现存赤壁最早的文化遗迹，把我们带回遥远的三国古战场上。迷信于苏东坡《念奴娇》给人打上的烙印，去找“乱石穿空，惊涛拍岸，卷起千堆雪”，去想象“樯橹灰飞烟灭”，注定结果不会遂人愿，使咏古兴叹之情有所冲淡，要怪也只能怪苏东坡故把黄州当赤壁。

赤壁依然在，三国何处寻。画卷精彩一页，硝烟有无一瞬间。

（2019 年 4 月）

# 47 ——岳阳天下楼

别荆州、过华容，来到“洞庭天下水，岳阳天下楼”的地方，这里有湘妃的斑竹，李白的风韵，杜甫的泪痕，范仲淹的忧乐。

**岳阳楼**

从南门进入景区，首先映入眼帘的是历代五座岳阳楼模型，一部沧桑巨变史。此地最早是三国时期东吴大将鲁肃的阅兵台，唐代始建楼阁，五代屡毁屡建，今存岳阳楼系清代所建。楼高三层，巍然矗立于洞庭湖东岸，绿树环绕、亭阁拱卫，金碧辉煌、直檐翘角。楼南楼北两石坊，上书“南极潇湘”“北通巫峡”。进楼首寻范仲淹《岳阳楼记》，红地金字、游人争诵。记得30年前，山大新校留学生楼，迎门墙上正面挂有唐正宏所书《岳阳楼记》，“不以物喜，不以己悲”“先天下之忧而忧，后天下之乐而乐”，记忆于心，经久不忘。今到文章初始问世之处，再读范文，顿生奇感：岳阳楼上读《岳阳楼记》，梦耶？非也！八百里洞庭湖水，仙岛绿洲，尽现大自然之美；三百字《岳阳楼记》，融情于景，写出人格之境界！二楼文萃汇集，杜甫五律《登岳阳楼》是另一个光亮闪闪之处，诗文用几种书法书写，其中最引人注目的是毛泽东所书。范仲淹先忧天下，杜甫忧国忧民，毛主席亲仰亲书，真真“岳阳天下楼”也！杜诗沉郁顿挫、幽愤悲凉，让我们再多读几遍：

昔闻洞庭水，今上岳阳楼。
吴楚东南坼，乾坤日夜浮。
亲朋无一字，老病有孤舟。
戎马关山北，凭轩涕泗流。

岳阳楼有诸多门联和柱联，清代诗人何绍基一联精彩绝伦，令人赞叹。上联讲楼史，借史抒情，感人肺腑；下联写景，气势恢宏，意浓情深，联曰：

一楼何奇？杜少陵五言绝唱，范希文两字关情，滕子京百废俱兴，吕纯阳三过必醉。诗耶？儒耶？吏耶？仙耶？前不见古人，使我怆然涕下；

诸君试看：洞庭湖南极潇湘，扬子江北通巫峡，巴陵山西来爽气，岳州城东道岩疆。潴者，流者，峙者，镇者，此中有真意，问谁领会得来。

**君山**

君山岛北门，门额大书“君山独秀”，左侧是李白石雕卧像，刻其诗句“淡扫明湖开玉镜，丹青画出是君山”，右侧是刘禹锡石雕坐像，刻其诗句“遥望洞庭山水色，白银盘里一青螺”。脚未入门，就已经把你引入门内。

湘妃祠是第一景观。原始社会末期，尧帝见舜德才皆具，把帝位禅让于舜，并将两个女儿娥皇、女英嫁与舜为妻。舜南巡九嶷，病逝苍梧，二妃悲痛至极，奔九嶷寻舜而死于中道君山，后人念其情真，建祠纪念。湘妃祠始建于秦前，几经毁坏重修，今存湘妃祠系1986年所建。祠前由两尊汉白玉石狮守护，殿内供奉着二妃塑像，传说刚成像时她们面带微笑，四年后变成凄悲流泪情状。殿内书有许多颂扬舜帝和二妃的诗文。李白诗曰：

洞庭西望楚江分，水尽南天不见云。
日落长沙秋色远，不知何处吊湘君。

清代左宗棠撰联，情深溢于言表，谦恭涵于其中：

迢遥旅路三千，我原过客；
管领重湖八百，君亦书生。

湘妃祠西，斑竹林蔚然一色，相传娥皇、女英闻知丈夫病故，泪洒扶竹，泪痕点点印于竹身，是为斑竹，唐诗宋词多用斑竹典故描写情爱，毛泽东"斑竹一枝千滴泪"更是委婉动人。石砌湘妃墓，坐落在山下苍松翠柏中间，为清朝光绪年间所建，墓碑上书"华夏第一妃墓"，石柱上刻一联："君妃二魄芳千古，山竹诸斑泪一人。"

两年前，二弟曾偕夫人淑兰来君山品尝银针，留下难忘记忆。君山银针茶，全国十大名茶之一，1956年获世博会金奖，毛泽东曾以此茶待客。滚水入茶，琥珀光，细叶长，叶片上下舞动，最得淑兰欢心，曾留桂花树下观茶小影。惜乎！如今淑兰已逝，我们旧地再饮银针，短草坪上长忆亲人。我不善品茶，但知58元一杯，5858，"吾发吾发"，不落时尚，当以特殊符号记之。

夕阳照洞庭，虽恋君山，更望岳阳，登上返程游艇，浪花飞溅，身后波浪粼粼，赋诗一首：

凭楼西望君山远，翠落湖心有无间。
摘取几多斑竹叶，洞庭一日又飞还。

（2019年4月16日）

# 48 ——屈原故里

屈原故里，湖北秭归县，凤凰山，一方千古丹青之地。“节分端午自谁言，万古传闻为屈原”，国家确立端午节为全国法定节假日，专为纪念这位伟人。

中学时代爱读《离骚》，崇敬屈原的人格和诗才，“民生各有所乐兮，余独好修以为常”“路漫漫其修远兮，吾将上下而求索”，至理名言，给人以永远的鼓舞力量。少年学其文不得见其人，今来屈原祠，如见其人，所得教诲愈深。

景区门楼青山石壁上刻有“屈原故里”四个红漆大字。屈原祠，建在山坡上，规模宏大，正殿、侧堂井然有序。上到最高处大殿，有屈原雕像，四个金字匾额上书“中华诗祖”“天地同寿”“日月同光”“万世景仰”。大殿内两侧有大型壁画，站在屈原像前，看着他忧国忧民、报国无门的表情，想到他遭谗去职、流浪江潭的情景，为其悲愤至极、投江自尽而伤心泪落。戴叔伦《过三闾庙》是最能表达这种情怀的一首好诗：

沅湘流不尽，屈子怨何深！
日暮秋烟起，萧萧枫树林。

大殿门外左侧，立有一块巨石，上书余光中先生《秭归祭屈原》，结尾几句是“秭归秭归，魂兮来归。端阳佳节，雄黄满杯。历史的遗恨，用诗来补偿。烈士的劫火，用水来安慰。”

自唐代屈原祠建立以来，历代文人名士留下无数歌颂屈原的诗文。屈原墓志铭有句“大夫一生，正道直行，高风亮节”“山河破碎，汨罗冤沉”。有碑刻文“文雄千古，其忠可以激俗，其清可以厉贪”。陆游过秭归留诗：

江上荒城猿鸟悲，隔江便是屈原祠。
一千五百年间事，只有滩声似旧时。

屈原是“中华诗祖”，我国第一个伟大爱国主义诗人，1953年被评为世界文化名人。屈原故里景区属于国家5A级景区，地处长江岸边，面对三峡大坝，人文和自然环境俱佳。因三峡工程需要，原来的屈原祠移至景区重建。祈盼新的屈原祠不失古色，更为完善，更为可观。

（2019年4月）

# 49 ——聊斋城纪游

2017 年 5 月，和二弟一行四人来到淄川聊斋城，蒲松龄故乡蒲家庄。有山有水，有林有园，是国家 4A 级旅游景区。蒲松龄纪念馆在蒲家宅院的基础上建成，金色牌匾高悬大门之上，系郭沫若先生所题。院内，花木山石、绿柳翠竹、豆棚瓜架，幽雅古朴。蒲松龄石雕坐像，握书捻须，神情微思。正堂悬挂蒲松龄画像，两边是郭沫若手书楹联，高度概括蒲松龄创作成就及其作品风格。联曰：

写鬼写妖高人一等，
刺贪刺虐入骨三分。

蒲松龄有才无运，屡试不第，以项羽灭秦、勾践破吴激励自己，完成巨著《聊斋志异》，一部闻名中外的文言短篇小说集。有自题长联，与郭联交相辉映：

有志者，事竟成，破釜沉舟，百二秦关终属楚；
苦心人，天不负，卧薪尝胆，三千越甲可吞吴。

蒲松龄的同乡好友、大诗人王士祯题诗赞《聊斋志异》：

姑妄姑言姑听之，豆棚瓜架雨如丝。

料应厌作人间语，爱听秋坟鬼唱诗。

故居月洞门有联，是他的同乡、现代书法家王颜山所题，满含故人亲情，盛誉蒲氏人格：一世无缘附骥尾，三生有幸落孙山。

著名作家老舍赞扬聊斋，“鬼狐有性格，笑骂成文章”，乃画龙点睛之语；《李自成》作者姚雪垠撰联：

生逢乱世，心怀孤愤，善恶难言神仙妖，总不忘灯下著稗史；

隐居穷乡，目注尘寰，是非混淆人狐鬼，最可敬笔端绽鲜花。

蒲松龄自谓“柳泉居士”，后人也称他“柳泉先生”。柳泉也因此成为淄博市一张响当当的名片。柳泉，在蒲家庄东沟底。泉周绿柳成荫，泉水出口由石板围成方形，水花慢涌，清澈明亮，泉边石碑上刻茅盾先生手书“柳泉”二字。当年，柳泉近旁有一条青州通往济南府的大道，车马行人不绝，蒲松龄在此备茶摆桌，请路人小憩，饮自家泉水，讲鬼狐故事，以搜罗更多素材，志异终成《聊斋》。

来聊斋城，务必去狐仙园，那儿是一个蒲松龄笔下活灵活现的狐鬼仙妖世界。园内，拱桥短长，荷塘园方，山石嶙峋，古木乖张，各种作态、各种神情的狐妖石雕错落其间，往往在你眨眼初定的一刹那突然立于面前，但你不会害怕，因为它们本是人间好人，被逼幻化鬼狐，愿意化身美女重返人间，与人一样追求快乐、追求爱情，恰似《说聊斋》唱词所言：“牛鬼蛇神比那正人君子还可爱。”

二弟曾在淄博读书四年，对淄博怀有依恋之情；侄女小静，也就是老四家的五闺女，时在山东理工大学读书，学校在周村；我们也意欲在淄博多留片刻，去看小静。在理工大学图书馆旁、稷下亭前，与小静合影留念，一班老少齐鲁学子模样，甚感欣慰。

稷下亭非古，柳泉松龄长。丽春一日，匆匆穿行于人间阳光无限与聊斋营造的鬼妖世界之间，见诸古今世情，难得，值得！

# 50——水泊梁山

20 世纪 90 年代，梁山县一个青年企业家，从哈尔滨招来 10 个俄罗斯打工妹，来山大外院请俄语翻译，俄语系派出一个俄语学生，她和俄罗斯姑娘不几天就混熟了，为签合作协议，我来到梁山。这儿是梁山好汉的大本营，在全世界赫赫有名，笔者从小爱听水浒故事，崇拜梁山好汉，但一直没有机会亲眼看看，这一次就得偿所愿了。

景区没有门栏，迎面山崖石壁，刻有“水泊梁山”四个大字，舒同字体、硕大浑厚，红色耀眼，透发着梁山好汉忠肝义胆的豪气。黑风口，是两面山崖间的峡谷，梁山第一险关，是通往宋江山寨的咽喉，崖边标牌上写“无风三尺浪，有风吹断头”，当年李逵在此把关，现有李逵手持大斧塑像。爬到虎头峰顶，来到宋江寨，院内巨石上竖立一杆“替天行道”杏黄旗，院正中央忠义堂坐北朝南，是梁山好汉们聚会议事的地方，李逵被骗“砍倒杏黄旗，大闹忠义堂”的故事就发生在这儿。走出忠义堂，就有游客开唱——

路见不平一声吼啊，该出手时就出手啊，

风风火火闯九州啊！

谈起梁山由来，导游介绍汉代梁孝王曾围猎于此，死后又葬于此，故得此名。梁山位居要津，西近蜿蜒黄河，东临京杭大运河，北靠东平湖，主峰不算很高，海拔不足200米；唐宋时期，黄河决口，周围汪洋八百里，习称“梁山泊”。北宋末年，宋江发起农民起义，便以此地为营寨。一部《水浒传》，遂使梁山闻名天下，成为今日旅游胜地。虽然这儿不再有“八百里水泊”，但它的历史，它的文化，它的遗响，远过重洋，不会消失。

闻听前几年景区有了新发展，根据《水浒》与史料，增设不少景点，其中有梁山支脉狗头山上“断金亭”，亭子与林冲有关，取名于《易经》，含“二人同心，其利断金”之意。

梁山南邻郓城有个“水浒好汉城”，2017年我和二弟看过，门外有大型壁画梁山好汉群像，上书“梁山一百零八将，七十二名在郓城”。山东人，哪个不夸水泊梁山；郓城人，谁个不说梁山好汉是老乡。

（2020年1月）

# 51 ——光岳楼

小时候，常听村里老人们说，东昌府三件宝：铁塔、鼓楼、玉皇皋。到聊城读高中时才弄清楚，所说的东昌府即聊城，鼓楼就是光岳楼。上学路上，距聊城还有十几里时，就能望见高高的光岳楼，心里立刻高兴起来，以为很快就可到学校了。我喜爱光岳楼，从在聊城读书到现在，不知登临多少次了，最近一次是2016年。

光岳楼位于聊城市旧城中心，凌空而起，巍峨壮丽。建于明洪武七年（1374），因其“近鲁有光于岱岳之意”，取名光岳楼。楼台基高9米，砖石所砌；楼主体四层，高24米，全木结构。建筑整体系宋元向明清建筑过渡的风格。600多年来，光岳楼外观几度维修，但主体骨架从未改变。历经风雨沧桑，依然屹立于鲁西平原大运河畔，成为聊城的地标建筑，闪耀着历史文化的光辉。

聊城，始建于商周时期，现为中国历史文化名城，光岳楼是聊城的历史象征。明清两代五百余年间，聊城是京杭大运河九大都会之一，光岳楼随之成为帝王将相、文人学士光顾之地。康熙、乾隆南巡多次过聊，数次登临光岳楼。乾隆曾题诗多首，楼上石碑刻有：

层栏杰构入云区，耸峙城中镇四隅。
高下耕桑俯沃野，北南水路接通衢。

一楼，东门悬匾额“泰岱东来作翠屏”，南门悬匾额“宇宙文衡”。传说光岳楼是鲁班爷设计施工，整座楼没用一根铁钉，故设“鲁班神龛”，内有鲁班神像，上挂“巧夺天工”木匾，左右金柱上，有山东大学教授、书法家蒋维崧重书的楹联，上联写光岳楼之雄伟气势，下联援引救护聊城的两个典故，道出聊城人杰地灵。联曰：

泰山东峙，黄河西临，岳色涛声，凭栏把酒无限好；
丛台射书，微乡明志，义行高蹈，登楼怀古有余馨。

二楼，有“文昌阁”，乾隆为光岳楼题诗处。楹联为丰子恺所书：

光前垂后，劳动人民智慧无极；
岳峻楼高，伟大祖国文物永昌。

北檐“光岳楼”三个大字，刚柔并济，潇洒脱俗，是郭沫若为光岳楼落成600周年所题写。南檐有康熙御笔“神光钟暎”匾，东面有“太平楼阁”匾，西面有“就日瞻云”匾，无一不彰显着浓厚的文化底蕴。

光岳楼极具文物价值，是我国现存十大历史文化名楼中极为少见、保持原址原貌的一座，世称“天下所无，虽黄鹤、岳阳亦当拜望”。其他名楼，历经战乱、屡毁屡修，现存岳阳楼是清代光绪六年(1880)所建，黄鹤楼是1984年重建，南昌滕王阁是1989

年重建，昆明大观楼是清代同治五年(1866)所建，山西鹳雀楼是1997年重建，纵然建筑技术再高，也很难完全保持其原有风貌，使历史文化沉积有断层之感。

光岳楼是全国重点文物保护单位，中央电视台《国宝档案》曾作专题解说。聊城人视光岳楼为风水灵气之楼，故乡之宝，几百年来久已流传的一首歌谣，我至今未忘：

说东昌，道东昌，东昌府里落凤凰，
凤凰不落无宝地，古楼盖在正中央。

登光岳楼远眺是聊城人的一种追求、一种自豪，登斯楼也，南望有中国四大藏书楼之一的海源阁，东南方可见山陕会馆，东望有傅斯年纪念馆，北望有抗日民族英雄范筑先纪念馆，西北向有孔繁森同志纪念馆；四面环水，碧波荡漾；古运河贯穿南北，两岸翠柳、万户人家，徒骇河似一条玉带，飘舞东城；现代化高楼大厦栉比鳞次，与水城、古街争映今古。美哉聊城，伟哉光岳楼！

# 52——游览三峡大坝

从屈原故里来到大坝景区，山体两行标语映入眼帘，“国之重器我自豪，文明旅游我添彩”。经过安检大厅，步行过桥，四段滑动电梯，间杂步行，爬过几十级陡坡台阶，登上高高的观景台。观景台上四望，雄伟壮观的三峡大坝，高水位平湖、低水位江面，航船上下通道、岸边远近楼房，尽收眼底。

观景台下，有一块龟形巨石，原为江底亿年龟石，大坝施工时发掘出来，颇有文物价值。沿江长廊有许多图片，展览大坝建设的过程。开发长江水利，孙中山曾有梦想，毛泽东曾有追求，拐弯处一灰石圆柱，上刻“高峡出平湖”几个大字，十分醒目。

绕道大坝北端，得以近距离观看，才知道大坝高185米，蓄水高175米，水库长600公里，安装32台单机容量为70万千瓦的水电机组，年发电量约1000亿度；宽大、坚实、高耸的混凝土大坝拔水而起，众多庞杂的发电设备全部安装在坝下，工程之宏伟、之气势，开天辟地亘古未有；心灵之震撼、之感动，无以用言辞可以表达。三峡大坝即三峡水电站，亦称长江三峡水利枢纽工程，是中国有史以来建设的最大工程项目，是世界上规模最大的水电站。不知有多少专家参与论证,不知经过多少次会议讨论,不知聚集了多少行业、多少部门的精英,不知投入了多少人力、物力,才成就这项“当惊世界殊”的浩大工程!据说,三峡大坝的修建与否,一直有争议,反复权衡利弊以后决议施工,1994年底开始修建,2006年竣工;十几年以来,工程运行顺利;无论是建设速度还是工程质量都是创纪录的,三峡大坝的成功修建是中华民族的骄傲。

看古迹,可以求源;观今景,可以务远。一路旅行,多有照片,唯独三峡,让我连连录像,愿记忆长存。

(2019年4月)

# 53 ——佛家名山行

**千佛山**

我接触佛教，是从济南千佛山开始的。1959 年初秋，入学山东大学，从农村来到城市，一切都感到新鲜好奇。第一个星期日就去爬千佛山，主要是对山感兴趣，在家乡鲁西平原，还从没见过山。那天登山，兴致勃勃，二十来岁，年轻力壮，几个同学一口气爬到山顶。向北眺望，寻觅山大老校近处的洪楼教堂，两个哥特式尖塔清晰可见。看济南市容，黄河如带，大明湖像一面镜子。进寺庙和岩洞，看到不少大的佛像，也看到刻在洞壁的许多小佛像，千佛，千佛，不知道是否果如其数。从那时算来，到现在的 2019 年，整整 60 年了，其间和家人、亲戚、朋友又去过多次，退休后亦将爬千佛山当成一种养生锻炼。

相传，舜帝曾耕稼于历山（千佛山），故山上舜祠内塑有舜帝和娥皇、女英二妃像。自半山北望，可见鹊山、粟山、华不注山等九个山头，云烟缭绕，当年李贺留下诗句“遥望齐州九点烟”，后人建“齐烟九点”牌坊于半山腰，为行人香客笼罩一种扑朔迷离之感。

千佛山有佛家文化意蕴，佛韵浓厚，山名始称于隋朝时期，岩石镌佛，遍布山崖，故得其名。兴国寺那对门联，振聋发聩、入心不去，我每过那儿总要看几遍，背得滚瓜烂熟：

暮鼓晨钟，惊醒世间名利客；

经声佛号，唤回苦海梦迷人。

20 世纪最后 20 年，千佛山佛文化景点有新发展，石牌坊正门，路两旁新添十八罗汉石雕像，一线排列一里多长，直到半山腰金身睡佛；千佛山北坡偏东处，新建“万佛洞”，一尊金黄的弥勒佛坐像，神圣高大，老远的地方都能望见，平日香客不断。

**五台山**

1995 年 7 月，山西大学的同志带我去游览“五台圣境”。五台山，绕周 250 公里，由五座山峰环抱而成。山上满是绿色，多为灌木和青草，少有大树。盛夏 7 月，气候却很凉爽。五台山居我国四大佛教名山之首，那规模，那佛声，那香火，可以心感神会。

寺庙是东汉以来所建，隋唐时期已很兴旺，现存 47 座，建筑群恢宏气派，雕刻精美，彩画塑像遍及各寺。有显通寺、菩萨顶、殊像寺，殊像寺内供奉文殊菩萨像，五台山是文殊菩萨的道场，建筑尤为壮丽。文殊阁内，文殊驾于狮背，两侧有悬塑五百罗汉，见有对联：

慧心不染尘，次第篆烟藏妙相，

天籁何澄境，偶而文魁馔梵声。

和尚住房，床铺清静简单，每张床头都挂一小纸牌，上面单写一个“忍”字。有百个尼姑，全都削发，灰色长衫整齐划一，坐小马扎，聚精会神地听讲佛经，那种认真和虔诚，那种气氛与意境，远超大学课堂。

五台山神道有名，故事很多，人们常讲常道的就不下五六件，比如鲁智深醉打山门，顺治皇帝出家于此，杨五郎庙建在尼姑庵，毛泽东从延安去平山途经此处会见长老，不再赘言。

**普陀山**

早闻其名，据说这里和尚算命特灵，一算就准；东南亚经商华侨来此求签许愿，十有八九都发了。2005 年，我们一行四人，从北仑乘船去普陀，船上播放阿弥陀佛歌曲，颇有西藏歌曲韵味，柔声悠悠回旋不止，“南无阿弥陀佛，南无阿弥陀佛”无数次重复，但凡人难悟其道。

普陀山，中国佛教四大名山之一，本是舟山群岛中的一个小岛。一个高大的石牌坊十分显眼，上书“海天佛国”四个大字；另有一个石坊上书“齐□九点”，导游问旅客：“谁知道空的是哪个字?”没人回答，我虽知道是个“烟”字，但也不敢回答，此处空“烟”字的真正含义所在，也许是留待香客上香生烟之意。字，在普陀山是景，观音像前的“南海观音”四个大字也很壮观，还有“佛顶山”“磐陀石”“佛”“心”，特别是那个“心”字，真的让人心动，一块青石有半座二层楼那么大，红色“心”字占满了它的微斜面，游人坐于“心”字中心位置拍照，外人仍能把那“心”字完全看清，足见“心”之大矣！佛家讲心，注重精神，“心有一切有，心空一切空；心邪一切邪，心正一切正”；人生，应“正而不邪，净而不染”，才算真是有“心”。

从佛顶山下来的路上，见巨石上写巨大的“佛”字，过客纷纷在“佛”边留影；先后遇见三个僧人，一步一叩头，五体投地匍匐前进，寻求佛光。衣服磨烂膝盖出血，自己全然不知，何等虔诚！

普陀山是观音菩萨的道场，那尊金色的露天观音像，高达

33 米，蓝天下，绿水边，青山上，全岛都能看到。这凛然高大的形象，这海上之仙山，给人一种神圣、神奇、神秘之感。

普陀山三大禅寺，普济、法雨和慧济，香火很盛，同行的三位女士也进门一一烧香拜佛，我在门外给她们拎包，二阿溪开玩笑说："我拜佛只拜厅局级的，级别低的，不拜。"我比较在意收集些匾额题字和门联，比如"漫步海天佛国，聆听梵音袅袅""净地何须扫，空门不用关"。

# 54 ——问道青城山

2006年10月，成都“英语文学及莎士比亚研讨会”结束后，我游览了都江堰和青城山。青城山是5A级景区，门票高达120元，算是荣幸，过70周岁免票，同行的几位会友颇为羡慕，好像我捡了什么大便宜似的。

青城山山门是座古色古香的门楼，上书“青城山”三个大字。门楼左右及其门里，满是茂盛的树木，高大而浓密，使门楼相形变小，好在“青城山”三字足够大，倒也相称相配。青城山有三十六峰，群峰环绕，状如城郭，峰峦谷溪、宫观亭阁，皆掩映于终年繁茂青翠的林木之中，故得名青城山。青城山又以“幽”著称，古木参天、浓荫蔽日，享有“青城天下幽”的美誉，有诗曰：“巴蜀风光不胜游，青城尽览万重幽”“蜀山西南千万重，仙经最说青城峰”“苔深不雨山常湿，林静无风暑自消”。

青城山文物古迹众多，八百里青城圣境，是我国道教四大名山之一，道观亭阁体现道家崇尚的朴素自然风格，古建筑群至今保存完好。据说，东汉末年道教创始人张道陵曾来此讲经传道，后于公元143年在青城山赤城崖舍羽化山中，白日飞天，青城山即以道教发源地列入史册，道教的神、仙灵验之念与此不无关系。青城山，是道家的祖山，俗家的神山，似乎让我也感觉到了山的“神”气。

史上有许多名人来访青城山，李白、杜甫、陆游都留下了优美诗句，“峨眉秋月”“玉垒浮云”“剑门细雨”，把青城山烘托得更加神奇幽深。唐末青城高道杜光庭关于李白的诗尤能激起诗歌爱好者青城寻仙之雅趣：

山中犹有读书台，风扫晴岚画障开。
华月冰壶依旧在，青莲居士几时来。

张大千曾举家来青城山，寓居于上清宫，书写“青城山上清宫”匾额，日后自称“青城客”。徐悲鸿当年在青城山作画《紫气东来》，后来在此又创作了《九歌》的若干插图。

“青城山中云茫茫”“天地截作神仙乡”，观看建福宫、上清宫和老君阁几处道观，确有此感。尤其是上清宫，它的位置、容貌和内容皆有仙韵。乘索道缆车上去，还要爬一段较陡的坡才能到达，才能“隔断红尘三十里”，才能“上到江源第一峰”。正门“上清宫”三字为蒋中正所题，旁门“青城山上清宫”是张大千所题。殿内有老子塑像和《道德经》五千言木刻，有人结联赞道：“道德五千，名言通经典；楼台十二，仙境在人间。”道教信徒来此，就像到家一样，如鱼得水，悟道渐深，可谓“自古青城天下幽，寻仙问道志终酬”。

建福宫有一副渗透道家智慧的对联，蕴含着对人生境界的彻悟，类似哲理在其他地方多有所见，但在道教圣地青城山再次遇到，似能增进对道家思想的认识。联曰：

事在人为，休言万般皆是命；

境由心造，退后一步自然宽。

青城山不止一处写有“清静无为”四字，整座山都被老子“无为而治”的道义笼罩，让我感到道家修行的永恒性，也记起人们对“无为”二字的曲解。我想，“无为”不是无所作为，不是什么都不做，而是不胡为、不妄为，不行无意义之为，要按客观规律行事。道教和其他宗教有别，它是我国特有的本土文化产品，已有2000多年历史，它所宣扬的清心寡欲，自然无为、返璞归真、天人合一，是有一定道理的，也最容易让世人产生同感。

（2006年10月）

# 55 ——访都江堰

2006年10月，成都外国文学会议结束之后，我和李正栓等四人有幸去都江堰拜揖李冰父子。都江堰位于四川灌县岷江段，由蜀郡太守李冰父子建于战国秦昭王末年，主要包括鱼嘴、飞沙堰和宝瓶口三大部分。鱼嘴，是建在江心的堤坝，将岷江分开为内外二江，外江排洪，内江引水灌溉；飞沙坝，用于排洪、排沙和调节水量；宝瓶口，由开凿玉垒山而成，控制水流量，使内江水适量进入川西平原灌溉农田。它是世界上迄今为止，年代最久、唯一得以留存的最长无坝引水工程，体现出中华先祖的聪明才智与至高的水利科技水平，被列为“世界文化遗产”。原国家副主席董必武先生有诗赞曰：

鱼嘴分江内外流，宝瓶直扼内江喉。
成都坝仰离堆水，河道年年庆饱收。
李冰父子功劳大，作堰淘滩尽手工。
六字遗经传不朽，友邦人士共钦崇。

都江堰亦是我国著名的风景名胜区，景区内有多处名胜。安澜桥亦称夫妻桥，是一座索桥，飞架岷江南北，长500余米，犹如一条长龙;它始建于宋代,明清时期曾重修,现存之桥建于1976年。二王庙是李冰父子祠庙,位于岷江东岸玉垒山麓,依山而建、雄踞江边,林荫蔽日、古木参天,始建于南北朝时期,几经兴废,现存建筑系清代所建。庙内石壁刻有李冰治水六字诀:"深淘滩,低作堰。"大殿供奉李冰父子塑像,李冰已成为中华民族的神明。因都江堰而有天府之国,四川人民以此为傲,二王庙香火很旺。在二王像前虔诚拜揖,做吊古思今者,心绪久久难平。庙门楹联凝聚了黎民百姓对李冰父子无尽感恩和世代连绵的景仰之情:

六字炳千秋,十四县民命食天,尽是此公赐予;
万流归一汇,八百里川西沃野,都从太守得来。

# 56 ——由“崂山道士”引起

第一次去崂山，是“崂山道士”引路去的。那是 1966 年秋天，读蒲松龄《聊斋志异》故事《崂山道士》，使我对神秘的崂山产生了向往，当时想着崂山就在我们山东，抽空一定要去看看。我去崂山，不像故事中的王生那样是去求道，而是想看看临海大山，经历一下那里幽仙的氛围。有可能的话，也到蒲松龄住过的那间石屋坐一坐。至今去过崂山四次，最近一次是 2016 年。三次从南面入山，一次从北面进山专游北九水。前后 50 多年，游者鬓已霜，崂山山海未改旧时观。

崂山，位于山东半岛东端，青岛市区东部，面临黄海，是我国道家名山中唯一在海边拔地崛起的山，素有“海上第一名山”之美誉。走在山下海边青石路上，一边是青松奇石，郁郁葱葱；一边是碧海蓝天，白帆点点。看山峰，形态各异，像老人，像骆驼，像鹰嘴；望大海，平静，清澈，浩瀚无边，水天一色。身在如此山海间，人陶醉，不似神仙胜似神仙！

崂山是我国道教文化发祥地之一，自古就有“神仙之宅，灵异之府”之称。早在春秋战国时期，就有一批修身养性之士先后来此。吴王夫差曾登崂山求灵，秦皇汉武曾来此山寻求仙药，唐玄宗曾派人来崂山炼丹。汉唐时期，崂山已开始成为道教传播要地，一直发展到明清。盛时，有“九宫八观七十二庵”，成为我国道教名山，有人云：“胶东圣地有崂山，道是神仙住此间。”宋代曾有华盖真人刘若拙在崂山修建道场。著名道士丘处机、刘志坚、张三丰等都曾在这里修身和讲道。明代道人孙紫阳曾在崂山明霞洞长久静修。崂山道士，最多时达到900余人。

崂山道教寺观，建筑风格清淡简朴，幽深壮丽，且多有清泉古树相伴。元代道士丘处机曾居于此，留有诗句“高峰万叠连云秀，一簇围屏是道家”。太清宫建于西汉，现存三皇殿、三清殿，宫中有汉柏、唐榆、宋银杏。宫东巨石上刻有“波海参天”四个大字，下面一行小字是“始皇帝二十八年游于此山”。上清宫四周群山环绕，宫里千年树，宫前百丈泉，松风水响别有神韵。

崂山的道教文化，自然之美，引发人文之昌盛。从古至今，名人和俗子来崂山者不计其数。诗仙太白游此，留有“我昔东海上，崂山餐紫霞”名句。李商隐诗评秦始皇派徐福空来崂山寻长生药，诗曰：“石桥东望海连天，徐福空来不得仙。”顾炎武、王士祯、康有为等明清文士都曾来此，且多有题刻。蒲松龄曾入住上清宫石屋，大概是为了体验生活，寻道家仙气，《聊斋志异》中的《崂山道士》《香玉》等故事都取材于崂山。

崂山有十二景点。巨峰旭照，巨峰即崂山顶，海拔1100米，看日出，观云海，寻碧天之彩云，望大海之浩瀚，此峰最为绝妙；龙潭瀑，八水河流到此处，从20米高处沿峭壁倾泻，水如玉龙，吐雾喷雨，景色壮观迷人，有诗赞曰：“凌空乱溅沫，疑是玉龙飞。游客贪清赏，斜阳不忍归。”1986年夏天，我和两个孩子游至此处，大玮、小军加入人群，嬉戏玩水，兴致不消。天气热，图清凉，不顾水沫溅湿衣衫，尽情享受大自然的恩赐。

四游崂山，历历在目，玩不够，还想去。忆起旅游往事，常想到崂山，世事如流水，唯恐遗忘，特以《崂山游》而记之：

**其一**

夜宿崂山临海屋，倚窗斜望乐逍遥。

半灯半月灯亦月，两耳风声送波涛。

**其二**

人老不知年，山高我为峰。

立身修道处，无念即从容。

# 57 ——娘子关

久闻娘子关，却多年未得亲临关下。从济南去太原，车过娘子关，列车总广播说："这儿就是天下有名的娘子关。"隔窗外望，兴奋之后跟着就是失望，什么也没看见。2011 年秋天，二弟夫妇邀请我和浙慈游览平遥古城与乔家大院，回石家庄途中，终于来到娘子关前。

关门楼侧巨石上刻"娘子关"三个大字，红漆涂染，非常醒目。登上已显破旧的城墙，约行百米，便是关门楼。相传，唐太宗胞姐平阳公主，曾率娘子军在此设防驻守，故得其名，它最早出现在金人元好问诗中："只知晋阳城西天下稀，娘子关头更奇崛。"当地百姓至今仍津津乐道，争相给我们当导游，一个劲地介绍：平阳公主是女英雄，她带领娘子军英勇参战，为夺下长安立下大功。

现存"娘子关"系明代嘉靖年间所建，蔚为壮观，易守难攻，恰如"金山带水金城汤池""一夫当关万夫莫开"。关门楼左翼，是近 600 米的长城蜿蜒山脊；右翼是深谷，桃河从谷底流过。关门楼共三层，顶层悬匾额"天下第九关"，下部关墙嵌刻"京畿藩屏”，因其地处万里长城的“内三关长城”南端，故有“万里长城第九关”之称。娘子关位于晋冀两省接壤之处，太行山脉中段，东出三十里是河北井陉，西入百二十里是山西太原，堪为两省门户、天然屏障，历代兵家必争之地。据说抗战期间阎锡山实行宽轨、窄轨铁路制，出入山西的火车就是在这儿换轨的。关上石柱镌刻两联曰：

雄关百二谁为最，要路三千此并名。

楼头古戍楼边寨，城外青山城下河。

寻迹怀古，人之常情，欣闻近几年娘子关周边景点连成一线，娘子关、娘子军，必为更多的游人所知闻、所钦仰。

# 58——佛光照影

**峨眉山**

四川峨眉山，我国佛教四大名山之一。2006 年，同朋友去游览，目的是去看峨眉山风光，尤其想体会一下李白诗中“峨眉山月半轮秋，影入平羌江水流”的意境。入山后，走走，看看，看不尽的美景，目不暇接的新奇，山势逶迤，石径盘旋，树木茂盛，绿野葱葱，整个一雄秀幽奇的世界！主峰金顶，海拔 3000 米，山麓至峰顶 50 多公里。明代诗人曾这样描述：

峨眉高，高插天，百二十里烟云连，
盘空鸟道千万折，奇峰朵朵开青莲。

山中寺庙始建于东汉，后屡有增修，大小庙宇近百座，是佛教普贤菩萨的道场。报国寺，是入出峨眉山的门户，创建于明代，“报国寺”匾额为康熙御题。整座建筑气势轩昂，殿内佛像金灿夺目。到处是历代名人题联题词，有吴擎“翠竹黄花皆佛性，白云流水是禅心”；方旭“大发慈悲，春风熙物，扫除私欲，秋月沉浮”；陈毅“江山仍画里，人物已超前”。雷音寺，听人云“入山到此解脱凡尘，出山于此解脱险阻”，来到这大名鼎鼎的佛山，也许佛有灵，走得虽然很累却不怎么觉得累。看完雷音寺，去找白龙洞，那是白娘子和小青去杭州西湖结识许仙之前，在峨眉山修行的地方。白龙洞在一条小溪旁边幽深之处，是个不太起眼的岩洞，洞口长满了野草，兴许是白娘子不能归来乏人照理所致。

**乐山大佛**

记得是1995年，惠芝从四川回来，带来一张在乐山大佛前的照片，人在江中船上，以大佛为背景，人、佛像、江水、青山、蓝天白云，一切都很和谐。想着哪天去峨眉山我也拍一张那样的照片。这不，机会说来就来了。先去看乐山大佛，大佛高71米，头顶与山平。围着佛头转了多半个圈，纵观周边气势，顿有“两轮日月摩峰顶，四季烟云罩佛头”之感。大佛面相端庄大方，和善慈祥。佛顶几百个发髻都单独凿成，可有泉水流出，对这佛头发髻，诗人王士祯写过：

山自涪翁亭畔好，泉从古佛髻中流。
东坡老去方思蜀，不愿人间万户侯。

看大佛全身，要排队，沿大佛右侧峭壁栈道下去。栈道用钢铁建成，很牢靠，但很狭窄，只能一人一人地走过。下到底，则是一片新的天地。上看大佛，是一尊弥勒佛坐像，依山凿刻而成。大佛巍然端坐，略胖，肩膀壮实，双手抚膝，胸膛饱满，体态匀称，神态肃立，超凡脱俗；靠近看，佛脚很大，上面可围坐十几人；大佛脚下便是滔滔江水，是大渡河、岷江、青衣江三江汇流处，水势险恶，当初于此凿刻大佛，目的就是镇妖降水：有我大佛在此，看哪路妖魔敢兴风作浪！江中游船往来，江对岸是绵延青山，美如画图。据说江中船上是与大佛合影的最佳地方。大佛与江水的距离太小，就五六米的样子，我拿着手机试遍各个角度，佛可以完整，人只能照个头，肩膀都难拍入，只好求助现场专业拍照人员，他让我紧靠大佛左脚站着，斜下身子往上照，结果人是半身，佛是全身，但比较模糊，照相师说“这已经是最理想的了”，照片质量肯定赶不上惠芝那样，想想终得佛光照影，“含蓄”更有意味，该高兴的。

大佛是唐代依凌山凿建的，断断续续历时 90 年，是世界上最高大的石刻佛像，素有“佛是一座山，山是一尊佛”之称。远看凌山形如睡佛仰卧，而大佛的位置正在睡佛的心脏处，故曰“佛在心中，心中有佛”，恰恰应了佛家强调用心的核心理念，“心有一切有，心悟一切悟”。经历 1200 年风雨，大佛仍安坐大江之畔，静观人间万象。仰靠大佛，人们就觉得安生。有人诗赞曰：

弥勒巍巍在水边，佛光普照满江天。

临江端坐越千年，慈善情怀万代传。

# 59 ——仙境张家界

张家界景区进口处，一块高大的巨石矗立眼前，上刻“张家界国家森林公园”，红漆描字，很有气场。禁不住举目四望，周围绿树成荫，远近高低十多个山岩，形状各异，像峰，像柱，像锥剑，像骆驼，像猴子望月，一片从来没见过的天地！

金鞭溪，长达 12 公里，别有一番景象，电视剧《西游记》曾在此拍摄外景。山不高，但形态奇异；树木不很茂密，但绿色新怡；空气清新，是天然氧吧；小溪流水，清澈照人。途中遇到火车上的旅伴，他们在另一个旅游团里，一见面就紧握双手甚至拥抱起来，高兴地大喊尖叫，庆幸相识相遇在这美丽的仙境里。边走边赏景色，近三个小时才走到头。下一个景点是十里画廊，憧憬尚未见过的画廊美景，劳伦斯小说《虹》中主人公的那种渴望即涌上心头：for the new ，the unknown，the better（寻新事物，探未知世界，求得更好）！

赏美景，心里舒服，兴奋，不觉累。但回到酒店，便感到累了，躺在床上不大愿动，下去吃饭稍晚了点。我看到，大家都已到齐，饭菜也已摆好，可没有人开吃。我有点不好意思，客气地说:“你们先吃就行,不必等我。”泰安教育局老高开玩笑地说:“咱们山东是礼仪之邦,长者为大,你李老没来,谁敢动筷!”我甚感动,也更觉不好意思。这个团,我年龄最大,80 岁,第二大是临朐老张,72 岁;我实心实意感谢大家的体谅。接下来两天,旅友更加互爱互助,游袁家寨、百龙电梯、天子山,非常开心。

百龙观光电梯,是连接金鞭溪和天子山的枢纽,高 100 多米,依悬崖峭壁而建,惊险刺激,垂直上下,人称天梯。从上面乘电梯而下,以为要到谷底了,可出来一看,又是一景,葱绿树丛后边一排奇峰,形态可爱,好像个头高矮不一的卫兵在值岗换班。袁家界和天子山,是森林公园自然风光最为集中的地方,参天的古树,朴素的民屋,溪边的青草,空谷的鸟鸣,千军万马齐奔姿态的峰林,拔地穿天傲然不羁的乾坤柱,绕山悬崖栈道,千丈深谷顶沿的观景台,近乎垂直的索道,无不给人强烈的视觉冲击和心灵震撼。

张家界“奇峰三千,秀水八百”,美在峰之奇,谷之幽,林之秀。奇特的石英砂岩峰林地貌,3000 多米拔地而立的石崖,栩栩如生的形态,如人如兽,如器如物;不愧是我国第一个国家森林公园,不愧被列入《世界自然遗产名录》,不愧被评为“世界地质公园”。旅游归来,收获是四个字:相见恨晚。

(2015 年 3 月)

# 60 ——万里长城

今生去过长城四次，看的是四个精华地段。

1981年游览八达岭长城，那是第一次看长城，小时候只听说过长城却没有见过，带有圆梦似的激动。在长城脚下仰望，觉得它是望不到边角的庞然大物；登上城墙，才有“望长城内外，惟余莽莽”之感，像是从天而降的巨龙蜿蜒万千山岭之巅，起伏舞动。城墙上平面宽度约6～7米，可以“五马并骑，十人并行”。城台、敌楼、战台、烽火台、垛口、射洞，各种结构设计和布局科学合理，令人惊叹。起初城墙为土墙，明代开始改为砖墙。八达岭地段军事位置重要，地势险峻，自春秋战国时期就开始修筑长城，目的是防御外族侵扰。

第二次是1996年夏天跃登山海关长城，从关城楼往北走，看长城随山峦起伏，高低腾跃，以不可阻挡之势绵延万里，上触云天，向北转西，伸向远方。脚下的长城顶面，比八达岭宽阔许多。回首巍峨的山海关城楼，白云悠悠，往事历历。吴三桂当年镇守山海关，跟李自成开战，又引清兵入关，造成长城虚筑，雄关无用。他的汉奸恶行遗臭万年，吴伟业《圆圆曲》“痛哭六军俱缟素，冲冠一怒为红颜”记录了这段不堪的历史悲剧。从山海关城楼,沿城墙南去,不远便是长城的起点“老龙头”,一大段长城建在海上。从西面海滩望去,长城犹如苍龙出海。

2009 年秋,再来山海关看长城,一直走到老龙头最南端,发现长城还有另一种形象,龙头昂起于浩瀚渤海,翱翔在海天之间,似乎身上还带着未干的蓝色水滴,夕阳照耀,有如无数片龙鳞闪闪发光,徐徐腾跃,渐渐隐化于遥远的长天漫夜里。

第四次登长城是在 2016 年 9 月,乘夕阳红专列来到长城终点嘉峪关。这道关口与山海关相比,更凸显大西北的那种雄浑苍茫,大结构、大漠色,雄浑苍茫中透发出边塞特有的悲壮气息。那天有风,在城门楼周围闲看,没想到有旅客的帽子竟然被风吹走了。登城墙高处东望,犹如走进新的天地,长城像巨龙一样游弋于大漠瀚海,自在自信,旁若无物,令人为之自豪,为之骄傲。毛泽东词曰“不到长城非好汉”,写出了长城的风格,长城的精神,长城是中华民族文明智慧的结晶,也是中华民族奋斗不息的鼓舞力量。

八达岭长城,在国都身侧,多国元首、政府首脑曾经莅临游览,英国伊丽莎白二世说过:“我到过世界许多地方,长城是最美丽的。”美国前总统尼克松说过:“只有一个伟大的民族才能创造出一座伟大的长城。”上下两千年,纵横一万里,长城永远都是中华历史与文化的一座丰碑。

(2016 年 10 月)

## 61 ——鼓浪屿、金门岛

鼓浪屿，南普陀，厦大校园，念及莎翁翻译家朱生豪，我对游览鼓浪屿抱有很大的期待。船近鼓浪屿，那红瓦绿树、高台巨岩，扑面海风、细碎涛声，一下子就把人吸引住了。岛上树木葱郁，四季常青。尤其是挺直高拔、一见钟情的椰树。

菽庄花园，临海、洋房、花卉、草坪，曾经的私人花园，厦门名园之最，房间里摆放着主人收藏的许多钢琴，是主人献给国家、献给社会的珍品。

日光岩，是鼓浪屿的最高峰，老远就能望见那高高的庞大岩石，每当太阳初升，阳光就正射到山石，故得其名。岩顶天风浩浩，大海波涛万顷；极目远望，厦门、金门、青屿诸岛，一览无余。民族英雄郑成功曾在此屯兵、操练水师。日光岩旁，有石刻“与日争光”“闽海雄风”“光复台”等景点，岩麓建有郑成功纪念馆。蔡廷锴来此，赋诗赞叹曰：

心存只手补天工，八闽屯兵今古同。
当年故垒依然在，日光岩下忆英雄。

这里夜景也很漂亮，有人词曰：“鼓浪拍波，夏风拂屿。夜幽静，明珠如炬。色千层，霓万缕。”有人诗曰：“日光岩上放歌喉，鼓浪风光望眼收。海水有情连宝岛，滩沙无意送飞舟。”

五老山下南普陀寺，始建于唐代，初名普照寺，几经废兴，清代靖海将军施琅重建，改名“南普陀寺”，成为闽南佛教圣地。寺内有前殿、大悲殿、藏经阁、大雄宝殿，规模堪与舟山普陀山相比。寺后五老山上，松竹苍翠，岩谷幽美，名山古刹相得益彰。登高远望，厦门港山风海涛如涌，与厦大风光齐来。记得有篇美文，开篇就说，“东海古刹，鹭岛禅宫。坐五老之荫麓，对红尘之寂空。历千载之更迭，阅百代之峥嵘”“雕栏望海，白塔指穹。迎普照于清迥，扬梵音乎葱茏。灯传而岸渡，化流而影从”。

金门岛与鼓浪屿比邻，从轮船上就能看到金门岛面海山坡上“三民主义统一中国”的大标语，风雨经年，牌子有些陈旧，字形有些模糊。

（2008年10月）

# 62——武夷山风光

2008年10月，来到国家5A级旅游区武夷山，这是联合国教科文组织列入《世界遗产名录》的“世界文化与自然双重遗产”。导游用数字概括得极其形象：水有三三胜（九曲溪），山有六六奇（三十六峰），七十二洞，九十九岩，一百零八个景点；兼有黄山之奇，桂林之秀，泰岱之雄，华山之险，西湖之美。

**九曲溪**

给人印象至深。10公里的山间水道，清流浅滩，九曲十八弯。六人乘一竹筏，舟子渔夫撑杆漫行。两岸繁花异树，翠竹丛丛，奇峰怪岩，水中青山荡起涟漪，自由变幻叠影重重。竹筏行进中，游客纷纷尝试撑杆行舟，我也勇敢一试，小军拍下美照，欲将瞬间变永恒。此情此景，就连老夫子朱熹也颇为动心，他的《九曲棹歌》开篇即言：

武夷山上有仙灵，山下寒流曲曲清。
欲识个中奇绝处，棹歌闲听两三声。

筏过二曲溪，右岸出现一清秀岩峰，名玉女峰，峰顶草木参簇，宛若山花插鬓，酷似亭亭玉立少女。导游小姐善捕时机，巧言：“欢迎你来武夷山，玉女簪花拜君前。”朱熹曾写道：“二曲亭亭玉女峰，插花临水为谁容。”但似乎又担心人们会误解他，继而自嘲自解，“道人不作阳台梦，兴入前山翠几重”，让你别想巫山神女多情，还是集中精力多看翠有几重吧！玉女峰，既然能感动老夫子，也必易招惹一般文人。见有诗云：

插花临水一奇峰，玉骨冰肌处女容。
烟袂霞衣春带雨，云鬟雾鬓晓梳风。

**虎啸岩**

这儿可闻虎啸。从山坡栈道上爬去看虎啸岩，那是半山腰岩石间一个大洞口，面对红色石岩峰林，周边沟深谷幽，多涧瀑流泉。由于岩洞的位置关系，有风就有声，风大便如虎啸，声震群山。

**一线天**

和虎啸岩相连，在九曲溪二曲南面。一座巍然屹立的巨石，长数百丈。岩石倾斜覆盖三个毗邻的山洞，造成顶部百余丈裂缝，宽不足一米。人走在洞中，仰观崖顶裂缝，只可眯见天光一线。人在夹缝中，一线光明，三面黑暗，令胆小者易生恐惧后退，使勇敢者摸索向前窥见光明。

**历史文化**

武夷山也是历史文化圣地，三教名山。有道观故址，有禅院遗迹，更有儒家倡导讲学记载。五曲隐屏峰下有紫阳书院、朱子故居。瞻仰朱熹雕像，见有诗述感：

东周出孔丘，南宋出朱熹。
中国古文化，泰山与武夷。

离开武夷山前,看到文字介绍,说武夷山地跨江西和福建交界处,是典型的丹霞地貌,主体是红色砂砾,我这才明白“武夷山的土石为啥是红色的”。

# 63 ——湘西凤凰城

从张家界驱车南下，过古丈、吉首，便到凤凰城，一个规模不大而历史悠久的文化名城，一个因小说《边城》而名扬中外的湘西边城。看与《边城》有关的文化景点，自然要首先参观沈从文故居。天下雨了，导游穿红色雨衣，举绿色小旗走在前头。走过一道古朴的石板街，进入一条幽静的小巷子，两边是民国时期的灰砖房屋，浓浓的古色古韵，这便是有名的湘西民居。

沈从文故居是传统式的四合院，砖木结构，院子和房屋不算宽敞，倒是小巧玲珑、雅致大方，平时一定会很幽静。通过沈从文童年和少年时期遗物，可知他自幼就受到良好的家庭教育，自己也勤奋好学。沈从文的作品，全面陈列，《边城》被摆在显要之处，在边城看到《边城》，也是一种缘分。故居里，很少看到大字刻写的沈氏作品名言，不像有些凤凰城宾馆客栈，为了招引顾客，挂着装潢漂亮的木牌，摘取沈氏作品书写青年浪漫情怀的只言片语。

沈从文的散文诗风格比较讨人喜欢，描写乡土风情，表现出哲理性，他给张兆和的书信中有段话，我十分欣赏："在青山绿水之间,我想牵着你的手,走过这座桥,桥上是绿叶红花,桥下是流水人家,桥的那头是青丝,桥的这头是白发。"富有诗意,洋溢着牧歌气息。还有《雨后》中的简短表白:"我明白你会来,所以我等。"诗意散文,散文如诗。

沈从文墓地所镌刻挽联,"不折不从,星斗其文;亦慈亦让,赤子其人",措辞巧妙,意蕴深刻,四句话末字连在一起,就是"从文让人",道尽沈从文的修养和为人。

沈从文的表侄黄永玉,是出名的"鬼才"画家,是我国1980年首枚生肖邮票——猴票的创作者。表叔是作家,表侄是画家;凤凰有沈从文纪念馆,也有个类似的"黄永玉童年故居"景点。一处古宅小院,游者熙熙攘攘,他不仅善画,也善诗文,多表现眷恋故土的深情厚谊。故乡是他情感与灵感的摇篮,如画作《沱江两岸》,散文《乡梦不曾休》。印象最深的是他那首乡情诗,刻在石板上,置于平地,上加玻璃匣罩着:

> 我的血是O型,
> 谁拿去,
> 它对谁都合适。
> 我的心,
> 只有我的心,
> 亲爱的故乡,
> 它是你的。

雨中沱江泛舟,八个人乘坐一条有篷木船,细雨微微,视线略显模糊,更添朦胧感。一江烟雨一扁舟,两岸林立吊脚楼,好一幅"烟雨江南"的水墨画!船工也很幽默,问:"大家有什么感觉?是进了仙境还是进了梦境?"游客故意逗他:"不是仙境和梦境,只缘身在凤凰城!"

去虹桥楼赏沱江夜景，楼横跨沱江大桥，位于城中心，算是旧城的制高点。登上顶层，环顾四周，整个凤凰城尽收眼底。老天作美，雨后方晴，风平浪静，波光粼粼，五颜六色的霓虹灯，倒映水中的吊脚楼，影色曲曲弯弯、炫目多彩，呈现一种艳异非常之美。有人兴奋激动，有人恬静慢品，各以自己的独特方式，自由地欣赏着这人间仙境，边城风情。当然，瞬间一照是必须的，日后冲洗出来，打算附上几句记录文字：

悠悠沱江水，映映吊脚楼。
湘西边城人最美，勤劳智慧土家族。

（2015年3月）

# 64——天涯海角

北方严寒,南疆似春。随“爱吾老”旅居团,一路欢声笑语,悠游海南。

**文昌**

瞻仰“宋氏祖居”,读宋庆玲一生感言:“倘若一切可以重来,我还会选择这样的生活。”令我产生共鸣,小人物也应该这样看待生活。

**琼海**

参观博鳌亚洲论坛展览,午餐万泉河畔,食万泉河鱼,听黎族民歌《万泉河水清又清》。

**三亚**

来到三亚,走进天涯海角景区,宽阔大道直通海边,两旁高高的椰树林;依山傍海,奇石林立,是著名的游览胜地;一高大巨石上,有清代崖州知州题刻的“天涯”二字,近旁巨石有国民党王京崖守备司令题刻的“海角”二字,便有了“天涯海角”之语,以示天之边缘,海之远角。这里四季花开春常在,晚霞海景更可爱,一处石刻有赵朴初题诗：

不知何处有天涯，四季和风四季花。
为爱晚霞餐海色，不辞坐占白鸥沙。

古代的海南可不是这样，那时人烟稀少，被认为是荒蛮之地，唐宋王朝多有失意高官被贬谪流放到此，故有“区区万里天涯路，野草若烟正断魂”之说，更有“一去一万里，千之千不还”的悲惨遭遇。大诗人苏东坡，有洒脱达观胸怀，被贬儋州，他办小学、传播文化，不是笑对也是善待人生，从而能够创造奇迹，活着回到中原，留下“九死南荒吾不恨，兹游奇绝冠平生”的豪迈诗句。海边，一巨石夹缝中长出一棵树来，短短的枝干伸向四方，石上刻有一诗，赞扬它的顽强生命力，也喻人生，好像亦在回顾唐宋旧史：

天涯一棵树，阅尽人生路。
白发堪回首，绝境逢生处。

**呀诺达热带雨林**

车出陵水，过椰林坡、槟榔谷，进入呀诺达热带雨林。沿林中窄窄的木道或石路，迂回行走，见到处浓荫密树，树种难述。著名景点有仙境玉兰溪，神秘五棵榕；横长拦路弯曲树，人送美名“过江龙”；植物数百样，动物数十种；目不暇接，美不胜收。

**北仍村**

从三亚回海口，路经万宁北仍村。漫步村中小路，颇似原生态乡野，花木迎风，客似云来，椰林深处有人家。2015 年博鳌亚洲论坛期间，习近平主席夫人曾在“北仍客厅”接待部分国家领

导人夫人，来北仍村，当然会有自豪之感

临离海南，领队总结海南之游，用 16 个字表述海南省个性：“宁愿叫琼，不夸海口；四面击水，五指擎天。”

（2019 年 12 月）

# 65 ——深圳微缩景观

1995年秋天，在深圳参加海外外语考试工作会议期间，有幸参观“世界之窗”“锦绣中华”和“民族文化村”几个微缩景观，与以往见到的实景相比，觉得相当逼真，有身临其境之感。

世界之窗，把世界奇观、历史遗迹、古今名胜集中展现，使人对世界文化、人类文明有了一种概观的了解。同一个景点，实景和微景都看过，印象就特别深刻。比如冬宫、比萨斜塔、凯旋门、埃菲尔铁塔、伦敦塔桥、罗马斗兽场、梵蒂冈圣彼得大教堂、新加坡城狮首鱼身像、纽约自由女神像、悉尼歌剧院、尼亚加拉瀑布。最有意思的是，纽约曼哈顿世贸中心2001年就没了，在深圳还能看到。

锦绣中华，荟萃我国五千年历史文化，浓缩九百六十万平方公里河山，“一步迈进历史，一日畅游中国”，概览人文古迹、名山名水。其中莫高窟非常引人注目，是按照1∶1比例仿造的。

民族文化村，汇集全国各民族民间艺术、民族风情和民居建筑，占地20万平方米。可以欣赏25个村寨，观看56个民族的表演。到访布依族的石头寨、哈尼族的蘑菇房、徽州的牌坊群，歌舞表演热情奔放，活泼浪漫，也能见识少数民族原汁原味的风情，丰富多彩的文化艺术。云南少数民族表演尤有生气，有词以记之：

## 卜算子·忆深圳微缩景观

世界有其窗，宏大微观化。锦绣中华窗里看，一眼见天下。

美景何其多，遍览真潇洒。假作真时假亦真，何不扮风雅。

（2015年9月）

# 66 ——桂林山水间

1992年，金秋十月，桂花飘香，几位文学挚友同行桂林山水间。

**象鼻山**

住广西师大，漓江西岸，出门可以见象鼻山。象鼻山是桂林的象征，桂林山水之魂。它是一座石灰岩山，景区立有韩愈诗碑，“江作青罗带，山如碧玉簪”，是桂林人向外界展示的山水精华标签；诗碑东南方，象鼻山东北向山脚下，清澈漓江水面，有一巨型石象，悠然优哉探鼻吸水，其姿憨厚可爱，倒映水中，构成水上水下两重天，美极！游客到此，无论老少，特别是年轻恋人，纷纷挽手诗碑前，以漓江石象为背景，留下倩影。

**七星岩**

进口是一彩色牌坊门楼，上书“七星岩”三个大字。喀斯特熔岩地貌，七座岩峰排列如北斗七星，故而得名。以“峰险、水秀、石异、洞奇、庙古”为特点，有湖水瀑布，绿树花丛，有革命烈士纪念碑与八百壮士抗日事迹展。行人谨记，今日之美景来之何易！

**芦笛岩**

位于桂林西北桃花江畔，岩洞洞口曾长满芦荻，用其做笛，可吹出悦耳之声，因此而得名。洞深200多米，形成于百万年前，钟乳石千姿百态、琳琅满目，石笋、石柱、石乳、石幔、石花，组成水晶宫、花果山、原始森林等绮丽景观，真乃大自然的艺术之宫。此处最早有唐人踪迹，1959年对外开放，数十年来名扬天下。

**阳朔**

阳朔之行是桂林之旅的重头戏，40公里漓江风光不胜其美，山峰奇特，秀水清澈，茂林翠竹，河洲断续，游艇前后，海鸥上下，刘三姐悦耳山歌，摄影师高妙技艺，告诉你20元人民币上风光何处，给你拍《泰坦尼克号》情人相拥佳照，让你身心融合在"阳川百里尽是画，碧莲笋里住人家"的神话之境。"桂林山水甲天下""阳朔山水甲桂林"，是也？非也？陈毅说"桂林阳朔不可分，妄为甲乙近愚庸"，我等也有同感。近代诗人吴迈诗曰：

桂林山水甲天下，阳朔堪称甲桂林。
群峰倒影山浮水，无水无山不入神。

**大榕树**

阳朔是个县城，金宝河边有棵大榕树，树围粗大，二人难以臂合，盘根错节，枝丫遮天，相传为隋代所植，电影《刘三姐》曾以其为景。旅客同伴有的刻意在裸露树根上一坐，有的攀枝弄叶，留恋不已，大家都不想离去。有的拍照，有的咏诗，想尽办法与榕树留念。我也东拼西凑，草成四句：

枝长叶密荫遮天，错落虬根坐地盘。
阅尽沧桑三百载，漓江阳朔两处看。

# 67 ——宣城谢朓楼

宣城自西汉起就是江南名郡，敬亭山、龙须山等四山相拥，水阳江、句溪、宛溪流经，一城水光山色。南朝谢朓曾任宣城太守，建有一楼，坐落在城北陵阳峰上，后人曰谢朓楼、谢公楼，是为古迹名胜。而今，阳峰已经消失不见，变成宣城市中一片独占的高地。谢朓楼端庄典雅，高二层，全木结构，顶盖琉璃瓦，四边飞檐翘角，周围伴有亭阁，古木参天，树浓荫深。

谢朓楼与走向现代化的宣城景色相映，无意中自然形成一幅幅萧疏淡远、平和宁静的画卷，“日出众鸟散，山鸣孤猿吟”“望山白云里，望水平原外”，只能在这座“独占江山谢朓楼”的幽境里、小院前，让心思复返南朝才能感觉得到。

李白一生仰慕谢朓、诗追谢朓。他秋登谢朓楼，曾经独吟：

江城如画里，山晓望晴空。
两水夹明镜，双桥落彩虹。
人烟寒橘柚，秋色老梧桐。
谁念北楼上，临风怀谢公？

李白寄意谢朓，与他的政治追求、仕途失意有关，也是在这座楼上，他饯别校书叔云，借酒浇愁，忧愤之际仰天长啸：

弃我去者，昨日之日不可留，
乱我心者，今日之日多烦忧。
长风万里送秋雁，对此可以酣高楼。
蓬莱文章建安骨，中间小谢又清发。
俱怀逸兴壮思飞，欲上青天揽明月。
抽刀断水水更流，举杯消愁愁更愁。
人生在世不称意，明朝散发弄扁舟。

无论抒发情怀，无论写作艺术，该诗都达到了后人难以企及的高度，给秀丽柔美之城注入粗犷豪放之气，成为谢朓楼上千古绝唱。

白居易后来登谢朓楼，其诗“天静秋山好，窗开晓翠通”“宣城郡斋在，望与古时同”，读起来比李诗轻快多了，谢朓楼因此又添韵味。

（2015 年 4 月）

# 68 ——登临苍岩山

1990年前后，去河北师大讲学，两度登苍岩山。此山在河北井陉县，系太行山支脉，群峦凸起、悬崖峭壁，古柏横空、白檀茂密，庙殿、楼阁、亭台掩映于山麓古木之间。自然风景，可谓雄、险、奇、秀、幽；人文景观，可谓古、繁、厚、禅。早有"五岳奇秀揽一山，太行群峰唯苍岩"之说，引得《西游记》《卧虎藏龙》《木乃伊3》等多部影视在此取景。

沿岩间石磴小道，蜿蜒而上，进入两峭壁中间，过三百余台阶，到一转弯处，见三座单孔石桥飞跨山崖，犹如飞虹。两座桥上建有庙殿，形成罕见的悬空寺。电影《卧虎藏龙》里，章子怡从石桥飞身跃下的场景，使苍岩山大名远扬。第一桥名曰天桥。第二桥，上有桥楼殿；桥凌驾于百仞峭壁之间，长15米，宽9米；楼建于桥上，云移楼动，天光一线；俯视桥下，万丈深渊；桥楼殿，二层重檐楼阁，内有佛、菩萨、十八罗汉像及壁画，为苍岩山福庆寺主要建筑，始建于隋朝；古人云"千丈虹桥望入微，天光云影共楼飞"，是苍岩十六景"三绝"之一。第三桥叫小桥殿，位处清幽空寂之地，上有天王殿，殿门有联满是禅意佛光：

殿前无灯凭月照，
山门不锁待云封。

从这儿北行是公主祠，传说是隋炀帝女儿南阳公主出家修道之所。祠内端坐公主彩塑，壁上有公主修身得道、济世救人的彩色壁画。

白檀树也是苍岩三绝之一，大小白檀布满山间，奇姿异态，如鸳鸯，如盘龙，如卧虎，如瘦猴；有的树根裸露，有的盘抱巨石，树龄数百年者无数，有千岁者称为檀树之王。古柏朝圣亦属三绝，有万千古柏，长于悬崖峭壁之上，或直立，或侧出，或倒悬，无论长在哪儿，都朝公主祠一个方向，人说公主恩泽四方，柏树知恩图报。

游苍岩，年轻人小张带路，我和王誉公随后。小伙子路熟，爱走近道，去炉峰夕照景点，过几米长的板岩，岩石向下倾斜，下面便是悬崖。我们穿的是塑料凉鞋，怕滑，弄得我俩胆怯心慌，过后想起还后怕不止。不过，与苍岩山的险、奇、幽景色特征相比，抄近道观景也就不算什么大事了，惊悚之后欣喜来临，成小诗三首：

**险**

寺横两绝壁，路挂悬崖边。
坡陡难立足，临渊惟望天。

**奇**

断崖一桥架，倒树[①]半空浮。
公主万柏仰，身安桥上楼。

---

① 树根挂于岩壁，树干倾斜半空，树冠朝下生长。

## 幽

溪浅水花小，风轻送檀香。
寺高山房远，月暗钟声长。

（2015年4月）

# 69 ——晋祠

1970 年夏天访晋祠。

晋祠位于太原西南悬翁山下，晋水发源地，是为纪念周朝晋王及母后邑姜而建，是我国现存最早的皇家祭祀园林。匾额“晋祠”二字，为唐太宗李世民撰写。李世民和其父李渊从太原起兵反隋，曾来晋祠祈祷。晋祠内景点 40 余处，难以遍览，择要处一记之。

圣母殿在晋祠中轴线最后隅，规模宏大，雄伟壮观。殿前廊柱上有木雕盘龙八条。殿内有 43 尊宋代彩塑，主像为圣母，其他为侍从，是宫廷生活的写照。塑像，神态自然，表情逼真，技艺高超，是我国十分少见的宋塑精品。

周柏隋槐老枝纵横，郁郁苍苍，与栩栩如生的宋塑侍女和难老泉合称“晋祠三绝”，有诗云“隋槐周柏矜高古”“郁郁古柏含苍烟”。

难老泉在圣母殿左侧，是晋水河（汾水）的主要源头，水温常年 17℃，永流不息，清澈见底，传说是王母娘娘的洗脚水，带有特殊的香味，故有信客捧水直饮。这水实际来自祠后的悬翁山，由难老泉流出，李白有诗："时时出向城西曲，晋祠流水如碧玉。"老百姓十分迷信难老泉水，以此灌溉良田，年年丰收。范仲淹诗赞"皆如晋祠下，生民无旱年"，欧阳修诗赞"晋水今入并州里，稻花漠漠浇平田"。清代傅山为学居晋祠数载，独有深情，有《难老泉》诗：

悬翁山前别有天，滔滔活水几经年。
古今多少兴亡事，天地同流难老泉。

金人台在一处高台上，是宋代所铸，四个角上站立着四个铁人，表情肃严，摄人心魄。相传，它们能降妖除魔，防止水患。之所以称为"金人"，是因为铁也属金属。

步出晋祠，点数所览之景，觉得金代僧人小仓月的《晋溪》写得比较全面，遂录如下：

削桐宫殿古溪泉，寰海声高利济全。
晓月僧钟云外寺，晚山渔笛浪头船。
三秋白雁芦花雪，二月金莺杨柳烟。
野老石桥驴背上，人家村落锦屏前。

（2015 年 5 月）

# 70 ——赵州桥

初游赵州桥是 1989 年，河北师大朋友相陪，进园就见雄伟石桥，“天下第一桥”牌坊，以及造桥匠师李春雕像。第二次是 2011 年随二弟去游，桥头之东新修长道，两旁是八仙石雕，颇为壮观。

赵州桥原名安济桥，位于河北赵县城南洨河之上，单孔石拱桥，孔呈圆弧状，长 60 余米，宽 10 米左右；是世界最为久远、跨度最大、保存最为完整的单孔坦弧敞肩石拱桥，是桥梁史上的奇迹，为著名建筑学家梁思成所发现，著名桥梁专家茅以升曾三临现场考察。桥两侧栏板雕刻精美，桥面桥身浑然一体，雄伟之中透着秀美。宋代诗人杜德源曾诗刻画出桥的全貌，广为流传。诗曰：

驾石飞梁尽一虹，苍龙惊蛰背磨空。
坦途箭直千人过，驿使驰驱万国通。
云吐月轮高拱北，雨添春色去朝东。
休夸世俗遗仙迹，自古神丁役此工。

赵州桥由李春设计并带人建造，唐代《石桥铭序》记载：“赵州洨河石桥，隋匠李春之迹也。”该桥在唐宋明清以及解放以后，曾经多次修缮，所用石料在展室均有陈列。在一千多年前有如此惊人的桥梁建筑技术，人们不敢自专而归功于众神，一定要给它戴上神仙光环。民间流传的一曲《小放牛》，可为佐证：

赵州桥来鲁班修，玉石栏杆圣人留；

张果老骑驴桥上走，柴王爷推车轧了一道沟。

我父亲当过高小地理课老师，我和三个弟弟都是他的学生，他曾经津津有味地讲过这段八仙故事。1987 年，二弟带父亲来此，父亲带着一种好奇而舒畅的心情，从东头走到西头，又从西头走回东头，仔细观看、比量张果老的驴蹄印有多大，柴王爷的车道沟有多深，似乎更乐意相信那传说是真的。故地重游，沉浸在历史文化的美妙中，亦沉浸在对父亲的缅怀里。

（2011 年 10 月）

# 71 ——走在学步桥上

1996年在邯郸为英语研究生班授课，学生小高带我去看古迹。邯郸被誉为成语之都，是中国2000年来唯一没有更名换姓的城市，历史文化底蕴深厚。火车站候车大厅，满墙成语典故绘画，有一个叫“邯郸学步”，发生在“学步桥”上。

学步桥在邯郸市内，横跨沁河南北，长35米，宽8米多。桥面两侧石栏刻着人物走兽浮雕，精致华美。故事出自《庄子·秋水》，说：“寿陵余子之学行于邯郸与？未得国能，又失其故行矣，直匍匐而归耳。”意思是：燕国寿陵有个少年，觉得赵国人走路姿态好看，就在这座桥上，跟赵国人学习走路，每天练步，坚持好长时间，最后非但没有学到手，连自己原来的走法也忘记了，只好爬着回到家乡，是谓“学步邯郸，匍匐而归”。李白有诗“寿陵失本步，笑煞邯郸人”，就是讥笑那个少年的。是赵国人走步艺术太高，还是燕国少年过于愚笨？小高笑而不答，那就亲自体验一下吧！

小高算是邯郸少年，让他在前面走，我跟在后面学，觉得两人步法没有什么区别，还是不难学的。如果那个燕国少年还在，会建议他首先把走路当成一种“文化”或习尚理解，从思想上解决认识的偏狭，男有男步、女有女步，少有少步、老有老步，武有武步、文有文步，各行其是，没有高下好坏之分。再告诉他，邯郸自古多美女，秦始皇他妈就是邯郸人，或许有妖娆舞步之风；燕国崇尚侠义之士，或许多虎狼雄步之态；你大概喜欢轻脚柔步，意欲作模仿秀，然需要与个人所长结合起来，不能放弃自己而执意模仿。

当然，寓言就是寓言，无须像小学老师那样认真，不过，还是有启示意义的，对一种新事物，首先要判断是否值得学，是否适合自身，切忌盲目见样学样，自卑自弃。

（2011 年 10 月）

# 72 ——站在回车巷口

从学步桥来到回车巷，这儿是邯郸市串城街南段，一个很不显眼的地方，转弯抹角，找了半天才找到。巷子长70多米，宽不足两米。相传，赵国上卿蔺相如官阶高于廉颇，老将廉颇资格老于相如，廉颇老想找机会给蔺相如一点颜色看。一日，二人在此巷相遇，两个官车车厢又宽，无法安全错车而过，蔺相如便主动退车小巷，礼让廉颇先行。这就是千年前发生在这儿的将相动人故事。明代的邯郸官员顺应民心，在巷口镶嵌"蔺相如回车巷"六个大字，1981年重修，巷口砖砌碑楼上记载蔺相如宽宏大度的回车故事。

当中学生时学过廉颇负荆请罪的课文，老师讲蔺相如"宰相肚里能撑船"，文武合心是国家与人民的福祉。清代英桀站在"国体"的高度，写诗赞美蔺相如高风亮节。诗云：

有胆怀璧竟完归，有识回车能屈抑。
强秦不敢问连城，老将负荆亦屏息。
上全国体下全交，凭将刚克与柔克，
卓哉相如能兼得！

站在回车巷口，欲觅相如车影，如得幸会，应问：将相争道因身份高低、官职大小，今有人争道又赖金钱多少，街衢虽宽也架不住宝马路虎太多，仅回一车不足以化解阻塞，相爷可有良策？寂寂巷口，暝暝暮色，行人渐稀，挥手归去。

（2011 年 10 月）

# 73——卢生殿见闻

1995年暑假，孟老师带我游吕仙祠、卢生殿。古式的红色门楼，上书“邯郸古观”四个大字。进门便是庄严的“八仙阁”，照壁草书“蓬莱仙境”，不远处是美丽的“莲池”。游览路线图标明，中轴线上依次排列钟离、吕祖、卢生三个大殿，另有东西行宫。

卢生殿里，一尊青石雕刻的卢生睡像，双目闭合，头枕青石枕，像唐代传奇《枕中记》所写那样，躺在那儿仍在做梦。那青石枕有魔幻之力，就枕之后顺应人心，保你做场如愿美梦。殿墙上有彩色壁画，讲述卢生做梦的过程与内容，绘影绘声。从宿店偶遇美女、喜生贵子，考中进士、升官发财，到八十病老，一生春风得意、富贵荣华。当他醒来之时，店主的黄粱米饭还未煮熟。卢生恍然大悟，原来只是一场幻梦！经吕仙洞宾点化，后随吕仙修道去了。卢生殿楹联曰：

睡到二三更时，凡功名都成幻境；
想到一百年后，无少长俱是古人。

卢生殿门外左侧，立一“夢”字碑。远看，整个石碑只刻着一个大大的“夢”字，走近细看，“夢”字所有一竖一横的笔画里都刻满了小字，读完这些小字，便懂黄粱梦真境。“梦”字繁体“夢”，体现汉字形态所蕴含的深刻意义。孟老师是老邯郸，款款讲起这“夢”字学问：上面草字头是二十，即二十岁，代表青少年不谙世事时期；往下是个“四”字，相当于四十岁，而立之后，这“四”字拐弯闭角，意指上有老下有小，有家庭束缚、少个人自由，是最艰难的年龄段；再往下是个宝字盖，像顶官帽，表明人届五十左右，在家在外都渐近长者，有点官威派头，责任心大，操心事多；最下面是“夕”字，仓颉造字，意为“日薄西山”；所以，“夢”字囊括人的整个一生，聪明如苏东坡才有“人生如梦”的佳句。

卢生殿外院展室有人物群像，有的人一只眼，有的人单耳朵，寓意是：一只眼睛视野不全，一只耳朵偏听偏信；人之所以长两只眼睛、两个耳朵、一张嘴，是要你多看、多听、少说。古人讲道理，总是深入浅出，叫你易懂易记。

卢生黄粱梦，不敢说少年时代人人做过，至少是有人做过，有人向往。记诗二首以告来者：

**其一**

虚度年华七十秋，邯郸道上逍遥游。
三更枉待功名就，莫怨百年入古丘。

**其二**

邯郸有座小蓬莱，红白莲花相对开。
行客纷纷逐好梦，无工有枕空去来。

（2011年10月）

# 74 ——说陋室

《陋室铭》亦文亦诗亦词，句工意美，惜八十老身，尚不知陋室何处。2016 年 4 月，来到安徽和县城内，终得一见唐和州刺史刘禹锡陋室。所谓陋室，实为州长官府，刘禹锡为官清廉，地僻民穷，不为豪华府第，甘于蜗居办公，自称其陋，不失大雅，自成风流。

当年的陋室已毁，清代在旧址重修。青顶白墙，大门上方刻有“陋室”二字，院落不大；刘禹锡青铜雕像，有不少行客与之合影留念。在诗人像前、陋室之侧，重温《陋室铭》，感受自然与平日不同。文不足百字，兹录于此：

> 山不在高，有仙则名；水不在深，有龙则灵。斯是陋室，惟吾德馨。苔痕上阶绿，草色入帘青。谈笑有鸿儒，往来无白丁。可以调素琴，阅金经。无丝竹之乱耳，无案牍之劳形。南阳诸葛庐，西蜀子云亭。孔子云：“何陋之有？”

何谓名山？仙也；若青城山、敬亭山。何为水灵？龙也；若东海、洞庭；我这儿仅为一间陋室，不名不灵，惟怀德馨；像诸葛亮、扬雄那样操守高洁，自然不陋，以孔子“何陋之有”自勉作结。

孔子原话是“君子居之，何陋之有”，刘禹锡省略前四字颇为含蓄，实在最为诚恳，“斯是陋室”，若“君子居之”则无陋可言。

纵看自己从幼到老，横看左舍右邻，家家户户居室由小到大、由低到高，装潢由简而繁、由白黄灰土一色而五颜六色，鲜有甘居陋室者，穷其财而累个半死，何苦何求！余退休后，得改革开放之益，移居山大五宿舍新楼，三室一厅，孩儿们欢喜雀跃，意欲造为“华室”，我未允，故得此居室。思想刘禹锡《陋室铭》，仿写数语，合家自得其安：

> 室莫花俏，顺眼则灵；物莫穷摆，够用则行。斯为住家，惟得温馨。楼前有桃李，窗下草青青。有交淡如水，清茶待师兄。可以赏弟子，宴亲朋。无声嚣之扰耳，无班列之劳形。草堂杜子美，雪毡苏子卿。孔子曰：“乐在其中矣！”

（2016 年 9 月）

# 75——孟姜女庙

孟姜女庙原叫“贞女祠”，始建于宋代以前，落座于一座小山丘上，庙旁有块望夫石，石上有处脚印，说是孟姜女望夫时留下的。庙有前后两殿，前殿有泥塑孟姜女像，衣素服，面带愁容；匾额上书“万古流芳”，楹联曰：

秦皇安在哉，万里长城筑怨；
姜女未亡也，千秋片石铭贞。

孟姜女像后，有彩绘壁画姜坟雁阵。殿门有一奇联：

海水朝朝朝朝朝朝朝落
浮云长长长长长长长消

上联连用七个“朝”字，下联连用七个“长”字；“朝”可以读为 cháo 与 zhāo，“朝、潮”同音同声；“长”可以读作 cháng 与 zhǎng，“长、常”同音同声；彰显出中国汉语言文字的奥妙和魅力，不知曾引起多少游客争赏，多少文人骚客热议。导游解读作：

海水潮，朝朝潮，朝潮朝落；
浮云长，常常长，常长常消。

有俏皮游客声言:“我也有一个读法,请问可否?”他读作:

海水朝潮,朝朝潮,朝朝落;
浮云常长,常常长,常常消。

孟姜女哭长城的故事,小时候就听母亲讲过:孟姜女新婚之夜,丈夫被抓去服徭役、筑长城,多年不得团聚,她千里寻夫去送寒衣,到了工地惊闻丈夫已劳瘁而死,悲痛欲绝,跪哭不起,苍天动容使长城新筑段忽然崩裂,姜女跳进裂谷,认出丈夫尸骨,其后断墙合拢,夫妻如愿同死。这与导游的版本有别,但中心思想差不太多,大家都同情孟姜女的遭遇,痛恨秦始皇的残暴。

诗词文化里描写过许多爱情悲剧,女子痴情,诗人常将这种情爱凝结成“石”而不愿为风雨所摧毁,刘禹锡《望夫石》诗,也可以理解为是对孟姜女悲剧的倾诉。刘诗如录:

终日望夫夫不归,化为孤石苦相思。
望来已是几千载,只似当时初望时。

(2008 年 9 月)

# 76 ——杜甫草堂散记

那是一次文学之旅。2006 年 10 月，出席成都“莎士比亚研究及英语文学研讨会”，会后拜访杜甫草堂。草堂现名“成都杜甫草堂博物馆”，与丞相祠堂相邻，占地面积约 300 亩，是在原址复建的，保持着明清两代的建筑格局，可谓仿旧如旧、旧中出新。大门匾额“杜甫草堂”四字是郭沫若草书；门联“万里桥西宅，百花潭北庄”是杜甫《怀锦水居止》里的诗句；草堂照壁前，悬挂着毛泽东 1958 年伫立静观“草堂”两字的大幅照片。这一切，让你感到离杜甫并不遥远，一下子把你拉到他的身边。

杜甫一生漂泊流离，入蜀之后，受到严武关照，卜居草堂，大约五年左右，是他难得的一段平安时期，也是他诗歌创作与诗体创新的高发期。“万里桥西一草堂，百花潭水即沧浪”“两个黄鹂鸣翠柳，一行白鹭上青天”，无不流露出初获安定的欣喜之情。当然，他生活并不富足，眼光却并不狭隘，常怀忧国忧民之心，具有执着的现实主义精神，“八月秋高风怒号，卷我屋上三重茅”的呐喊，“安得广厦千万间，大庇天下寒士俱欢颜”的理想，皆成草堂遗响、历史印痕。

### 茅屋

成都草堂的标志，是杜甫诗史的一页。茅草屋顶，大房檐，内置读书桌椅、简陋床铺。草堂碑亭，以茅草作顶，内竖石碑，“少陵草堂”四字笔力苍劲。柴门，用柴草木桩搭建，门匾上书“柴门”二字，古朴而温馨。曾见当代诗人一首七绝，首句用新、末句援古，中二句巧妙溶入草堂景色与杜诗意境。特录于此：

老杜窗前古换今，浣花溪唱皆关心。
虽无鹂鹭高低和，依旧柴门月色新。

### 诗史堂

景区的主体建筑，大厅正中坐落杜甫塑像。堂内展览杜甫诗作，有简明介绍。杜甫之所以被称为“诗圣”，杜诗之所以被称为“诗史”，这些史迹就是见证。名人来此多题佳联，意欲尽数，无奈纸面太小，仅择其四：

草堂留后世，
诗圣著千秋。（朱德）
世上疮痍，诗中圣哲；
民间疾苦，笔底波澜。（郭沫若）
新松恨不高千尺，
恶竹应须斩万竿。（陈毅）
地有千秋，南来寻丞相祠堂，一样大名垂宇宙；
桥通万里，东去问襄阳耆旧，几人相忆在江楼。（郭沫若）

### 工部祠

杜甫祠宇，供奉杜甫画像，并有曾寓居蜀地的宋代大诗人陆游、黄庭坚陪祀。祠内有杜甫工部官职简介，有历代出版的杜甫诗作以及外文译本。有王闿运题联：

自许诗成风雨惊，将平生硬语愁吟，开得宋贤两派；
莫言地僻经过少，看今日寒泉配食，远同吴郡三高。

**大雅堂**

有杜甫生平展，用12尊历代诗人雕像讲述了中国古典诗歌发展史。杜甫曾经做过短时间的左拾遗，旋即被贬为华州司功参军，工部员外郎也只是一个闲差，但毕竟戴过官帽，中国人历有“官本位”观念，后人在草堂内设有“大廨”，“廨”乃官署之意，廨中立有杜甫铜像。有叶剑英题联：

杜陵落笔伤豺虎，
爱国孤悰薄斗牛。

古柏青青，溪水淙淙，夏有莲荷，冬有松竹。杜诗研究、诗词杂志，以及其他文化研究机构杂于其间，为草堂增色添彩。草堂不仅是著名旅游胜地，也已经成为中国乃至世界诗人的圣地。莎士比亚说：“诗人和他的诗一样，是不朽的。”杜甫就是这样的诗人。杜甫不仅受到中国人民的敬仰，也得到世界人民的崇高评价。美国汉学家宇文所安认为，“杜甫的伟大特质在于超出了文学史的有限范围”；日本汉学家铃木修次认为，“杜甫是超越世间、具有永恒价值的诗人”。

（2019年11月）

# 77 ——鹰角亭纪实

1996 年夏天，随同工会旅游团，来到北戴河。北戴河海滨东北端，有个鸽子窝公园，园内有两个著名景点，鹰角岩和鹰角亭。几亿年前，因地层断裂而形成的临海悬崖边，有一巨礁从海中凸起，色泽斑黄，石骨嶙峋，峭壁如削，形似雄鹰屹立，故名鹰角岩。年久风化，岩石现多处裂痕，常有鸽群栖息，因而又名鸽子窝。现在的鸽子窝公园就是由此而来。鹰角岩近处的崖顶上有一名亭，叫鹰角亭，始建于 1937 年，石柱，琉璃瓦顶，雕梁画栋，典雅大方。登临其上，人在山海之间；远眺，海天一色，亭下波涛翻滚。1954 年，毛泽东雨中漫步登临此亭，看山海壮观，欣然命笔，写下不朽诗篇《浪淘沙・北戴河》，近有毛泽东主席雕像，巨像座基侧面勒石记词：

大雨落幽燕，白浪滔天，秦皇岛外打鱼船。一片汪洋都不见，知向谁边？

往事越千年，魏武挥鞭，东临碣石有遗篇。萧瑟秋风今又是，换了人间。

在鹰角亭上观日出也是一绝，当朝阳初露海面，形如红色熔珠之际，熔珠表面似有水欲滴，有火欲燃，有光欲放，熔珠之下海水一线青色，熔珠两侧三五抹如墨染霞彩，这时，你伸出左手或右手，作手托熔珠状，抓拍下来，也算是一世风光。

# 78——晋西南古迹

2016年10月下旬，游览晋西南胜迹，鹳雀楼和普救寺，颇有收获。中学时候读过《登鹳雀楼》和《西厢记》，今日亲临两个故事发生地，体味作者写作时的心情，非常高兴。

**鹳雀楼**

位于山西永济西南，黄河东岸，始建于北周，因鹳雀常栖而得名；几经损毁，几度重建，是我国四大历史文化名楼之一。登斯楼，远处濛濛中条山，西边黄河长流如带，东北方向田野茫茫。

楼共六层，每层都有门联和柱联，诗意浓浓，令人欣赏不已。一楼西门联曰："凌空白日三千丈，拔地黄河第一楼。"六楼顶层门联更有意思："大河奔流，斜日恋山，妙景宜从高处赏；千古奇观，五言绝唱，名楼常借好诗传。"楼内，浮雕、壁画、雕塑琳琅满目，展览着舜帝、禹帝、关公、司马光、王勃、王之涣、柳宗元等20余位山西籍名流的事迹故事。唐宋时期，骚人墨客常来此登临，留下不少诗篇。王之涣《登鹳雀楼》最为有名，楼也因其诗而流传千古。

景区墙壁上，有多处书法家书写的这首诗。此时此地再读此诗，特有感触。其诗富于哲理，也富于艺术性，诗人刚刚看到夕阳西下，阳光收尽，感觉上夕阳离自己也不太远；难能可贵的是，他发现眼下的黄河看不见尽头，既然奔流入海，就必有入海之处。那么，入海之处何在？诗人灵性突发，要想看到千里之外，必须登得更高。"更上一层楼"可不是说从三层上到四层就可以了，那个"一层"是指能够望之千里的高处楼层；我怀疑当今颇为流行的"没有最好，只有更好"的广告词是该诗的克隆品，"更上一层楼"是形象说法，道理是"没有最高，只有更高"。该诗曾被选入中小学教材，选编者是极具眼力的。它给我一生以永不衰竭的鼓舞力量：

白日依山尽，黄河入海流。
欲穷千里目，更上一层楼。

**普救寺**

距鹳雀楼20分钟车程，古典名著《西厢记》的动人故事就发生于这儿。寺在山顶，顶高约百米左右，崔莺莺就住在山顶的梨花小院里。寺内有个蜡像长廊，展示戏剧情节的主要场景，人物栩栩如生。"梨花深院"典雅幽静，楹联"梨花院落溶溶月，柳絮池塘淡淡风"更添韵致。院内有一段墙，张生是从此处跳过去私会崔莺莺的，也是当今的年轻游客最感兴趣、最要寻访之处。在这儿，游客几乎皆是诗人，你听，不仅男生女生，连叔叔阿姨辈的，也毫无顾忌或似羞未羞地哼出那段名诗：

待月西厢下，迎风户半开。
拂墙花影动，疑是玉人来。

看到那段墙，不由勾起我一段大学生活回忆。中文系老先生讲授《西厢记》，夸赞张生跳墙赴约是"爱情英雄"，竟被学校下放淄博中学，若干年后才调回来。其实，张生逾墙赴约，和罗密欧爬上朱丽叶家阳台相会，是同样性质的事，都是被一种势力逼迫而致。朱罗阳台相会那段，课堂上我就是这样讲给学生听的。在 Verona，朱丽叶住宅，我拍下了那个阳台与朱丽叶雕像。游客为了追梦，纷纷登上阳台留影，或与朱丽叶雕像合照。学生问：老师您呢？我无以回答，现在想来，那时胆子确实太小了些，后悔也晚了，作为莎士比亚的“粉丝”，怎么就不敢与朱丽叶合个影呢！

张生与崔莺莺敢于追求、终成眷属，此乃《西厢记》生命力之所在。普救寺亦立有功劳，人云“天下寺庙不谈情，唯有山西普救寺”。可谓：

宝殿焚香，心到虔时神有眼；
西厢待月，情当钟处佛能言。

寺院门外，有个同心大锁，上面大大方方写着“愿有情人终成眷属”。

文人笔下的爱情总想给人们一个美好的结局，事实上却往往相反。据后人考证，张生其实就是唐代大诗人、白居易的好友元稹，崔莺莺实有其人，爱情情节是元稹自己泄露出去的，他始乱终弃，官场发迹后就甩掉了莺莺。元稹后来写过一首《离思》，中有名句“曾经沧海难为水，除却巫山不是云”，不知多少人都被他蒙骗过去，以为他是写与亡妻韦丛之间纯真爱情的；而最大的可能却是他又想起莺莺的美貌温柔，用“取次花丛懒回顾，半缘修道半缘君”这种模棱两可的语言，表示一点惭愧。普救寺，如有一天，能把此情节，哪怕只是当作一个传说告诉世人，莺莺们一定会感谢这大恩大德。

（2016 年 11 月）

# 79 ——孔子故里见闻

孔子(前 551～前 479),春秋末期思想家、政治家、教育家,儒家创始人,如今更名闻天下,截至 2019 年 12 月,世界已有 126 个国家和地区建立了 550 所孔子学院。

曲阜是孔子的故乡,我国历史文化古城。1970 年代初,“文革”教改,山大文科搬去曲阜。在那儿三年,我数次参观孔庙、孔府和孔林,不少景点给我留下深刻印象。现在“三孔”更为可观,已成为国家 5A 级景区、世界文化遗产。

**孔庙**

位于曲阜城内,是历代祭祀孔子的场所,儒学崇拜的圣地。从孔子逝世次年的一座小庙,扩展到明清时代宏大的九进庭院,与北京故宫和承德避暑山庄并称中国三大古建筑群。院内殿宇雕梁画栋,金碧辉煌,苍松古柏,巍然肃穆。

大成殿。孔庙内宫殿式主体建筑,尊崇孔子“集古圣先贤之大成”,故名。建筑巍峨宏丽,重檐九脊,檐下多根石柱,浮雕祥龙,逼真活现,似要脱柱腾飞。殿内正中悬“至圣先师”横匾,供孔子塑像,四配(颜回、曾参、子思、孟轲)和十二哲(仲由、朱熹等)塑像分侍左右。历代皇帝祭孔活动即在大成殿内举行。

诗礼堂。位于孔庙故宅井前。孔子教育儿子孔鲤曾说:“不学诗,无以言”“不学礼,无以立”,故后人建此堂,以作学习诗、礼之所。清代孔尚任曾在此为康熙帝讲经。堂前,一棵唐槐一株银杏,枝繁叶茂,迎送游人。

杏坛。在大成殿正前方,是孔子讲学之所,有对联曰:“泗水文章昭日月,杏坛礼乐冠华夷。”《庄子·渔父》记一场景:“孔子游乎缁帷之林,休坐乎杏坛之上,弟子读书,孔子弦歌鼓琴。”亭内有乾隆皇帝“杏坛赞”御碑,坛周围环植杏树,纪念孔子杏坛讲学之历史故事,有诗曰:“独有杏坛春意早,年年花发旧时红。”

碑林。孔庙的碑林是我国大型碑林之一,碑达千余,碑刻上自两汉下至民国,真草隶篆,百家书体。碑文涉及谒庙、修庙、墓志、诗文、画赞等,悠久而丰富。

孔府

孔子嫡系世代居住的府第,九进院落,孔府是我国历史最久、保存最完整的衙宅合一的古建筑群。孔府主体在中路,前为官衙,后为住宅。府内藏有历代礼器法物,明清文书档案,孔氏家族活动记录。

孔府大门,建于明代,上悬“孔府”大匾,两旁柱联是清代学者纪晓岚留书:

与国咸休,安富尊荣公府第;
同天并老,文章道德圣人家。

联中“咸休”,意为“同享福禄”。

前上房,孔府内宅正厅,门前明柱上原有孔庆镕手书对联,似为家族之祖训:

居家当思:清内外、别尊卑、重勤俭、择朋友,有益于己;

处世尤宜:慎言语、守礼法、远小人、亲君子,无愧于心。

**孔林**

即孔子家族墓地,在曲阜城北,林有园墙,大门石坊,楷书“至圣林”三个金字。林内古木参天,史称“孔子弟子各持其乡异种来植,故树种繁多,延续至今,有古树二万余珠四时不雕”,使其成为一处古老的园林。

孔子墓,在孔林内东享殿后,墓碑上刻“大成至圣文宣王墓”。《史记》记载,孔子殁后,弟子皆结庐守墓,服丧三年,唯子贡思慕情深,三年之后又守灵三年。孔子墓旁那座灰砖小屋,就是子贡独自守墓处。孔林还有“孔尚任墓”,因写古典戏曲名著传奇剧《桃花扇》,墓前植有桃树,以志纪念。林中还见到严嵩、何绍基、康有为等题写的墓碑。

# 80——出游日记五则

2020 年 7 月 10 日，晴

**皖东，滁州**

风景若何？当年欧阳修《醉翁亭记》开篇数语，便讲得清然如画："环滁皆山也。其西南诸峰，林壑尤美，望之蔚然而深秀者，琅琊也。山行六七里，渐闻水声潺潺，而泻出于两峰之间者，酿泉也。峰回路转，有亭翼然临于泉上者，醉翁亭也。"琅琊山、酿泉、醉翁亭，三大风景古迹，就在眼前。醉翁亭下读醉翁，深感一代文宗影响深远，正如亭联所云："翁去八百年醉乡犹在，山行六七里亭影不孤。"

7 月 13 日

江西，三清山

峰林地貌，世界自然遗产。一路索道上山，继而栈道盘旋，看风景如画：古树名花，奇峰怪岩，云海雾涛，飞瀑流泉。

三清山，道观过千载，山体越亿年。5A 名胜区，上百风景点。游客最爱"女神观云""巨蟒出山"，争相拍照留念。这三清山，江南第一仙峰，“司春女神应有意，怪莽出山待客还”。

此行难忘，山，雄奇险秀，风景美，古迹多；不过，峭壁栈道，悬崖栏栅，八十老翁走过，有感惊险。

7月16日

**江西，南昌**

庆幸，建军节前夕能来南昌。参观南昌八一起义纪念馆，深受教育，进一步理解“枪杆子里面出政权”之要义。93年前，工农革命举战旗，南昌打响第一枪！军事武装，打江山必要，守江山也必要；国内如此，国际上更是如此。我敬仰那些起义的英雄，悼念战斗中牺牲的烈士，在五位组织领导者雕像前致敬，永远纪念。

访滕王阁，重温王勃《滕王阁序》，深感序以阁而闻名，阁因序而著称。序中“人杰地灵”“老当益壮”“高朋满座”等20余个短语已成为成语；而那两句状景名言，以龙飞凤舞之势刻写在楼柱上：“落霞与孤鹜齐飞，秋水共长天一色。”《序》后之诗，则单独刻写悬挂，告之：物换星移，兴衰无常，“阁中帝子今何在，槛外长江空自流”。只可惜，天妒英才，诗人26岁海上溺水而亡。有诗赞叹：“落霞孤鹜忆才子，秋水长天数风流！”

7月17日

**游庐山**

庐山，千古名山，山水秀美，文化灿烂，入《世界遗产名录》。

赏自然风景。自驾抵牯岭，换乘旅游中巴去东线，一路浓荫密树，盘旋而上，真乃“跃上葱茏四百旋”。登“五老峰”，明知山高风景美，“无限风光在险峰”，但爬到第二峰，已无力攀登。若到第五峰，可转西线香炉峰，看瀑布“飞流直下三千尺，疑是银河落九天”。很无奈，年老难去三叠泉，悔未年少来庐山。

登“含鄱口”，观群山，云雾缭绕，“横看成岭侧成峰，远近高低各不同”，好个仙境，人在青山云雾中，游客纷纷拍照，取景美如幻。在乃珍、同祥不留意时，把他们拍照下来，好一张幻美的照片！

牯岭西谷“花径”。相传，当年白居易游览庐山，漫步花径，山下桃花已谢，而大林寺桃花却盛开，遂赋诗曰：

人间四月芳菲尽，山寺桃花始盛开。
常恨春归无觅处，不知转入此中来。

这儿有数百种奇花异草，走在“花径”，就在花丛之中，万紫千红，鸟语花香。游庐山，当来此一看。

人文景观。庐山自古名人不绝，胜迹处处，住过国共两党最高领导人，历经中共数次重要会议。访庐山会议旧址、“云中山城”——牯岭别墅群、美庐……

7月18日，小雨

安徽桐城，六尺巷

久闻“六尺巷”故事，看过黄梅戏电影《六尺巷》，今日来到六尺巷，激动而高兴。“礼让牌坊”在巷口正中，牌坊左边是门楼“文都桐城”，在张家宅基上，二者紧靠着。张英那首复信诗，多处可见：

一纸书来只为墙，让他三尺又何妨？
长城万里今犹在，不见当年秦始皇。

当时此信之作用，“心换心，情换情，一封家书化寒冰”。

访毕有感：六尺巷里走一走，礼让包容记心头；华夏美德，当千古传承；邻里相处，和为贵，心宽者无界。

# 81 ——天下第一关

“天下第一关”匾额，高高悬挂于山海关城楼之上。五个楷书大字是明代大书法家萧显题写，一个字的尺寸高度竟达1.7米，苍劲厚重，与庄严楼阁浑然一体，堪称今古巨作，数百年沧桑亦不易其色。传说那个“一”字，非手笔写就，而是蘸饱墨汁之后将大笔抛向空中“点”上去的。如此雄关，怎不令人神往！说来有缘，我家二十余口，大多数都曾前去游览，甚至不止一次。最近一次是2009年，二闺女小军的对象王勇是秦皇岛人，我和浙慈，与乃珍、淑兰夫妇，一起到秦皇岛参加他们的婚礼。乘喜庆气氛，把山海关上上下下看了个遍。

瓮城是山海关东城门，关口是一长方形城台，高十几米，东西走向，以东为关外，以西为关内，南北两向连接长城。瓮城城台的中部是巨大的砖砌拱门，用关门控制东西往来。城台上建有二层关楼，上层额枋前悬“天下第一关”巨幅匾额。城楼巍然屹立，南望渤海，北眺长城，横亘关外关内之间，顶天立地，气壮山河。从城台向南，直通海滨老龙头，往北则截然是另一番景象，山脊如牛背，长城安然盘卧，蜿蜒无尽。位置之险要，气势之雄伟，确非第二、第三等其他关口所能比肩。沿瓮城城墙走上几圈，“瓮中捉鳖”成语浮上脑海，勿小觑这高墙小城，在凭借大刀长矛进行战争的时代，敌人进来，只要大门一关，便成瓮中之鳖也。闵的有一首《山海关》诗，描绘出雄关气势，特为录下，与读者分享：

幽蓟东来第一关，襟连沧海枕青山。
长城远岫分高下，明月寒潮共往还。

走下关楼，立于西侧广场回望，再次端详“天下第一关”五个大字，久久不愿离去。山海关，名震天下；五个大字，与雄关相连名闻遐迩。那关，那字，那意蕴，那不可抗拒的魅力，那自然升腾的雄豪之气，将伴我走向远方。

（2009 年 10 月）

# 82 ——四上泰山

泰山在故乡聊城之东，解放前，人们称聊城是泰西地区。泰山有石头，聊城尽黄土，即便是乌鸦窝里的“老鸹枕头”也是从泰山那儿叼来的。好在，儿时大气环境没有一丝污染，清晨，站在麦场石磙或墙垛之上，远眺东方，可见旭日出海，地平线之上有隐隐青山之色，大人说：“那就是泰山，始皇帝敕封的东岳泰山。”这样，泰山就在童心里扎了根，立志长大后即便砸锅卖铁也要去亲自看看。屈指算来，至今断断续续已经四上泰山。

第一次登泰山，是 1967 年秋天，说实话，是为母亲尽孝祈福。儿时，夏日晚上在院子乘凉，天空一有动静，母亲就说是“泰山奶奶搬家了”，早有给泰山奶奶烧香磕头的夙愿。我非常惊讶信仰的力量，母亲竟然能够拖着三寸小脚，走着、爬着，跟我一步一步挪到玉皇顶上。遗憾的是，管理部门怕遭红卫兵破坏，寺庙大门锁得严严实实，未能如愿给泰山奶奶上香。

二上泰山，是 1987 年，父亲癌症手术之后的第二年。父亲教了一辈子书，多次被评为县市模范教师，还当过县人大代表，有一年政府出钱让他去泰山旅游，他竟以农忙顾家、供孩子上学为由而主动放弃了。我懂得,此生务必要陪父亲登上泰山!我们乘大巴到中天门,坐缆车到南天门。父亲每遇寺庙,逢神必拜,敬香上礼。老人对泰山之神有一种传统的、由衷的敬仰,我爱父亲,理解父亲,他已近古稀之年,又是癌症手术过后,所以我没有去劝阻他,也不能去劝阻他。我觉得,给父母一种自然得体的慰藉,给父母一种迟到的心灵补偿,是每一个为子女者的应尽之责。

三上泰山,是20世纪80年代。我和惠芝、小军一起,比较关注自然风光和人文景点。小军把提包放在一边,逢景就照,忙得不亦乐乎,待起身换个地方时,猛然发现提包不翼而飞,小军急得满头是汗,双泪欲下,我和惠芝只好安慰她:"这不怪你,都是我们眼呆没有看紧。这也算是一种纪念,舍掉一点东西,换来新的快乐,值得!"吃一堑,长一智,以后跟小军旅游,她再也没有丢过东西。

最近一次上泰山,是在泰安参加山东自考出题之时,十几个同事一起出行,在"孔子登临处"石坊前愉快合影,提及前些年"批林批孔"往事,毫无顾忌,自嘲自笑,老刘对天大声长叹:"我们这帮孝子贤孙来这儿寻根啦!"又一位长者发话:"往上爬哇,学孔子'登泰山而小天下'!"

泰山是"自然与文化双重遗产",四次登岱,当然也要览古咏怀,体会深厚的中华文化内涵。

**岱庙**

也称东岳庙,位于泰山南麓,是皇帝举行封禅大典和祭拜泰山神的地方。始建于汉代,是泰山最大最完整的古建筑群,其大殿与故宫太和殿、孔庙大成殿合称我国三大殿。唐槐汉柏、铜亭铁塔,历代名碑琳琅满目,多达170块。泰安市博物馆就建在那里。

**南天门**

上泰山须爬十八盘，取东路登山，从岱宗坊上坡，长约10公里，一步一个台阶，要迈7000步，过“一天门”“中天门”方到天界“南天门”。接近山顶的最后一段最为险峻，如天梯高悬，巨石叠起，崖壁如削，倾角70～80度，长近1公里，高达1600级台阶。有诗曰“拔地五千丈，冲霄十八盘”“牛喘四十里，蟹行十八盘”，有谚云“紧十八，慢十八，不紧不慢又十八”，有人言“泰山之雄伟，尽在十八盘；泰山之壮美，尽在登攀中”。咬牙爬完十八盘，终于能以挑战胜利者的姿态而迈入南天门。南天门在元代称作“三天门”，那是十八盘的终点站，门额“南天门”三字光彩夺目。石刻门联引人驻足：

门辟九霄，仰步三天胜迹；
阶崇万级，俯临千嶂奇观。

门前云生衣袂，松涛盈耳，似乎觉得身在天界，忘乎所以。此处距泰山极顶仅一里之遥，李白《泰山吟》曰：“天门一长啸，万里清风来。”门内正厅名“未了轩”，取杜甫《望岳》“岱宗夫如何，齐鲁青未了”之意。

**玉皇顶**

俗称极顶，因建有玉皇殿而得名，殿内祭祀玉皇大帝。东有观日亭，西有望河亭，亭间巨石上刻“极顶”二字。门外“无字碑”系汉武帝所立。郭沫若有诗“摩抚碑无字，回思汉武年”。立足远望、环顾四野，确有“会当凌绝顶，一览众山小”之感。

古迹生韵，景色生情，人说“旭日东升、晚霞夕照、黄河金带、云海玉盘”是泰山四大景观，如错过时机将留下终生遗憾。旅游是观自然，心态也需自然。比如，观日出、看晚霞，很难找到合适的时间点，能够进入泰山云海一境，也算是相当满足了。泰山海拔1500多米，玉皇顶上俯瞰低空行云，有如嫦娥天上俯视人间，顿生“地到天边天作界，山登绝顶我为峰”的雄豪气概。有时白云朵朵，平铺万里，浩瀚而壮丽；有时山腰浮云环绕，似姚鼐所写“半山居雾若带然”；有时浓雾漫顶，云海深深，一旦微风吹拂，雾气飘动，真真是仙境无边无际，凡人不可测也！

泰山生成于25亿年前，泰山文化博大精深。自秦始皇始，先后有13个帝王登山封禅或祭祀；孔子是第一个名人游客，众多英才名士跟随而来，留下无数诗文和石刻；道教、佛教视泰山为“仙山佛国”，累建大量宫观寺庙。五岳独尊、泰山压顶、重于泰山、有眼不识泰山、登泰山而小天下，这些如金之言，也许就是泰山文化的精髓。

（2019年2月）

# 海外世界

金河一去路千千，

欲到天边更有天。

——《敦煌曲·何满子四首》

# 1 ——观海之旅

**马六甲海峡，新加坡（2014）**

这儿是印度洋通往太平洋的必经之路，水阔浪静，来往船只常常日超200艘。商船、军舰、游船，各类船队浩浩荡荡。船多，海盗也不少，不过，还赶不上索马里和加勒比海。

**澳洲大洋（2014）**

悉尼史蒂芬斯港，车到滑沙山，孩子们去滑沙，我自爬上沙丘欣赏大海，沙绵延，海无边，白沙蓝海，界限分明，像一幅巨大的画卷，原生态风景，苍天的造化。

从墨尔本沿大洋路行驶三小时车程，到达十二门徒岩，一处史诗般的自然景观。海岸像刀劈似的垂直，近海巨石，历经万年风化，依旧巍然屹立，像身材高大的哨兵，面对浩瀚无际的南太平洋。

**地中海法国海岸（2015）**

距马赛不远的一个小镇，正午，阳光灿烂，海水碧绿，岸边数排绿色的太阳伞。导游告知：这里常有时髦黑人女郎，三两一伙，请你注意，不然你的钱包可能不翼而飞。还好，未遇到黑人女郎，一切平安无事。

**地中海北岸摩纳哥(2015)**

微型国，面积稍大于梵蒂冈，世界第二小；国家建在山坡上，在全国任何地方都能看到大海；赌业昌盛，不需缴纳所得税，富豪避税的天堂；海滨浴场，一种地中海风情，各种肤色人士都有，比基尼，三点式，游的游，晒的晒，闹的闹，能有尽有；戛纳电影节举办地，闻名于世，常年铺着红地毯，任你拍照。

**水城威尼斯(2015)**

亚得里亚海北端，一片水上世界，访邻要过桥，逛街需划船；中午吃当地特色，黑面条——墨鱼面。下午乘快艇游览，水域开阔处，一座座楼房坐落水面，远看像一艘艘海上巨轮。

**波罗的海塔林(2018)**

从赫尔辛基轮渡芬兰湾，抵达爱沙尼亚首都塔林。这儿是北欧的十字路口，波罗的海的明珠。小城古朴大方，红色房顶，尖尖塔楼，保留着中世纪的风韵，傍临碧蓝大海，一个美丽的童话世界。

看过多处大海，我体验到世界海洋之大，不禁想起法国文豪雨果的名言："世界上最宽阔的是海洋。"可他接着又说："比海洋更宽阔的是天空，比天空更宽阔的是人的胸怀。"我喜爱大海，它使人视野开阔，心胸坦荡。我崇敬那些心胸装得下大海的人，他们是人类的榜样。

# 2——游英国

6月的英国，随处都透发着岛国夏天的美丽。漫步伦敦街头，典型的欧式建筑映入眼帘，整齐大方；天空多云，但空气清新，已经找不到狄更斯《雾都孤儿》那个时代的样子了。

**伦敦**

大本钟，老远就能望见，庄严矗立，是伦敦的地标和象征，位于泰晤士河畔，紧靠国会大厦。大钟每一小时响一下，伍尔夫所写达洛维夫人逛街，经历心理时间三十年，提醒她客观时间的就是这座大本钟(Big Ben)。塔桥(Tower Bridge)，似有相识之感，以前见过它的不少图片，横跨泰晤士河，巍然壮观，是伦敦水路之门户。桥分两层，上层为人行道，上去漫步来回，饱览两岸风光；西望，不远便是伦敦桥，靠南岸锚着一艘二战时期的军舰，专供游人参观；河水悠悠，不算清澈，但也没看到艾略特《荒原》所写河面上漂浮的垃圾。

**莎士比亚故里**

教学与研究英国文学多年，早欲拜访莎氏故居，今日终于到此。各种肤色的来客，络绎不绝，日以千计。伟大啊，莎士比亚，离世400年了仍得如此热爱！本·琼森(Ben Jonson)说得很有道理，“莎士比亚不属于一个时代，属于一切时代”。至于萧伯纳讲“莎士比亚属于一个下午”，不只是夸张和幽默，确有点短视和偏见。小河边，莎士比亚雕像底座高高，下面小广场四个边角有四个小雕像，分别是：Hamlet，Lady Mecbeth，Prince Henry and Falstaff(哈姆雷特、麦克白夫人、亨利王子和福斯达夫)，全是悲剧和历史剧人物。由这四个人陪着，不知道莎翁是否高兴，也许他也希望能有一两个喜剧和传奇剧角色陪他长眠。

**剑桥大学**

慕名而来，兴奋喜悦，六人乘一小船，游览这所世界顶级大学，建筑典雅别致，一个学院一个面貌。导游介绍，这里有罗马人留下的文化印记，如cam，意思是“剑”，Cambridge就是剑桥。徐志摩的诗作《再别康桥》，在中央电视台播出数次，“轻轻的我走了，正如我轻轻的来”，那诗情韵味，不知感动了多少少男少女。诗中所称康桥，那是属于徐志摩和林徽因两人的康桥，结声道出要义：“悄悄的我走了，正如我悄悄的来；挥一挥衣袖，不带走一片云彩。”无独有偶，《再别康桥》与拜伦的诗作《分离》(*We Two Parted*)，有异曲同工之妙，两个浪漫“才俊”，竟巧为剑桥校友。

**爱丁堡**

从英格兰去苏格兰，大巴沿海边一路向北，左边是树丛，田野和村庄；右边是北海，海水深蓝，蓝得奇美；白云如玉，似动非动，有点像蓬莱海市蜃楼，给人亦真亦幻之感。

爱丁堡的名胜古迹是古城堡，充满神秘感、沧桑感，仿佛残留着历史的硝烟气味。城堡建在死火山岩顶上，是爱丁堡的制高点，也是爱丁堡的精神象征，苏格兰人的骄傲。城堡侧高悬一块宽大的欢迎牌：Welcome to Edinburgh Castle! 城堡已有1000多年历史，曾做过王宫、皇家住所、军事要塞、国家行政中心，也做过监狱和刑场，还发生过闹鬼的故事。现为旅游胜地，城门口站岗的士兵，穿着苏格兰风情方格短裙，戴黑色无边软帽，佩带短剑，英姿飒爽。

古城堡下来，王子街花园里，有一座高度近300米的哥特式高塔。从拱门就可以看到，司各特(Scott)身穿长袍的大理石雕像静坐中央，他是爱丁堡出生的苏格兰诗人、小说家，欧美“历史小说之父”。塔身高处有60多个小雕像，都是司各特作品的主人公。司各特写过二十几部历史小说，数部已拍成电影，如《撒克逊劫后英雄传》。作为教材，我给研究生讲过他的《爱丁堡监狱》(*The Teart of Mid-Lothian*)，书中有个侠士，杀死地方恶霸后，墙上自留姓名，很像《水浒传》中的武松，重溅鸳鸯楼后，写下“杀人者打虎武松也！”

大象咖啡馆，据说是哈利·波特的诞生地。当年，罗琳女士来这里喝咖啡，隔窗远望，看到古城堡的奇特意境，心中产生灵感，构思、创作了《哈利·波特》(*Harry Potter*)系列魔幻小说。小说一问世，便风靡全球，哈利迷们蜂拥而至，弄得咖啡馆的卫生间也成了“景点”，里面涂鸦遍布，都是赞扬主人公哈利和作者罗琳的。

(2015年6月)

# 3——初游俄罗斯

少年时代全国学苏联，青年时代中学六年学俄语，列宁、斯大林、普希金、高尔基的名字记得比亲人还牢。读过高尔基的三部曲《童年》《我的大学》《在人间》，记得列宁的名言“忘记过去就意味着背叛”。因而游览俄罗斯，有一种老友相见之感。

**莫斯科**

先奔克里姆林宫，一组美丽而壮观的建筑群，又高又长的围墙，高耸的钟楼，金色的教堂，宏伟的宫殿。这儿曾是俄国历史上帝王的宫殿，十月革命后苏联党政机关所在地，国家政治活动中心。俄国人这样骄傲地赞美它：“莫斯科大地上，唯克里姆林宫高耸，克里姆林宫上，唯见遥遥苍穹。”

克里姆林宫东侧，是闻名遐迩的红场，地面用石块铺成，历史的足迹已经把它们磨得青光发亮。列宁墓就坐落于红场，克里姆林宫宫墙正中的前面。十月革命胜利后，直到当今，红场都是国家举行庆祝活动，集会和阅兵的地方。

莫斯科地铁是世界上规模最大的电气化轨道系统，早就闻名遐迩。地铁全长 300 公里，最深处达地下 100 米，每天运送乘客 700 万人次。我们在基辅站转车，车站光线明亮，能够看清书报文字。各个地铁站有不同的大理石造型，有各种艺术风格的壁画、浮雕、灯饰，华丽典雅，琳琅满目，如临富丽堂皇的宫殿，说它是世界上漂亮的“地下艺术殿堂”，一点都不过分。

**圣彼得堡**

从莫斯科乘火车，6 个小时到达圣彼得堡。它位于波罗的海沿岸，涅瓦河口，由 40 多个岛屿组成，300 多座桥连接起来，富有水域风情，人称“北方威尼斯”，是俄罗斯通往欧洲的门户。

结伴去逛涅瓦大街，它贯穿三条河，把市区与涅瓦河连接起来。恰逢圣彼得堡体育馆有足球世界杯比赛，大街上一伙伙的世界杯球迷们，以恶作剧的动作狂欢，成群的鸽子变着花样飞落行走，好像在为球迷们摇旗呐喊。“阿芙乐尔”巡洋舰停泊在涅瓦河上，十月革命就是从阿芙乐尔巡洋舰炮轰冬宫开始的。

冬宫，俄国沙皇时期的皇宫，隔着宽宽的涅瓦河望去，是座蔚蓝色与白色相间的宫廷建筑，里面金碧辉煌，宽敞明亮，一座座大厅，陈列着俄国的工艺和艺术宝物，有皇家用品、饰品、绘画、雕塑、出土文物等等，也有其他国家文物，足显皇家气派、大国风采。

夏宫，俄国沙皇的郊外离宫，人称“俄罗斯的凡尔赛”，精彩之处是黄金雕塑，成百个姿态各异、大小不一的金人，在高低变幻的喷泉水柱中，在渐次高低的台阶上，绚丽多彩，十分精致。沿台阶上去，是富丽堂皇的建筑群，体现着典型的 18 世纪俄国巴洛克建筑艺术，旧归沙皇享用，现供后人观赏，时代愈久远，艺术价值愈高。

（2018 年 6 月）

# 4——游湖散记

**琉森湖(2015)**

在瑞士阿尔卑斯山北麓,是个多岬角的海湾,湖光山色,风景如画,常有天鹅来此,增添些许生气,小外孙星星看着这些小精灵好玩,竟迷上它们。这湖面积不大,水极清冽,沿岸有不少古色建筑,瓦房木屋,不高不大,各具一格。住湖边五星级酒店,逛大型手表商店,算是不可多得的一次高级享受。

**昆布兰湖区(2015)**

地处英格兰北部,是"湖畔派"诗人隐居之地,起伏的山峦,蔚蓝的湖水,清澈的小溪,小巧的田庄,房舍离散,炊烟数缕,恬淡自然。诗人生活在这儿,远离尘嚣,不问世事,浪漫而惬意,在宁静中感受大自然的呼吸,真正实现"回归大自然"的梦想。这种情形与王维闲居辋川别墅、孟浩然隐居鹿门山追求返璞归真何其相似。华兹华斯(W. Wordworth)有不少优美的田园诗,我在"英国文学史"课上讲过他的《独自云游》(*I Wandered Lonely as a Cloud*),湖边大片金色的水仙花,在阳光下随微风起舞,使他高兴得心花怒放。今日到此,见湖面广阔,到处寻找,却找不到华兹华斯的水仙花。湖边有瓦特蒸汽机小火车,乘坐上去跑一段路,在古朴、怀旧的氛围里,感受到一股18世纪工业时代的气息。

**密歇根湖(1982)**

从印第安纳大学到芝加哥,陈琳爱人小刘,带我看密歇根湖。湖面宽阔,一眼望不到边。沿湖边走走,离水近了,浪花溅上岸来,湿透裤袜,天热,乐得些许凉意。沙滩那边,不少人湖中游泳,出水后躺在地上晒太阳,一片比基尼风景。登希尔斯大厦(Sears Tower),400多米高,在楼顶,俯瞰整个芝加哥市区,从专供游客的固定位置望远镜里,也能够看到大湖彼岸的密歇根州,得到的是一种现代化的新感受。

**花瓶岛(2012)**

坐落在加拿大东部布鲁斯半岛外的乔治亚湾,因两座形如花瓶的巨石而得名。巨石生于远古的冰河世纪,经亿万年的冲刷和风化,形成上粗下细的花瓶状奇特景观,有点"湖光山色醉人,一处世外桃源"的味道。湖水干净清冽,天然水质,可以直接饮用;湖水深处湛蓝,浅处翠绿,边沿净洁无色,可见水下昔日沉船。

天然之湖如镶嵌在地球上的明镜,无论中国的,外国的,都一样耐看,时时闪现着天地灵气、历史与生命之光。

# 5——北欧三国

2018 年 6 月下旬，随旅行团游北欧。

**芬兰**

来到圣诞老人的故乡，脑海里浮现出慈祥的花白胡须老人形象。赫尔辛基有“波罗的海女儿”雕像，自从赫尔辛基大学学生给雕像穿衣戴帽之后，芬兰便诞生了世界上独一无二的“戴帽节”，不得不佩服、惊讶于西方国家不拘一格的创新精神。

**瑞典**

诺贝尔，瑞典人，世界著名科学家，精神崇高，以他的名义设立的诺贝尔奖，是世界性大奖项，特别是科技方面，具有相当的权威和意义。参观诺贝尔纪念馆，内心不无触动，感谢诺贝尔对人类进步的贡献。

愿后人能秉承他的意愿，办好诺奖的评审活动，促进人类文明的进步与发展。

**挪威**

挪威森林有名，峡湾有名，大雪更有名。南部地区森林，多白桦和冷松,片状分部,林带间歇。蓝色的湖泊,深红色的木屋,蜿蜒如带的灰色公路。哈当厄尔峡湾,北海倒灌而成,游船停在山石小泉处,饮山泉冰雪融化之水,留下高寒纯净之感。

从奥斯陆去松恩峡湾,一路西行,绵延山岗,远近高低尽树丛;稀有平地,燕麦青草难分辨。空气清新,视野开阔,养眼、洗肺、静心、提神。在舟山群岛,苍山洱海也有过这种感受,享过家乡美,再添异国情,也算一段快乐人生。

从松恩峡湾乘小火车一直开到山上,几处瀑布悬于山巅,最大的高约 200 米,宽 30 米,绕弯奔泻而下,传言,半腰岩石间,时有红衣仙女出现,专门诱惑男人,人称“女妖”。游人流连忘返,女儿大玮、小军、外孙星星,三代人合影留念,发到朋友圈里,老朋友感叹:“几年不见,星星长这么高啦! 这是什么地方? 时已七月雪仍未消,背景阔大,人比山高!”

高山跳台滑雪,挪威人的发明。此项目世界级比赛常在此举行,在冰雪世界加拿大长大的星星,兴致大发,从顶部沿台阶一直下到底部,从上边看下去,人影变得很小,都有些看不清了。在挪威,冬天滑雪如家常便饭,人们购物常滑雪来去。高原山区,某些旷野路段,冬天雪厚,两旁插有成排的立杆,高出积雪顶面的部分用以指路。雪景虽美但雪期最好不要太长,据说,有的宅男宅女们,会因此患上抑郁症。

奥斯陆,国家大剧院前有易卜生雕像,他和萧伯纳师徒二人创作的“二个家”闻名世界,易卜生的《玩偶之家》(*A Doll's House*),女主角娜拉挣脱玩偶之身,激励女性挣脱传统道德桎梏;萧伯纳《伤心之家》(*Heartbreak House*),揭示爱情与金钱关系,暗示大英帝国之命运。高兴之余也有那么一点点不快,大街上鸟飞鸟鸣不错，但鸟屎鸟尿无法处理，雕像头上残留脏痕，有损历史人物形象。这种情形在伦敦街头也时常可见，也许西方人已经司空见惯，不以为意了。

（2018 年 7 月）

# 6 ——印象丹麦、德国

从瑞典去丹麦，大巴经过一座国际大桥——厄勒海峡大桥(Oresund Bridge)，是欧洲最长的跨海大桥，世界有名的拉索大桥，桥的两端是瑞典马尔默与丹麦哥本哈根。

**丹麦**

丹麦，被誉为童话王国，小美人鱼是国之标志，靠近细看，面部表情微忧而纯真，隐现着她凄美动人的爱情故事。我曾在上海世界博览会上见过她，那是她第一次出国。

安徒生童话，少年时代读过，老年时能够在安徒生雕像身旁留影，也是三生有幸，顿时感悟到童话的灵光，仿佛可以看到荒唐皇帝穿着新衣丑态百出，令人怜悯的卖火柴的小女孩沿街叫卖。

这儿也是自行车的王国，有世界唯一的自行车高速公路。街上自行车多于轿车，骑车的比开车的多。还有一种三轮车，两轮在前，单轮在后，人称“倒骑驴”，亲眼看见两位妇女骑车，车上各自带着三个小孩，孩子们神飞意扬，令人感到亲切欣慰。

哥本哈根是丹麦首都,市中心有醒目的"华为"标志,人们多用华为手机,而不是苹果。丹麦又是今年世界幸福指数最高的国家,人们工作日少,假日多,压力小,人口少,福利多,制药与奶制品工业相当发达。

来丹麦,寻丹麦文化,《丹麦王子复仇记》经莎士比亚神笔重写,诞生了《哈姆雷特》(*Hamlet*),成为世界文学经典,千人读之,便有千个 Hamlet。讲授英国文学多年,就想看看丹麦的哈姆雷特城堡,但行程无安排,只能远处相望。城堡古老幽深,把你带入一种历史的记忆当中,当年哈姆雷特王子,城墙上夜遇父亲鬼魂,得知新国王叔叔是杀父凶手后,他沉思、踌躇,事关生死,如何而为?留下千古独白 To be or not to be? That is the question(生存还是毁灭?这是个问题)。莎翁这出悲剧,课堂讲过多遍,但在此地体味尤深。

**德国**

轮渡离开丹麦,来到德国汉堡,街上轿车川流不息,车型多较普通,少见"奔驰",反映出德国人讲究实用、不求排场的务实精神。在这里见到我 1977 级学生王建武夫妇,他乡遇故知,宾馆畅聊一晚,实为人生快事。

汉堡至科隆,一路田园风光,金黄麦地,葱郁玉米,片片树丛,零星散布的农舍,悠悠转动的风车。科隆,位于莱茵河畔,水净天蓝,河面宽阔,游船、商船来往不绝。德国啤酒有名,走进一条啤酒街,男男女女立身长条桌旁,边喝边聊,边看电视直播世界杯比赛,不时发出激情的狂叫,欢呼或者吐槽,标准的异国风情。

科隆大教堂在维修,我们只好在周围参观、拍照。得空,我问当地导游小伙:希特勒来过这教堂吗?他笑笑,轻描淡写地说,在德国没人提他。什么“帝国”“领袖”,对这些词语,这里人们好像感到有些厌烦和耻辱。

(2018 年 7 月)

# 7——摘草莓

2017 年，按广告指引驾车前去多伦多一家农场。夏天的景观，初秋的温度，舒适悦目。十几亩草莓已经成熟，需要帮忙收摘，否则很快会烂在地里。我们到达时，田间已有不少人，三三两两，边摘边吃。小孩子最兴奋、最忙乎，有的摘一个就拿给妈妈看一看，问是否该摘、是否能吃。

离开城市的喧嚣，来到恬静的乡间，感到清新、愉悦。绿色的田园，蓝天无际，白云朵朵。我不由想到，陶渊明“采菊东篱下，悠然见南山”，乐在其中。如今，我北坡摘草莓，悠然见蓝天，心旷神怡。两个小时过去，收工结算，两篮八磅，三元一磅，比国内贵出不少，但想到花钱买快乐，也就不觉心疼了。

1982 年，美国布卢明顿(Bloomington)农民田园。我在印第安纳大学读书期间，20 多名学生，作为义工去一户农民田园摘草莓。那片草莓地足有 2 公顷，行距较宽，采光好，棵不大，果实不少。熟透的草莓红得发紫，边摘边尝，新鲜味美。劳动三小时，休息一两阵，不太紧张。中午农场主招待管饭，在一棵大栗子树下，烤牛排、吃面包、喝啤酒，走时凭自己力气随便拿，免费，能带多少带多少，当然，谁都知道草莓不易储藏，是不会带很多的。

两次国外摘草莓，小事一桩，意思不同，农家各有各的经营门道。美国农场主，借用劳动力，解燃眉之急，管饭兼送草莓，显人际交情；加拿大农场主，大片草莓无力收摘，用广告招商，愿者自来，自摘自买，又收钱又打开了销路。两国草莓一样红，如果再次选择，请问去哪家更为划算？

# 8——异域美食

旅游的副产物是走万里路，吃千家饭；实话实说，国外饭菜不少，但特别喜欢、永远难忘的并不太多。俗话说，习惯成自然，习惯是第二天性，多半辈子养成的饮食爱好，不好改变，让你产生一种食欲的内在感觉确实不那么容易。不过，总有一些会讨人喜欢。

挪威三文鱼。饭店早餐，一条三文鱼一米多长，做熟的半扇摆在餐桌上，味道已经调好，旁边有刀、有叉，吃多少取多少，令人回味。挪威北极虾，肉质鲜嫩，吃起来有点像瘦肉，如纤维般有嚼头，也是一道美食。

新加坡黑胡椒螃蟹。个大肉肥，微辣轻咸，恰到火候，据说螃蟹是斯里兰卡进口货，不知真假。

法国葡萄酒。2015 年夏天，里昂餐馆，我们四人一桌，一瓶红葡萄酒，喝了不到半瓶。几个孩子人人说好，独我不知其味，只能少数服从多数，表示认可。

澳大利亚墨尔本燕麦粥。燕麦粥伴有牛奶、草莓和枸杞，做法与国人有别，营养不错，也有口感；枸杞可能是宁夏特产。

美国的牛排。分全熟(well done)和半熟(rare)两种,半熟的不习惯,全熟的可以接受,在印第安纳大学的学生餐厅(cafeteria)属常见食品。美国火鸡肉也不错,片大,没有骨刺。

魁北克红房子餐馆。这个餐馆的特色菜是“法国蜗牛”,据说比法国厨师做的还好,制作工艺好像是蒸,一瓷盘有七个凹位,一个凹位放一只。价钱特贵,老外都说味道好,我尚不解其妙。

意大利比萨。真心投赞成票,罗马一家饭馆,新出炉的七八个品种,任你挑选,最好选三四种,搭配着吃。威尼斯墨鱼面。属当地名牌美食,不带汤,不配菜,可能营养不错,最大特色是黑,穿白衬衫者用餐需特别小心。

俄罗斯土豆烧牛肉。20 世纪 60 年代,我曾把它说成赫鲁晓夫的“共产主义”佳肴,亲自品尝,也许是厨师手艺欠佳,味道一般。

老家乡友曾经问我,“你去过不少地方,哪国的饭菜最好吃?”,上述简介当是比较适中的回答。如果真论色香味,看看《舌尖上的中国》就知道了。

(2019 年 9 月)

# 9 ——赏枫加拿大

红枫加国多，画叶作国旗。

人语枫林下，诗成笑开眉。

秋天，加拿大枫叶惊艳，枫树是加拿大的国树，枫叶是加拿大国旗上的主要图案；加拿大的秋天是红色的，红色的秋天在加拿大，“加国归来不看枫”，颇似“黄山归来不看岳”，确实有些道理。中国人，除了去加买房，旅游观光者众多，队伍里大妈大爷着实不少，我也凑凑热闹。2012 年 9 月，厚诚开车，我们踏上赏枫的旅途，直奔著名枫叶景区阿岗昆(Algonquin)而去。

多伦多距阿岗昆 300 多公里，一路向北，验证了加国境内枫树之多、分布之广，特别是加东地带。一处停车场，周围都是五颜六色的枫叶，心想这儿应开发成旅游胜地，作停车场用太可惜了。车停放场边，靠近的一棵枫树，满树金黄；不远处的几棵，叶子已变红了；对面草坪上一片小枫树，却还枝叶青青。依黄金树拍照，何时看都会感到绚丽和富有。

途经白求恩故乡格雷文赫斯特(Gravenhurst)小镇，到达阿岗昆公园。这里地势开阔，60 号公路横穿整个公园，时而开车行路，时而停下观景。走到一个小山，爬上高处，极目远望，阿岗昆枫叶全景一览无余。原野、山丘、峡谷、湖泊、山坡、小溪、步行道，红色、金黄、橙色、紫色、绿色，整个一片五彩斑斓的枫叶世界，像是上帝故意掀翻了调色板！好一幅大自然的美丽画卷！

茶湖(Tea Lake)枫叶区，湖不大，三面靠山，一面大路。山上树林茂盛，各种颜色相间，以红为主。湖面平静如镜，夕阳晚霞倒映水中，几片火红枫林，一湖秋色，这就是加拿大的秋天！

一片空地，周围都是彩色树林，人说这是糖枫(Sugar Maple)比较集中的地方，最佳赏枫时候是叶片火红火红时，我们来的时间偏晚，叶子落了许多，红叶满地，像是红花地毯。走在这林间小道上，脚下是沙软的地毯，眼前树上跳动着彩色枫叶，沐浴秋高气爽的微风，呼吸清新通透的空气，接受大自然的无私馈赠，心情甚是愉悦。

那边是红色山岗景点，枫叶红得浓烈，点燃了秋天的激情，石板小憩，简单野餐，别具风味。观景台(Lookout Trail)上放眼四野，看万山红遍，层林尽染，杜牧“停车坐爱枫林晚，霜叶红于二月花”的诗境，大抵就是这般感觉吧！加拿大广告语“火红的枫叶颂，炽热的加国情”，激情有余，略欠诗意，尚未写出秋天枫叶的另一个特质，红得色泽深沉、透彻，正是秋天枫叶最为醉心迷人之处。

从阿岗昆回到多伦多，已是10月中旬，这边的节气比阿岗昆要迟一点，大玮住的格伦纳登·格雷斯(Glenarden Cres)以及周边街道，主要有糖枫和红枫两种，枫叶正在变红，仔细观察对比，枫叶形状、颜色各不相同，真的是合天下没有两片相同的叶子，特搜集7种不同的枫叶，夹在硬皮书里作为标本，留作纪念。

# 10 ——魁北克

2012 年夏天，沿圣劳伦斯河，向大西洋走去，最后一个大港口便是魁北克城，它是加拿大魁北克省的首府，水路进入北美五大湖区的咽喉之地。17 世纪法国探险家从大西洋沿圣劳伦斯河而上，第一站就是这儿，印第安人土语把这地方叫"Quebec"，意思是"狭窄海湾"，法国人也这样称它，沿用至今；其实，加拿大的国名"Canada"也来源于印第安土语，意为"群落""村庄"。

城堡酒店小广场，是魁北克城（Quebec City）最热闹的地方。有街头艺人表演，石柱上有法国探险家雕像。这儿也是上城与下城的接合部，乘滑动电梯下去，便是下城，即居民区，以及海运贸易集散地，位于圣劳伦斯河边。

魁北克城旅游，首推佛朗提那克酒店，俗称城堡大酒店。它像巨人一样巍然耸立在悬崖上，是城中最为夺目的高大建筑，魁北克城的标志。青铜色屋顶，红砖外墙，开窗远眺，望尽圣劳伦斯河上风光，一座陪伴和守卫圣劳伦斯河的中世纪城堡。二战期间，美国总统罗斯福和英国首相丘吉尔曾在此会晤。

小尚普兰街（Rue du Petit-Champlain）是魁北克城最知名的

观光街，人称裤子街，北美最古老的繁华街，多元文化汇集地。有各种肤色的游人，不少讲法语的游客，不知是魁北克省人还是来自法国，往往三五成群，全家出动，盛装逛街，彬彬有礼。咖啡馆、小商店，五花八门，目不暇接。有店铺挂18世纪牌匾，店员身着古装，梳古老发型。魁北克省官方语言是法语，魁北克城亦然，整个城市，不论报纸、电视，还是餐馆的菜单，都用法语，故有人笑称："如果说魁北克省是加拿大的法国，魁北克城就是法国的法国。"

蒙特利尔，是魁北克省最大城市，加拿大第二大城市，也是最大的港口，使用双语，即法语和英语。20世纪70年代，这里举办过夏季奥运会，留下的露天运动场和倾斜的塔台，成了蒙特利尔的一个象征，著名的旅游景点。斜塔高175米，是世界第一高的斜塔；倾斜45度，世界第一斜的斜塔，远远大于意大利比萨斜塔的5度。可以乘缆车到顶端，观赏全市和圣劳伦斯河风光。蒙特娄自然生态博物馆(Biodome Montreal)，有热带雨林、极地、加拿大落叶林、圣劳伦斯河四个自然生态区，有数千只动物，数千棵植物，是儿童最为喜爱的乐园。

魁北克省南接美国数州，北近北冰洋，法国人探险首先发现，英国人后来居上，18世纪中期，经过七年英法殖民战争，英国最后取胜。法国作家伏尔泰在《老实人》中曾嘲笑说，为了争夺加拿大一块冰天雪地，英法战争所耗费的钱财，远远多于那块雪地的价值。战争阴影至今仍时隐时现，法裔与英裔加拿大人总有些不大和谐，居民为独立进行过两次公投，最后一次结果是49.4%对50.6%，遭到失败。

(2017年11月)

# 11 ——北美千岛湖

2012年夏天，来北美千岛湖。它是安大略湖与圣劳伦斯河相连接的河段，也是美国和加拿大的边界。湖面广阔，一眼望不到边，水清澈浅蓝，绿色小岛星罗棋布，仿佛漂浮在水面上；岛上遍布各种建筑风格的别墅，大都是富豪私宅，是不允许游客进入的。与浙江千岛湖相比，有点大煞风景。湖中游船穿梭，上挂美加两国国旗；有两个小岛，一南一北，分别代表美国和加拿大，中间有座小桥相连，桥长10米左右，导游说，“It is the shortest international bridge in the world（这是世界上最短的国际桥）”。出于好奇，带着新鲜感，大家争相拍照，我也特地照下了这座桥。

下船归来，听人言：“千岛湖水像大海一样深邃、碧蓝，像大洋一样广阔、坦荡，像镜子一样明亮、宁静。”对于北美千岛湖的自然美，这一评说比较贴切。

# 12 ——小城金斯顿

金斯顿，一座美丽的小城，就在千岛湖北岸，是圣劳伦斯河航道上的重要港口之一，是加拿大历史最悠久的城市之一，曾做过加拿大首都，加拿大首任总理的故居就在这里。下车就能看到圣劳伦斯河以及河边的古炮台。第一印象是整洁、干净，河边郊区，大街小巷，无不令人感到清新爽快，见不到烟头碎纸，没有任何垃圾，眼里是维多利亚风格的红砖房，神圣庄重的教堂。小城治安状况很好，据说这里主要有四种人：学生、军人、老人和犯人。

说到学校，金斯顿有几所名校：皇家军事学院、皇后大学（Queen's University）等。山大外国语学院第一个来加拿大进修的教师，就是进的皇后大学。学校规模不大，但建筑经典，有的很像城堡，始建于19世纪中期，是加拿大最有名的大学之一。

金斯顿也是兵家必争之地，至今还保留着16世纪英军修建的城堡和炮台。亨利炮台（Fort Henry），远看像座圆筒炮楼，白体红顶，炮眼像黑洞洞的小窗子。谁占有了它，谁就握守了圣劳伦斯河进入北美五大湖的咽喉，当年英美战争时期显示过它的军事价值，英美旅客来此，对金斯顿这段历史更感兴趣。

（2012 年 9 月）

# 13 ——去密西西比河

1982年的一次旅游。

马克·吐温《哈克贝里·芬历险记》的小说故事,发生在密西西比河,从小学地理课上早就知道,它是美国最大的河,美国人的"父亲河",世界第四大河。身在美国,想看密西西比河的欲望自然是比较强烈的。

从印第安纳大学出发,一路向西,开车5个小时,到达密苏里州的圣路易斯。该城是美国中西部水陆交通枢纽,水陆地势有点像我国武汉,汉水作为最大支流在武汉汇入长江,密苏里河作为最大支流在圣路易斯汇入密西西比河。距圣路易斯十几公里处,能够看到银白色的大拱门(Gateway Arch),耸立在密西西比河畔,给大河带来悠远与庄严感。它是圣市的地标性建筑,一个抛物线形的不锈钢庞然大物,在阳光下熠熠生辉,像大自然的一种神秘的精灵。大拱门高达192米,当年大批移民就是从这儿去开拓西部的,拱门地下设有移民纪念馆。拱门内装有电梯,我们乘电梯登上拱门顶部,从顶层小窗俯瞰整个圣路易斯市,看密西西比河，犹如宽阔水带，从远处山区源源而来，顺势南下，直奔墨西哥湾流去。

密西西比河河面宽广，水流平静，水呈浅黄色，不远处有座大铁桥，河边小码头停有两艘游艇，一是“TOM SAWYER”（汤姆·索耶），一是“HUCK FINN”（哈克·芬），分别用马克·吐温两部小说的主人公的命名，是对马克·吐温的纪念，也是吸引游客的招牌。看到TOM与HUCK的名字，有熟悉感，亲切感，想起他们在这河上的成长岁月，体验他们的历险生活，和寻觅马克·吐温在故乡足迹的意味是一样的。

这条河见证过美国的沧桑历史，哺育了美国人民，流淌过奴隶的心酸和血泪。它是美国文学中的一个大背景，《黑奴吁天录》中的汤姆，是跳入这条河中救出白人小孩的；林肯为废除奴隶制，是乘木筏沿这条河去新奥尔良的。废除奴隶制后，密苏里籍黑人代表诗人兰斯顿·休斯写道：

当林肯去新奥尔良时，
我听到密西西比河的歌声。
我瞧见它那浑浊的胸膛，
在阳光下闪耀的金光。

休斯还说，曾经伴着密西西比河的歌唱，黑人送走了无数金色的黄昏，迎来了无数希望的早晨，表达出黑人民族的苦难和贡献，表达出民族自尊心和自豪感。

出游同伴有欧阳基、王誉公，我们三个搭乘台湾小刘的车前往游地，小刘是我在印第安纳大学的同学，开始说是share gas（分摊车费），小刘不同意；我请他吃饭，他坚持AA制；他为人诚实可靠，我们表示理解和感谢，他说："不必客气，那时我生病，您给我中药丸救过我的命啊！"在河边拱门下合影，他硬把我拉到他的左边，语带幽默诙谐，笑说："你是左派，我是右派，你该站在左边！"大洋彼岸无左右，原本就是一家人，我永远记得小刘的笑脸。

# 14 ——尼亚加拉大瀑布

尼亚加拉瀑布(Niagara Falls),是三个瀑布的总称,面积广,落差大,恢宏壮丽。名字源于印第安语。“Niagara”意为“雷神之水”,因为印第安人认为瀑布的轰鸣是雷神说话的声音。美国这边有两个瀑布,分别叫美利坚瀑布和新娘面纱瀑布,中间被一个小岛隔开;依次过去,第三个瀑布最大,在加拿大那边,呈马蹄形,人称马蹄瀑。

2002年9月,我们驱车从美国水牛城那边过来,离瀑布还有几公里,就听到轰鸣的瀑声。站在美国这边观景台上,看一片水动世界,气势磅礴,雄伟壮观,给人的感觉只有六个字:惊喜、震撼、感叹!尼亚加拉河流到此地,遇到悬崖深谷,河水从平川汇拢,骤然跌泻而下,落差达60米,直击谷底乱石,激起漫天浪花、水珠和巨大气流,如同给悬崖挂起巨幅银色纱幕,发出巨大回响,激流滚滚而去。

惠芝、大玮我们三个人,乘电梯下到河底,登上“雾中少女”(Maid of the Mist)游轮,向美国瀑布这边靠近,从谷底仰观瀑布，简直是一次神游。瀑布飞溅的水花，化成如丝细雨，尽管穿着塑料雨衣，还是打湿了脸庞，连眉毛上都含水欲滴；瀑布的轰鸣，强烈震动耳膜，即便是迎面高声大喊也觉得只是微声细语；只有在谷底，而不是在河岸，才能心生“疑是银河落九天”的恍惚与迷离，如果化用苏东坡的诗句，用“不识尼瀑真面目，只缘身在尼瀑中”表达此情此景，是再妥帖不过的。加拿大马蹄瀑那边，水深，船不能靠得太近；在三个瀑布间挪动，可闻其声，可见其势，但很难理清三个瀑布的界线与清晰面容；这是百年难遇的奇观，也是我鲜有的惊险经历。

2012 年 8 月，相隔 10 年重游尼亚加拉大瀑布，这次是和浙慈、大玮、厚诚、星星同来，游加拿大这边。河上有一座连接美国和加拿大的彩虹桥，是大瀑布景区不可分割的一部分，桥的中间挂美加两国国旗，星条旗在南，枫叶旗在北。从彩虹桥到马蹄瀑，沿河修有漫步观光大道，游客可以倚栏观景、拍照。当游船离开瀑布向彩虹桥方向缓行时，景观更美，白色的瀑布，碧绿的河水，整个一副天然画卷。直面正对美国两个瀑布，其容其姿看得非常清楚，比上次效果好出许多；走近马蹄瀑，几乎可以平视，瀑面宽阔，很壮丽，比美国那边的两个加起来还要宽。

我走到瀑布附近的岸上看看，河边有片青草和灌木，水流还是正常速度，可瞬间便到悬崖，飞流直下，声震寰宇。我在想，这流水不知道再往前一步会是什么样子，是怎样的命运。天下事物，变幻莫测！在加拿大这边，看整个尼亚加拉大瀑布，一览无遗。这个形成于万年前冰川时期的瀑布，日夜不停地向下倾泻，这得有多大的水量，大自然真魅力无穷！

大瀑布的神奇，吸引着全世界的游客，也吸引过祈求升天或寻求极度刺激的人们。附近有个瀑布博物馆，记载显示：有10多个人来此冒险挑战，藏身滚筒从悬崖随瀑布垂直而下，大多数能有幸逃过一劫，只有两人丧命。但愿来者，皆欢乐而归。

（2019年10月）

# 15 ——罗斯福纪念公园

华盛顿罗斯福纪念公园，位于华盛顿潮汐湖畔，林肯纪念堂和杰弗逊纪念堂中间，是为纪念富兰克林·罗斯福总统领导美国人民度过经济萧条与二战而修建的。罗斯福是美国历史上唯一一位连任四届的总统，也是美国历史上最受人民爱戴的三个总统之一。他亦是美国历史上唯一身患残疾的总统，他的整个政治生涯都是在轮椅上度过的，他为国民服务的精神，崇高的责任心，坚强的意志和自信，惊人的乐观主义和活力，深得人民敬爱。因此这个纪念公园，也深为广大美国民众所喜爱，国内外游客络绎不绝。

2002 年秋天，我怀着敬仰之心来到这里。公园整洁素雅，庄重肃穆，几处都塑有罗斯福的青铜雕像，岩石上刻着他的名言，墙壁上刻有他的语录。印象最深的有两处，一处是治国理政名言“衡量我们进步的标准，不是看我们给富人带来了什么，而是要看给那些一无所有的穷人能否提供基本保障”；另一处是哲理名句“The only thing we have to fear is fear itself”（我们唯一感到恐惧的是恐惧本身）。这些话语，是对美国人民的提醒和鼓励，是他本人超凡自信的体现，也是对所有来此瞻仰过的人们的一种宝贵赠予。

（2015年6月）

# 16 ——亚洲大陆最南端

圣淘沙(Sentosa),是新加坡一个美丽的小岛,马来语的意思是“和平与宁静”。最早是个荒凉的小渔村,英国殖民者把它建成了军事要塞,新加坡政府在1972年后实施改造,刚开始是作为新加坡人休闲度假的地方,后来渐渐变成国际旅游场所,现成为世界著名的旅游胜地。

2005年我第一次到圣淘沙,一切都感到新奇。鱼尾狮塔(Sentosa Merlion)建在山岗上,很高,老远就望见了,是新加坡最大的鱼尾狮。新加坡最早叫狮城,因此鱼尾狮塔成为新加坡的地标,是国家的标志和象征。晚上,灯光从鱼尾狮口中和眼睛里喷射出来,斜长的光束直射到离它200米远的表演场地,场地如同白昼,一切都被照得清清楚楚,这种照明方式在世界各地实属罕见。

巴拉湾海滩,高耸的椰树,随风婆娑;稀稀落落的茅亭,颇有几分南洋风情;宽阔的白沙滩,沙细柔滑;游客三三两两,闲坐聊天,或斜躺沙滩享受大自然的爱抚。湾水清澈明亮,浅绿色,乃泳者乐园。

横跨巴拉湾，一座吊桥连接南边小岛，走起来摇摇晃晃，南端小岛上立有木牌，上书“The Southern Most Point of Continental Asia”（亚洲大陆最南端）。小岛南岸有棵大椰树斜生长，树身探向马六甲海峡，一副乘风破浪的雄姿。

圣淘沙海上的灯光表演，奇幻诱人，2013 年和 2014 年曾两度欣赏。海岸观景台建得很科学，在任何位置都能满意地观到全景。表演名目叫“时光之翼”（Wings of Time），水上设有机关，夜幕下，五光十彩的灯光及图形，频频变换，水光连天，星光耀眼。表演讲述着一则童话故事，情节感人，渲染力强，星星和大玮初次观看，不时地叫好。

岛上有小火车，环岛一周。引人注目的是那段热带雨林，阔叶树，密树丛，一颗枯树倒在水中，矫捷猴子跳来跃去，百鸟鸣唱，不断给人加深记忆：圣淘沙岛是亚洲大陆距赤道最近的地方！

整个小岛环境宜人，干净整洁，悠闲美丽，可谓是新加坡的一个缩影。当局在环境保护方面的理念和措施，如全民参与、违规重罚等做法，经实践证明，是行之有效的，值得我们借鉴和学习。

（2015 年 6 月）

# 17 ——高原上的茶园

济南机场，零下 9℃；5 小时后，到达新加坡小军那儿，气温升至 31℃。借道去马来西亚，上金马伦高原（Cameron Highlands），气温 23℃，一个气候宜人的地方。金马伦高原是马来西亚最大的高原度假胜地，是马来西亚、香港、新加坡人共有的后花园。

这里被崇山峻岭遮蔽，生长着几百种热带花草，犹如世外桃源。

茶园是一大亮点，马来西亚最大的两处茶园都在这里，首屈一指的是 BOH 大茶园，面积达 1200 公顷，年产量占马来西亚全国茶叶总量的 70%。进入茶园腹地，步行茶垄间，满眼都是茶树茶田，山丘山岗，漫山遍野，一片茶绿，茶山似乎由无数条绿色茶线编织铺就，成为一道迷人的茶色风景线。轻轻抚摸茶尖，感觉被茶垄包围的情怀，一时兴起大吼两声，期盼能听到茶山的回音。照片留下了那个瞬间，每逢看到它，仿佛立即回到了那个高山茶园里。

茶园里设有茶厂，可以免费参观整个制茶过程；设有茶馆，可以随意品茶。BOH 品牌红茶，打成碎末，装到茶包或茶漏中冲泡，我不善茶，没喝出味道有多美好，只是有种新鲜感，有种茶的感触，老夫之意不在茶，“在乎山水之间也”！

玫瑰山庄，是一个高原景点，宣传文字用中文和英文（Rose Valley）两种文字书写，山庄主人是华裔。花园在半山腰，各种花形的玫瑰都有，花色众多，黑玫瑰、绿玫瑰都有，尤其是绿玫瑰惹我兴趣，乔伊斯《青年艺术家的画像》开篇一首童谣就唱“green wothe”（绿色的玫瑰），初读还不大相信人间会有绿玫瑰。无心寻花花自来，这次在金马伦高原见到了，无意之中的珍贵收获。山庄还有许多其他花卉，只是叫不出名字。快到山顶的一个台阶上，有棵仙人掌，两米多高，高出我半头。驻足十几分钟，瞭望高原，不能不由衷赞美，马来西亚，是块好地方！

蝴蝶园，是金马伦高原又一景，园不大，蝴蝶不少，据说达万余之多。园里蝴蝶欢腾飞舞，一点也不惧怕游人，随时都落在你的身上，蝴蝶好像懂得人意，故作种种姿态，停在那里一动不动，直到与你同入镜头还不大愿意飞离。小军最满意的一张照片，是一只黑色花蝴蝶停在胸前，依偎依恋，乖乖的样子。

高山茶园金马伦诗意浓浓，自然应该用诗词文字记录下来：

## 卜算子

北国雪飘飘，新马可寻暖。登上高原金马伦，且品香茶鲜。

墨绿染玫瑰，蝶影翻飞乱。莫怨春风留客迟，乐而也忘返。

## 山坡羊

春光闪亮，和风荡漾，南洋小妹茶山上。小作坊，机器忙。行人随意自欣赏，雅室尽情漫吟唱。茶，由你去喝；钱，自己付账。

## 七绝

旅游购物莫商量，山外早闻一叶香。
旦是红茶即可买，管它贵贱啥包装。

（2015年2月）

# 18 ——马六甲印象

对马六甲城有点生疏，马六甲海峡倒是常常听闻，因为那儿海盗出名，有时被说得比索马里和加勒比海盗还厉害。和小军同游马来西亚，第一站便是马六甲城，位于马六甲海峡北岸，隔海与印尼苏门答腊岛相望。海峡满宽阔，肉眼望不到对岸，风浪不大，海水淡蓝，船舰很多，各类大小船只几乎首尾相连。

马六甲城区不大，游览景点不少，文化积淀沉厚，有700多年历史，地理位置极其重要。马六甲海峡是连接印度洋与太平洋的要地，也是海峡明珠，商贸重镇，军事要塞。荷兰、葡萄牙、英国等殖民列强觊觎、争夺。郑和七次下西洋，曾五次在此停留，扎营三宝山一带，受到马来人的热情接待，感谢郑和带来友谊、送来丝绸瓷器。后人不断纪念郑和，有多处郑和遗迹，最著名的是“三宝庙”，完全中式建筑风格：红柱白墙黛瓦，飞檐上刻彩龙戏珠，正门上方石匾镌刻“三宝圣祠”。门前左右两座石狮，院内有和平使者郑和铜像，雕像不甚高大，身着官服，气宇轩昂。铜像附近有一口三宝井，传说是郑和挖的，井水清澈味甘，喝了这水能免灾纳福。郑和每次来此都饮此井之水。当然，谁都想喝上一口三宝井水，但井口已罩上钢丝网盖，因为16世纪中叶，柔佛州的勇士们以井水为武器，下毒毒死200多名葡萄牙侵犯者。马来西亚政府十分重视文物古迹的开发与保护，因而三宝圣祠的建设与管理都归政府。

马六甲城市容很美，有荷兰红屋、红场，周边建筑一片红色，红得饱和。屋前喷泉又添几分壮美，红屋最初是荷兰人建的教堂，现在是博物馆。水果摊较多，有火龙果、桃子，也有马来最好的"猫山王"榴莲，满街散发着热带水果特有的甜香。戴太阳帽的女郎，背鱼竿的赤脚小伙，郊外的茅草房，海上的小木屋，细细的藤萝雨，浓浓的咖啡味，淡淡的椰汁香，好一派地地道道的南洋风情！交通工具有人力花车，用种种玩物装扮，古香古色与时下流行色相结合，给小城增添了一种古而不老的气息，小军衣饰入时，勇敢地坐上去兜了一圈，体验到古香飘逸的自在逍遥，现代少女的潇洒靓丽，美得不得了。

马六甲，城与海峡，人与风情，三宝与花车，成为人生一个又一个瞬间的记忆符号。

（2018年11月）

# 19 ——企鹅大游行

澳洲之旅，凸显自然生态之美：看袋鼠戏打，观考拉爬树，欣赏企鹅游行，会带给你一种原生态的快意享受。2014年3月，和大玮、小军、星星一行四人，从墨尔本驱车东南行，游览菲利普岛自然生态公园，观看世界著名的独特自然景观"企鹅大游行"（penguin parade）。

观景台建在海滩边，像个露天大剧场，有左右两侧水泥露天阶梯看台，可容纳3000多人；观景台旁设有木板栈道，往后面，设有企鹅上岸后的观察通道；再往上去，是长满野草及灌木的土堆和山丘，那里布满企鹅的巢穴。

太阳落山了，天渐渐暗下来，旅客们坐在看台上，面对大海，全神贯注且颇为心焦地等待企鹅队伍从南太平洋姗姗到来，小外孙星星一会儿换个位置，生怕漏掉企鹅出现的那一瞬间。好一阵子，都没把企鹅盼来，原来是天黑得还不够程度，它们太弱小，怕天敌，有光线就不敢贸然上陆。

"来啦！开始上岸啦！"有人欢叫，凝神望去，越来越多的企鹅登陆沙滩，自然为伍，摇摇摆摆、大模大样地往前走，全向右边，不像学生练操那样，不喊“一二一”，走得很整齐，真的如游行庆典一般。一队又一队，企鹅队伍浩浩荡荡，看台上旅客骚动起来，自己相中哪一队就跟随哪一队前行，栈道和观察通道上挤满了人，目送企鹅离开海滩归巢。这时，企鹅队伍化整为零，逐渐分成数量不等的小组，每个小组都有个领头的，如果有成员掉队，会等它跟上来再走；它们似有灵性，不怕人，知道人们不会伤害它们；胖胖的，笨笨的，一声不响，不吵不叫，有的口腔里衔着小鱼，带给孩子们吃，履行母亲的职责。可爱可亲的小精灵！多想把它们揽在怀里亲亲，至少该跟它们合个影吧？可惜愿望不能实现，那样做等于惊吓它们，也是规定禁止做的。

企鹅游行结束，人们散去，兴致未散，小朋友们纷纷仿学企鹅动作，类如邯郸学步，惹得大伙拍手叫好。事后估计，参加游行的企鹅有800多只。它们每天往返几百里，都能记住家乡、准时返家，似乎和人类有一样的共性，企鹅也恋故乡，也有乡愁啊！感慨之余，偶成一曲：

山坡羊·企鹅大游行

澳洲看海，企鹅排队，露天演出好气派。自成群，也乖乖。左摇右摆如官步，老少游客齐喝彩。企鹅啊，摆个态；看客呀，赶紧拍。

（2016年6月）

# 随笔偶得

大海从鱼跃，

长空任鸟飞。

——《古今诗话》

# 1——趣味哲理诗

富有哲理的唐诗宋词，不仅给人以文学享受，还帮助增进哲学修养，读之兴趣盎然。

一天，赏梅方归，读卢梅坡《梅雪》：

梅雪争春未肯降，骚人搁笔费评章。
梅须逊雪三分白，雪却输梅一段香。

他把梅雪当成两个人，互不服输，诗人作为智者，说论"白"，"梅须逊雪三分"；论"香"，"雪却输梅一段"，画外音是你们两个如是一体，又白又香岂不更美！告诉你人各有短长，取长补短才是正道理。

出外观景，难免会遇到苏轼看庐山的情况：

横看成岭侧成峰，远近高低各不同。
不识庐山真面目，只缘身在此山中。

横看是岭，侧看是峰，远低近高不一样，常人会想，这叫什么名山风景啊？看到末句"只缘身在此山中"，才明白它是"不识庐山真面目"的原因。庐山之美，只有站在山上山外，才能看清，告诉人们“当局者迷，旁观者清”。对同一事物，观察角度不同，结果会有不同，结论往往不会完整。

说起读书，许多人都能背诵理学大师朱熹的《观书有感》：

半亩方塘一鉴开，天光云影共徘徊。
问渠那得清如许？为有源头活水来。

诗里没有“观书”二字，怎么就成了“观书”？哲理也带有神秘感，他说一池清水，天光云影，美妙动人，为什么能保持这种优美状态？因为有活水源源补充。读书便是这个道理，不断地读书、读新书，才能保证知识充实、丰厚，别开生面。

刘禹锡被贬谪蛮荒之地二十三年，同辈人官职都已升迁，他虽然感到惆怅，但相当达观，写出千古佳句“沉舟侧畔千帆过，病树前头万木春”，阐明新旧更替的自然规律，充满辩证法的智慧。

人生旅途若遇逆境，看似“山重水复疑无路”，但不必灰心丧气，“行到水穷处，坐看云起时”，后边便是“柳暗花明又一村”。明白“人有悲欢离合，月有阴晴圆缺”，生活就会自然舒心；“欲穷千里目，更上一层楼”，会让眼光看得更远，而产生用不完的前进力量。

（2019 年 6 月）

# 2——同窗心语

大学同班同学，老来玩微信，建有“山大同窗”群，众人拾柴火焰高，2019 气象新，不求风度大雅，但求童心大发，颇为热闹。

（一）昨日访友，偶见明湖新绿，心中萌发旅游之意，草拟邀请书，发到群里：

### 相邀踏青

阳光灿烂，和风送暖，春草泛绿又一年。
邀老韩，唤小潘，可愿泉城转一转？护城河边柳色鲜。
泉水，流潺潺；游人，俱欢颜。

很快，清民老张即作回应，风格如人，俏皮生趣：

### 无　题

春风尚未吹，河柳尚无絮。
远看草色无，近看无草绿。
寄情山与水，原本是吾意。
时间早一点，还是待家里。

(二)2019 年 6 月,青岛,红瓦绿树,碧海蓝天,参加 1972 级 3 班聚会,11 日会见同窗刘子禄和张念英,聊得开心,写下几行,连同合影,发到群中:

### 青岛小聚

济南一别又八年,
海滨相见心情欢。
五载同窗话不尽,
健康病老聊当前。

治奎老王看到近照为之高兴,曰“乃坤赴青,与学友念英、子禄及高徒肖黎小聚并合影留念,且写《青岛小聚》一篇,余观之激动有加,故书心语相纪”:

### 忆流年

捧君诗影忆流年,
孰忘耕读山大园。
学海无涯同泛舟,
志存高远共扬帆。
胸怀祖国齐奋进,
携手奉献苦亦甘。
转眼已近耄耋时,
雄心不再犹灿烂。

(2019 年 7 月)

# 3 ——校园雕像巡礼

山大人，喜欢山大，常到校园转转，特别是看到新近雕塑的人物群像，有视野、有信仰、有校风，把我带回母校过往的灿烂时光。

**诸葛亮石雕像**

威海校区13年，我至今留恋向往。文学楼后，玛珈山前，大路之旁，有尊诸葛亮石雕像。没拿羽毛扇，眉宇见思量。背后刻有诫子名言："非淡泊无以明志，非宁静无以致远。"此乃诸葛做人做事有益之体验。校园莘莘学子，借以为铭，定有助于成才。

**冯沅君、陆侃如夫妇学者像**

老山大新校，1959年入学时，文史楼方造。60年过去，楼前，塑有冯沅君陆侃如夫妇学者雕像，此楼风光无限。见像如其人，想起两位教授名扬四海的巨著《中国诗史》。楼右前方的小花园，有历史系"八大教授"群像，呈现"八马同槽"之士林传奇。大学之成就看教授，那是山东大学文史见长的辉煌岁月。

**闻一多铜像**

新校公教楼后，两尊青铜坐像分外引人注目，这是两位著名现代诗人闻一多、臧克家。俩人各坐一条联椅，空出位置，游客可以与其同坐，或合影，或与之心灵交流。我坐过两次，分别在春天和秋天。

闻一多身体略向前倾，手拿烟斗，面似沉思，隐有愤然，使人想起他在昆明被反动派杀害的惨事。他是个正直的诗人，勇敢的斗士。在他雕像的背面，铸有他诗作《红烛》的诗行：

红烛啊！
你流一滴泪，灰一分心。
灰心流泪你的果，
创造光明你的因。
红烛啊！
“莫问收获，但问耕耘。”

读其诗，见其人，炽热的情，赤诚的心！愿如红烛，燃烧自己，照亮别人，唤醒社会，不求名利，“春蚕到死丝方尽，蜡炬成灰泪始干”，何等高尚的品格！

**臧克家铜像**

臧老是山大校友，以《老马》震惊诗坛。看这雕像！悠然休闲，笑嘻嘻地坐在那里，似乎在邀你一起共享美好时光。身躯背面，刻着他诗意盎然的哲理诗句：

有的人活着，
他已经死了；
有的人死了，
他还活着。

这诗帮助我们认识生命的价值，不在于长短，而在于是否有贡献，有意义。那种庸碌无为的人，如行尸走肉，就是活死人；那些默默贡献一生死去的人，才是英雄伟人，人们会永远记住他们，他们永久活在人们的心中。

**孔子雕像**

先圣孔子。齐鲁大地是他的故土，山大校园塑先贤像，当然少不了他。他的教育思想和教学方法，大有可为之地。威海校区和山大新校，各有一尊孔子石雕像。山大新校这边，“格言像”上刻有孔夫子的名言：“志于道，据于德，依于仁，游于艺。”即立志远大，言行有德，心富仁爱，熟悉各种技艺。不过，与孔子所说相比，现代教育还多了一种体育技艺。

**苏格拉底雕像**

老山大校园里，有一位古希腊哲人苏格拉底的“格言像”。一本翻开的书本石雕，上刻他的名句：“教育不是灌输而是点燃火焰。”这位教育先知，此处所讲，大体相当于现代教学所说的“启发式教学”。当然，内涵比启发式要多得多，是要把学生心中的真知唤醒并发掘出来，让他们的求知欲燃烧，并发出极大的能量。这是对教师的高标准严要求。在我所知的西方哲学家中，我比较崇拜苏格拉底，他傻得可爱，又智慧过人。仅说一二：他明知自己无罪，却服从法律判决去死；培养出两代世界级哲学大师——柏拉图和亚里士多德。

（2018年9月）

# 4——摘杨梅

浙东慈溪，是有名的杨梅之乡。那儿的杨梅，成熟时，红里透紫，个大而味美。到杨梅山上边摘边吃，简直有说不出的惬意。应亲朋相邀，有阿慈相陪，到杨梅山摘杨梅，已经两次，是为快乐的记忆。很巧，那儿也是阿慈及其妹阿溪出生的地方。

她们的朋友娟芳，老家就在慈溪，邀我们到慈溪吃杨梅。上午 10 点多钟，娟芳的侄子带我们爬上山坡。好美的地方！蓝天白云，漫山杨梅，树绿梅红，风景如画。他家杨梅树有二十几棵，我们自选，愿意吃哪棵的杨梅，就上哪棵树。脚蹬树干，手扶枝条，摘一个吃一个，哈，成了名副其实的“吃货”。只顾吃不顾摘，小篮子挂在那儿，半天还是空空的！心里想，慈溪杨梅，名不虚传，清甜微酸，汁满纤细，味道鲜美。我这北方人，平生还是第一次吃这水果，不是听别人说，还不知道它叫杨梅呢。

上山时，主人预先告诉我们，杨梅已经熟透了，正好吃，这东西从来不会闹肚子。要注意别让杨梅红染上衣服，染上就洗不掉，要等下个节气小暑，才会自然消失。我兀自感叹杨梅还有这些特性啊！

回村路上，说说笑笑，走到村头小河边，一丛翠竹旁，洗手、撩水，嬉戏起来，余兴未消。娟芳她妈妈特地备下家宴招待我们。可谓：

故人设盛宴，邀我至田家。
溪水村边过，杨梅满山崖。

饭后，参观娟芳叔叔家住宅。一路上她妈妈很热情，和我聊起信仰基督教的故事，说几个孩子都反对她入教。我说："应该尊重你的自由，信了教，学好、行善，是好事。"到了她家宅院，那是二层楼房，宽敞漂亮。喝茶聊天时，我劝娟芳说："老人家信教，有个精神寄托，有益于身心健康，不必干涉。"娟芳解释，是妈妈不停地唠叨讲教里的事情，她不爱听。听她这么一说，我觉得还是和平共处较好。

离开慈溪时，主人给我们每人备好两篮杨梅，让我们带着。回到宁波宾馆，顺手留诗一篇：

## 摘杨梅

杨梅夏至红满山，亲友邀我到浙东。
山坡果树连成片，红里透紫味正浓。
边摘边吃走处处，小溪倒映影清清。
盈篮香果密密盖，千里保鲜寄泉城。
梅渍染上白衬衫，爱洁更爱一点红。
如若此节时时有，笑煞福大不老翁。

这是2006年的事情，至今记忆犹新，想来愉悦满怀。

（2018年12月）

# 5——田园畅想曲

笔者生在农村，长在乡下，喜爱田园，成人之后更想家乡风光。省城供职几十载，哪天回村寻老宅？进村时，“儿童相见不相识，笑问客从何处来”。访亲友，到新家，“开轩面场圃，把酒话桑麻”。老夫今八十五，俗说半身已入土。啊哈，管它入土不入土，趁还能动，山南海北多走走。

爱田园诗，喜山水情，退休之后，愈爱游田园山水，愈喜赏山水田园诗词，闻田园气息，品乡土风味，恬淡、自然，清新、淳美。

说田园诗情，首先想到的是陶渊明。“少无适俗韵，性本爱丘山”。在外为官，浑身不舒服，不愿“为五斗米折腰”，毅然弃官归田。自己干点农活，自嘲、自喜“种豆南山下，草盛豆苗稀”。他曾感叹：“羁鸟恋旧林，池鱼思故渊”，消闲自得“采菊东篱下，悠然见南山”。精神境界达到物我两忘的程度，实现人与自然的统一和谐。尽管“结庐在人境”，却不闻“车马喧”，因为他“心远地自偏”。人若真心远离世俗利害，就会如此。陶渊明自动归田，回乡后找到真正的自我，成为中国文学田园诗派的鼻祖，留下许多脍炙人口的诗篇。中学时代读《归园田居》其三，看到一位平实自然、在田园愉快劳作的诗人形象：

种豆南山下，草盛豆苗稀。
晨兴理荒秽，戴月荷锄归。
道狭草木长，夕露沾我衣。
衣沾不足惜，但使愿无违。

看得出，诗人在谈他田园生活的经历和感受。他写自然，写别人，写自己，都写得深刻感人。《饮酒》很值得欣赏，有高远的意境，深蕴的哲理，他在诗中所强调的，自己已经做到了：

结庐在人境，而无车马喧。
问君何能尔？心远地自偏。
采菊东篱下，悠然见南山。
山气日夕佳，飞鸟相与还。
此中有真意，欲辩已忘言。

我也喜欢南宋诗人范成大，他融汇晋唐田园诗传统，并有新的创意，《四时田园杂兴》是他田园诗篇的汇集。《夏日》生动地描绘了人们生活愉快、劳动繁忙的江南初夏田园风光：

昼出耕田夜绩麻，村庄儿女各当家。
童孙未解供耕织，也傍桑阴学种瓜。

《秋日》也很有名气，写农忙秋收时节，南方农民紧张而欢快的劳动场景：

新筑场泥镜面平，家家打稻趁霜晴。
笑歌声里轻雷动，一夜连枷响到明。

人云，三千年读史，终归诗酒田园，有一定道理。返璞归真，是人之常情；田园诗情传千古，这些诗情画意，今天读来，仍然令人感动，仍能体味当时诗人的心境。

（2020 年 6 月）

# 6 ——我与基督教

学习与讲解英美文学，不可能不接触基督教，最初是看它的教义典籍《圣经》，后来是看英皇钦定本（*King James Version of the Bible*），此书在《英国文学简史》教材中出现过。《圣经》本身就是一部文学作品，里面有不少文学性的讲述，许多有趣的神话故事。

我发觉，基督教精神一直是西方文学中的潜流。很多作家基督教思想浓厚，或者本人就是基督教徒；许多作品直接或间接包含基督教内容。如弥尔顿的《失乐园》，班扬《天路历程》，拜伦的《该隐》等等。劳伦斯《虹》中，因亚当、夏娃木雕像大小不一，安娜和威尔爆发了夫妻大战；霍桑《红字》，海丝特和梅斯代尔由原罪到忏悔、再到救赎的整个故事，演绎了基督教教义精髓。我在讲解这些内容时，基本根据是教科书，自己了解不深，倒愿意通过讨论，听听学生的见解。

1981～1983 年，笔者在印第安纳大学访学，基督教知识增长不少。修“英国现代派文学”课，听教授讲解乔伊斯、伍尔夫和劳伦斯。我的论文《简评劳伦斯小说〈虹〉》，对安娜赤身裸体、镜前起舞，对厄秀拉海滩狂欢裸奔，提出批评，说有损大雅、伤风败俗。女导师(Roberson)看过，把我叫到她办公室，问："李先生，她二人裸体活动没有伤害着别人，为什么要反对她们?"后来和班上同学说起这事，有的说："可不是嘛！在伊甸园，亚当夏娃吃禁果前都是裸体，我们来这个世界上时，谁都光着身子呢！"我由此理解到东西方文化的差异，对论文进行了修改。

为进一步了解基督教，笔者作过不少努力，也听收音机里宗教节目。Balentine 教学楼外小路边，一位数学系教师时常讲道，即便没有人听，他也照讲不误，批评现实中违背基督精神的言行，嗓门很高，讲起来一两个小时不停，台湾学生称他为"江湖传道士"，我也常顿足听听。一次，他正在滔滔而谈，有个男生走过，向他喊道："Hi Math ! hystieria!"(嗨，数学老客，歇斯底里!)他发怒了，指着那个远去的学生高声喊叫："You homesexual! God will punish you!"(你这个同性恋种，上帝定会惩罚你!)。

在 Aiganman 宿舍楼上，我有个叫 Paul 的朋友，是个虔诚的基督徒。他组织了一个《圣经》学习小组，每周三下午学习两小时。他让我参加，送一套中英文《圣经》，我参加过两次。一次，聊起《创世纪》，他说："上帝创造一切，造了人，先造出亚当。从亚当身上取下一根肋骨造了夏娃。"一位拉美籍学友，聊到妇女地位，附和说："夏娃来自亚当臂下的肋骨，而不是来自脚上的什么骨头，表明上帝要男人保护女人，而不是脚踩、压迫女人。"女人属于弱势群体，男人该爱护她们，这道理容易让人接受。

联系上帝创造宇宙说，我问 Paul："你们美国人乘飞船登上月球，把人送上去的，是上帝还是科学技术?"他回答："both(两者都有)。"我又问："物质是基础，上帝住在什么地方呢?"Paul 马上回答："他会在所有的地方，我们的前面，我们头上方，这房间的角落里……你信上帝，上帝就与你同在。"还有一次，Paul 说，达尔文主义出现后，一度冲击了基督教信仰，现在相信这主义的人已经不多了；问我对创造论和进化论有什么看法？我们曾经不止一次讨论过这个问题，我立即说道："至今我倾向于进化论，人由类人猿进化而来，有些科学道理；芝加哥的 Micheal 讲中国人愚昧，我说："咱们比比看，谁更原始愚昧，看你胸上那片毛，就是类人猿的痕迹。"Paul 听后开怀大笑。

有个星期六，Paul 邀请我跟他去教堂看看。我一直感觉教堂是个神秘的地方，虽然"文革"中进过济南洪家楼天主教堂，但那是在红卫兵破四旧之后。时过境迁，应该了解一下美国教堂的活动是啥样子。教堂里，男女老少穿着整齐，彬彬有礼；大厅一端放一长方形木槽，上面铺着红绸子，信徒们自愿捐赠；台上一位中年牧师布道，讲《圣经·新约》，口才真好，美式英语很漂亮，讲得熟练流利，甚至好过给我上课的美国教授们。

2017 年，在多伦多，去大超市路过"城北华人基督教会"，常到里面稍作休息，顺便翻阅一下报纸杂志，或与教会人员聊上几句，有兴趣时就待上个几小时。教会活动挺活跃，他们从宗教角度看世界，认为当今人类面临五个大敌：Spiritural Emptinness（心灵空虚），Self-centered Leadership（领导无方），Extreme Poverty（赤贫恶化），Pandemic Diseases（疾病蔓延），Illiteracy & Lack of Education（文盲飙升），并提出一些相应的解决办法。他们每年都派出 20 人左右的教徒志愿者去非洲，扶贫、助教、医疗和传教，报道他们极其艰苦的生活，赞扬他们不怕牺牲的精神。教徒提出的一些修行口号中，最醒目的是：Love God，Love Others，Love PEACE ... Gracious，Generous & GO.（爱神，爱人，爱传和平福音……恩慈、慷慨、谦卑与神同行)。他们认为,耶稣基督一生充满恩慈、慷慨、谦卑和要完成神的使命的心。他们要效法耶稣,做虔诚的圣徒。

几十年断续接触基督教,更多的内容不甚了解,但对其劝善救人的教义颇为认同。尊重基督教徒的信仰,敬佩虔诚教徒爱人、爱和平的精神。爱,战胜一切(Love Conquers all),惩恶扬善是所有善良人的心声,也是人类文明发展的希望。

# 7 ——山水诗情

醉心讲台是一种职责，醉心山水是一番享受。山间白云，江上清风，溪边青草，房后竹林，“客路青山外，行舟绿水前”；走到半途住哪儿？“草色新雨中，松声晚窗里”；那儿有没有草色松声？观赏山水景色，寻觅文化内涵，体会“山水含清晖，清晖能娱人”的意境，会使心灵净化，思想高远。

唐代山水诗派，最能引起我的浓厚兴趣。读王维，第一感觉是“诗中有画，画中有诗”。他的后半生，半官半隐，“中年颇好道，晚家南山陲”；隐居终南山下，喜欢“屋上春鸠鸣，村边杏花白”；外出游玩，身心投入，“偶然值林叟，谈笑无还期”；兴之所至，任其自然。《山居秋暝》，新雨、晚秋、明月、清泉、松竹、莲舟，浣纱少女行于其间，清新自然、静谧幽美：

空山新雨后，天气晚来秋。
明月松间照，清泉石上流。
竹喧归浣女，莲动下渔舟。
随意春芳歇，王孙自可留。

王维曾任高官，但仕途并非一帆风顺，心有创伤，这在山水诗中时有隐现，使那种闲情逸致蒙上偏冷的色调。在《辋川闲居赠裴秀才迪》中，我们看到，寒山、秋水、暮蝉、落日、孤烟，虽然景色幽美，但有几丝萧索和孤独：

寒山转苍翠，秋水日潺湲。
倚杖柴门外，临风听暮蝉。
渡头余落日，墟里上孤烟。
复值接舆醉，狂歌五柳前。

还有，他的诗句“晚年唯好静，万事不关心……松风吹解带，山月照弹琴”，固然旨在表达闲适情趣，可似乎含着一点牢骚；而“荒城临古渡，落日满秋山”，则使人感到有些萧瑟和凄凉。

与王维同代齐名的是孟浩然，他年轻时隐居鹿门山，终身布衣，自称“北山白云里，隐者自怡悦”。最早读过的孟诗是《过故人庄》：“故人具鸡黍，邀我至田家。绿树村边合，青山郭外斜。”笔调淡然，亲切温馨。《夜归鹿门歌》，生动描绘出山寺钟鸣、渔梁渡头、人随沙岸、舟归鹿门、月照烟树、庞公隐处、松径寂寥、幽人来去的黄昏景色，有静有动、有声有色，清幽妙绝：

山寺钟鸣昼已昏，渔梁渡头争渡喧。
人随沙岸向江村，余亦乘舟归鹿门。
鹿门月照开烟树，忽到庞公栖隐处。
岩扉松径长寂寥，惟有幽人自来去。

孟浩然《夏日南亭怀辛大》，写夏夜纳凉，也很有趣：

山光忽西落，池月渐东上。
散发乘夕凉，开轩卧闲敞。
荷风送香气，竹露滴清响。
欲取鸣琴弹，恨无知音赏。

感此怀故人，中宵劳梦想。

他也曾想入仕，因诗惹皇帝不痛快而未能如愿，故诗中有时也流露出这种失意和挫折。《宿桐庐江寄广陵旧游》曰："山暝听猿愁，沧江急夜流。风鸣两岸叶，月照一孤舟。"《早寒江上有怀》云"木落雁南渡，北风江上寒""乡泪客中尽，孤帆天际看"，都能让人感触到，优美山水中轻轻飘浮着忧伤。

常建也是我喜欢的山水诗人，他诗作有限，但《题破山寺后禅院》颇负盛名，"曲径通幽处"是后人常常引用的佳句，引导读者在体味自然之美的同时，领悟山水的精神价值：

清晨入古寺，初日照高林。
曲径通幽处，禅房花木深。
山光悦鸟性，潭影空人心。
万籁此俱寂，但余钟磬音。

常建其他诗中佳句，如"故人家在桃花岸，直到门前溪水流""松际露微月，清光犹为君""余亦谢时去，西山鸾鹤群"，都会给人带来仿佛身临其境的真实感、亲近感。

山水诗人的人生大都曾经有过失意事，为求身心解脱而寄情山水，得江山之助写下优美诗篇，诗篇成为山水载体而永远流传。

# 8 ——莎萧之战

每想起萧伯纳评论莎士比亚，总觉得很有意思。戏剧家评论戏剧家，而且都是世界顶级的戏剧大师，其间一定会有不少独特的学术热点。我请教过我的老师，我国最著名的萧伯纳专家黄嘉德教授，萧伯纳论莎士比亚，是他研究的一个组成部分。黄先生认为，萧伯纳对莎士比亚的评论有褒有贬，而在某段时间里，贬多于褒。

**萧伯纳对莎士比亚的赞扬**

萧伯纳从幼年时期就喜欢读莎士比亚。他仔细阅读了莎士比亚所有的37本剧作，看过33个剧本的舞台演出。如此钟情，让人一看就知道他是个未来戏剧家的苗子。谈到学习戏剧的心得，萧伯纳说："莎士比亚戏剧对我来说，就和母亲的乳汁一样。"意思是莎士比亚戏剧滋养了他，表明莎士比亚戏剧培养了萧伯纳早年的戏剧爱好，从艺术上给萧伯纳提供了发展才能的基础。

萧伯纳对绝大部分莎士比亚剧本都是称赞的。萧评论说，"在写作风格和艺术两方面，世界上没有人能比莎士比亚写得更好"，"莎士比亚是戏剧家之王"。

萧伯纳坚持捍卫莎士比亚剧本的完整性，反对删改和篡改原剧本，反对演员舞台演出时随意歪曲和伪造台词。

**萧伯纳对莎士比亚的批判**

对于莎士比亚作品的缺点，萧伯纳提出非常尖锐的批评，甚至有点尖刻刺耳。他说："我承认我写不出比他的更好的剧本，但我有批判他的权力。"他批判莎士比亚自私、狭隘，梦想回乡光宗耀祖；批判莎士比亚势利眼，"对社会地位较高的人物表现了奴才相，对社会地位低下的人们则态度傲慢"，"他的戏剧里挤满了国王和贵族，剧中的下层社会成员总是一些仆人。"说起莎士比亚的几部悲剧的主题，萧认为："莎士比亚是个不可救药的悲观主义者"，"莎士比亚的哲学思想认为，恶比善更有力量"，"莎士比亚毫无希望地落后于时代"。本·琼森说："莎士比亚不属于一个时代，而属于一切时代。"萧则说："莎士比亚属于一个下午。"他还说，"发生变化的是哲学思想，是人生观，而不是剧作家的写作技巧"，而莎士比亚"没有正确的哲学观点"；他认定"莎士比亚没有为自己的剧本写序言，是犯了致命的错误"。

**为何如此贬低莎士比亚**

萧伯纳对莎士比亚的批评，表明了他们哲学思想、人生观和戏剧观的不同。萧伯纳的人生观是积极的、乐观的，他讲演说："和莎士比亚比起来，我们对人生怀有更大希望。我认为我的生命属于整个社会；在我有生之年，尽我力所能及为整个社会工作，这就是我的特殊的荣幸。"萧伯纳看到社会上偶像崇拜，把莎士比亚奉若神明，而他的声音要透过伦敦浓雾"为现实主义新剧喊出第一声战斗的口号"却十分困难。所以他认为，批评必须猛烈尖锐、矫枉过正，这是文艺论战的需要。他的批评方式往往是论战性的，且以他特有的夸张性、挑逗性、刺激性的语言风格表达出来。他往往不是以历史主义的观点看待莎士比亚，而是以现代资本主义社会的标准去衡量16世纪的封建社会。萧认为，莎士比亚对人生、对人类社会没有始终一贯的、正确的哲学观点，其戏剧太注重上层社会。而萧的戏剧则同情社会下层劳动者，批判剥削阶级，尽管他对资本主义是“和蔼的厌恶”。同时，萧伯纳从费边主义思想出发，认为莎士比亚对民主主义没有绝对的忠诚。

黄嘉德先生的结论性意见是：萧伯纳评价莎士比亚，尽管存在一些缺点，有不当之处，但他观察深刻，有独创性和启发性，能帮助我们认识400多年间出现于英国文坛的这两位最伟大的戏剧家。萧伯纳是西欧批判现实主义文学最杰出的代表之一，是继莎士比亚之后最伟大的戏剧家。

**几点感受**

首先，关于剧本序言问题。萧伯纳的剧本大都有序言，而且多是长篇大论。好处是能对读者起到一定的指导作用，使其更全面、更深刻地理解剧本。但也存在不利之处，有先入为主之嫌，影响读者的自由理解。演员还未登场，作者却早早坐台亮相，对于喜欢独立思考的观众和读者而言，这是讨人嫌的事情。莎士比亚剧本没有序言，不算缺点，更不应该说是错误。最多是写作风格问题，很可能读者们认为不写序言倒是个长处。不管是剧本还是小说，我所接触到的读者，多数对序言不感兴趣，认为它会约束、限制、甚至误导读者对作品的理解。看一下意识流小说就会明白这个道理，在小说里，作者完全消失，你找不到作者的影子，读者直接深入情节、接触人物，觉得非常真实。

其次，关于自然人性和阶级性问题。萧伯纳生活在资本主义社会，对资产阶级很了解。他很强调阶级性，他的剧本主题多涉及劳资矛盾、资产阶级的剥削和贪婪，以及工人阶级的苦难和斗争。莎士比亚戏剧，在人物刻画上，突出人的自然本性，很少提及人的阶级性和社会性，强调的是人物个人的意志、作为与后果。不同的时代，不同的人，要具体分析，不能笼而统之，一味以阶级性或天性来衡量。判断文学作品人物，社会性和天性结合起来才能得到客观、正确的结论。

再次，莎士比亚地位问题。萧伯纳对莎士比亚所肯定和赞扬的，是他戏剧方面的艺术成就，对剧作的思想主题和社会价值，肯定的不够。我们看到的实际情况是：莎士比亚已经成为世界上最重要的文化标志之一，像是"永恒的莎士比亚"。这种地位和影响，与萧伯纳所评价的莎士比亚有些不相符合。

最后，关于木偶戏《莎萧之战》(*Shakes versus Shaw*)。1949年，萧伯纳去世的前一年，他写了这出木偶剧。剧中，莎士比亚和萧伯纳玩拳击，当莎氏被萧氏击倒在地时，莎氏替自己辩解，年纪较轻的人在拳击中当然处于有利地位，台词是："你比我年轻整整三百岁，因此击打起来更有力量。"

这出戏的编剧和导演都是萧伯纳；莎士比亚被击倒，还要莎必须承认萧伯纳比他更有力量。作为观众，我觉得极不公平。莎翁长眠地下，本来就没有言语反抗能力，在这剧中，还被迫违心自贬。可惜，我们无法了解莎士比亚对萧伯纳戏剧观和哲学观的看法，假若能够知道的话，那真是天赐的荣幸。

(2018年11月英爱文学会发言稿)

# 9——楼前花木林

初夏，济南，山大五宿舍，吾之居处。窗外一片树林，清晨开轩，满眼葱绿，生机盎然，心情无限爽快。这儿没有江南溪边翠竹，也不是塞北青绿草原，是我“寒舍陋室”外的美景。我住二楼，树木大都和窗子高矮相当，只有两棵柿子树和一棵枫树稍高一点。树不遮光，坐在阳台晨读，旭日映绿，开始一天的生活，确实很“爽”。

楼前有一片花木林，多为果树，如苹果、杜梨、无花果、石榴、核桃、花椒树；也有只开花不结果的，如海棠、香椿、樱花、迎春花；还有少许既不开花也不结果的灌木，这些都是住户自栽的。此外，学校公栽的有洋槐、柏树、枫树。这片花木林很招人喜爱，室内看书疲倦了，去这林子里放松一下，那真是一种精神享受。春天给你花香，夏日让你风凉，秋之硕果，冬之白雪，年年拍照，不自主地在朋友圈里冒泡。尤其门前路边那棵腊梅，不止一次写文赞赏，并多次感谢四楼的冀老师，他是腊梅栽种者，整个五宿舍大院，就这么一棵，春节前后，“凌寒独自开”，暗香飘来，又添风雅。

这片花木林，能够带给你外出旅游般的乐趣。夏日中午，太阳晒，荫凉处停一停，让枝条挠挠肩痒，让石榴撞几下头，在草地上坐一会儿，闻闻泥土的芳香，不由想起在故乡刚犁耙过的田地里，几个小朋友们活蹦乱跳，闭上双眼，舞着胳膊，有时故意摔倒，都是因为太亲那片土地。爱这花木林，源于爱我的乡土。

林中有棵柏树，不太高大，但枝密叶茂，热天把太阳遮得严严的，我常在树荫下做“香功”锻炼身体，活动强度不大，共 15 节，做下来刚好微微出汗，20 多年来一直坚持着。松柏长寿，柏树下做功夫，说不定会得到荫庇。

花木林成了我的至爱，我心目中的桃花源，住在这儿，幸福指数应该是很高的。有天闲逛，偶来兴致，写小记一篇：

### 楼前果树林

一个老头，T 恤长裤，阳光清晨林中走。

枝搔首，果碰头，树上鸟儿叫不休；各有各的小享受。

外出，山水游；在家，楼前走。

（2020 年 7 月）

# 10 ——“春”入诗词

2006 年春，玛珈山下，莺飞草绿，阳光灿烂。山东大学威海校区，外文系英语三年级计划在文学楼搞课外活动——“春”入诗词游戏。不是文学课堂，胜似文学课堂。活动规则很简单：说出带“春”字的诗词句子，说得最多者胜出。只要句中有“春”字，无论表达欢喜与温暖，还是感伤和悲观，都算数。由学生先说，当学生断语时，教师迅速补缺，但教师不参加比赛。赛诗会已过去十三年之久，那热烈、青春洋溢的场面，至今难忘，特将师生所举所比诗句，择其美者，粗为整理，待参赛者将来相见相忆。

春光明媚，春暖花开。春日到郊外，春深如海，春山如黛，思绪一开，“春”的诗句纷至沓来。诗人境遇不同，写出的春天色调也有不同，有人爱春，有人叹春，实质都是爱春。古人爱春，今人亦爱春，愿春长留人间。

## (一)知春、爱春、赞春

俏也不争春，只把春来报。

谁言寸草心，报得三春晖。

野火烧不尽，春风吹又生。

忽如一夜春风来，千树万树梨花开。

山桃红花满上头，蜀江春水拍山流。

蜂蝶纷纷过墙去，却疑春色在邻家。

唯有门前镜湖水，春风不改旧时波。

春江水暖鸭先知。

春风又绿江南岸。

病树前头万木春。

桃李无言一队春。

何处春江无月明。

春眠不觉晓，处处闻啼鸟。

人闲桂花落，夜静春山空。

一往桃花源，千春隔流水。

云想衣裳花想容，春风拂槛露华浓。

谁家玉笛暗飞声，散入春风满洛城。

春来江水绿如蓝。

春风杨柳万千条，六亿神州尽舜尧。

等闲识得东风面，万紫千红总是春。

几处早莺争暖树，谁家新燕啄春泥。

杏花春雨江南。

春江潮水连海平。

春宵一刻值千金。

舍南舍北皆春水，但见群鸥日日来。

草长莺飞二月天，拂堤杨柳醉春烟。

最是一年春好处，绝胜烟柳满皇都。

## (二)留春、惜春、叹春

春风曾不到,汉使亦应稀。
庭树不知人去尽,春来还发旧时花。
离恨恰如春草,更行更远还生。
问君能有几多愁？恰似一江春水向东流。
国破山河在,城春草木深。
惜春春去,几点催花雨。
满城春色宫墙柳。春如旧,人空瘦。
唯有相思似春色,江南江北送君归。
东风不与周郎便,铜雀春深锁二乔。
白发渔樵江渚上,惯看秋月春风。
伤心桥下春波绿,曾是惊鸿照影来。
可怜日暮嫣香落,嫁与春风不用媒。
躲进小楼成一统,管他冬夏与春秋。

(2019 年 3 月)

# 11 ——济南赏梅

泉城济南，素以荷花垂柳闻名。近些年来，人们雅趣大增，松竹梅也多了起来。我也喜欢赏梅。每到冬天，都出去看梅花，看其素雅，闻其清香，品其傲骨。早期，千佛山腊梅园、百花公园和我宿舍楼前，全是黄梅。后来见趵突泉有红梅，五龙潭有白梅，山大新校各色梅花俱全。今冬，六处梅景看了个遍。当然，观赏频次最多的还是宿舍楼前这株腊梅，每天散步光顾一次，几成规律。不是林和靖，作不出像他那样传诵千古的佳句，但腊梅是我的亲密朋友，没有献诗似乎说不过去。奉七绝一首：

路侧房前一树梅，凌寒傲立雪中开。
行人路遇送青眼，偶有暗香入心来。

常常看到，人们闻其香而止步，走上前去亲近枝头花朵。梅树周围的草地被踩得光秃秃的，老实说，自己也“功不可没”。

这是山大五宿舍唯一的一棵梅花，显得特别贵重。花儿淡黄，悄悄地散发出一种浓浓的清香，周围是灌木、小树和篱笆，如诗句“不受尘埃半点侵，竹篱茅舍自甘心”之境。昨日下雪，特地下楼看它，那心态和表情，倍儿精神！全开的，半开的，待放的，小小的花骨朵，一树都是。与梅雪相逢，喜不自胜。我想，春天在它旁边的海棠、桃花盛开之时，这梅花却消逝得无影无踪。它是一年中开得最早的花，真如王冕所夸“冰雪林中著此身，不同桃李混芳尘。”

千佛山梅林，植梅百株，游人不绝。走近梅林，一片浅黄，一派素雅，人却被包围在无边的清香之中，还是王冕写得最好，“不要人夸好颜色，只留清气满乾坤”。

五龙潭有棵白梅很有名，长在小溪岸边岩石旁。看到它，就让人一下子想起张渭的《早梅》：

一树寒梅白玉条，迥临村路傍溪桥。
不知近水花先发，疑是经冬雪未销。

山大新校南门内的梅花开得最迟。初春，梅花盛开，白梅清高出尘，红梅娇俏可爱，黄梅轻柔素雅，花枝招展，仿佛它们司职“俏也不争春，只把春来报”，为迎接学子们年后返校而开。

年年赏梅年年爱，今年赏梅爱更多。愿梅成为人们立世的榜样，愿赏梅成为一种精神追求。

（2020 年 1 月 20 日）